振荡空间

紫薇朱槿——著

重庆出版集团 重庆出版社

图书在版编目(CIP)数据

振荡空间 / 紫薇朱槿著. — 重庆: 重庆出版社,2013.5
ISBN 978-7-229-04750-4

Ⅰ.①振… Ⅱ.①紫… Ⅲ.①推理小说—中国—当代
Ⅳ.①I247.5

中国版本图书馆 CIP 数据核字(2013)第 027256 号

振荡空间
ZHENDANG KONGJIAN
紫薇朱槿 著

出 版 人:罗小卫
责任编辑:袁 宁
责任校对:刘小燕
装帧设计:重庆出版集团艺术设计有限公司·王芳甜

重庆出版集团
重庆出版社 出版

重庆长江二路 205 号 邮政编码:400016 http://www.cqph.com
重庆出版集团艺术设计有限公司制版
重庆华林天美印务有限公司印刷
重庆出版集团图书发行有限公司发行
E-MAIL:fxchu@cqph.com 邮购电话:023-68809452
全国新华书店经销

开本:890mm×1 240mm 1/32 印张:7.5 字数:210 千
2013 年 5 月第 1 版 2013 年 5 月第 1 版第 1 次印刷
ISBN 978-7-229-04750-4
定价:26.00 元

如有印装质量问题,请向本集团图书发行有限公司调换:023-68706683

振荡：

1.物体通过一个中心位置，不断作往复运动；

2.电流的周期性变化。

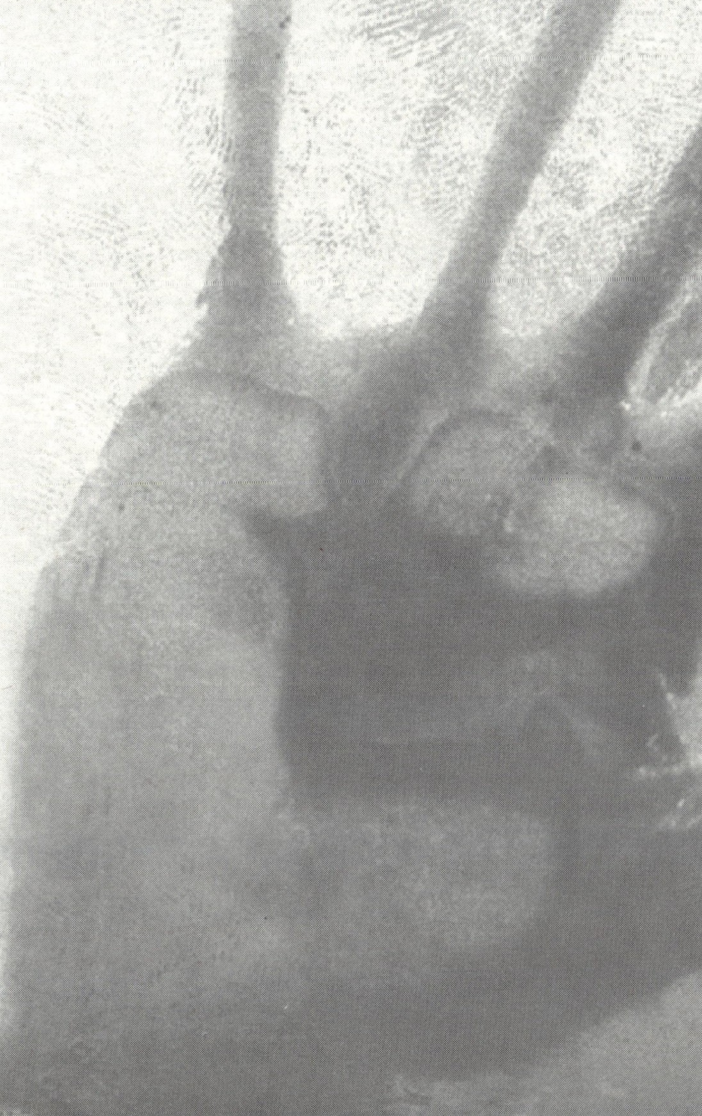

Contents
目 录

楔子

6月3日6时　槐安湾东15海里

820号巡逻艇静静地停在小竹岛南侧约1海里处，甲板上只有一个穿着防护服的人，蹲在一台奇形怪状的机器前，上下检查了一番，用对讲机报告：“HEPG最后检测完毕。”

舱内回复：“发射倒计时开始！10，9，8……1，发射！”

穿防护服的人斜退了两步。

对讲机里突然传来惊恐的叫声：“哪来的……干扰……”

这时，面对小竹岛的机器突然逆时针旋转了90度，上面的天线状物扫过了穿防护服的人，又横扫了全艇。

声音突然断了，对讲机里一片死寂。

看到机器上不断闪烁的红灯，穿防护服的人惊呆在那里。他突然发出一声令人毛骨悚然的低吼声……

两个多小时后，一艘小型快艇以极其诡异的路线逐渐靠近820号巡逻艇。停靠后，艇上有五个穿着厚重防护服的人从巡逻艇舷梯攀缘而上。

巡逻艇上没有军官或是士兵出来警告他们这里现在是军事禁区，禁止接近。

新来者中的一员小心翼翼避开仍在闪烁红灯的机器正面，绕到机器后，关掉了一个开关。红灯熄灭了，剩余的四个人才分散开，在军舰上搜索起来。

一个人在刚踏入船舱时被什么绊倒了，咒骂着起身时，看到一个穿着轻型防护服的人坐在地上，背倚着墙，头上的头盔扯掉了，那张尚未被岁月磨砺出苍桑的脸上，如白痴般涕泪交集，但那也掩饰不了他满脸乃至全身上下沾满的鲜血和一些可疑的肉末……

ZHENDANG KONGJIAN

第一章

天灾人祸

“咣当”，大巴颠簸了一下，车里一阵乱响。

江城紫疲倦地闭上了眼睛，窗外的昆云山峰高耸连绵，雨季里到处都是青褐相间的苔藓，看久了令人极其压抑。

这条南北走向的昆云山脉隔断了槐安市与内陆的联系。位于大陆东端的槐安市十分偏僻，三面环海，一面就是这巍峨的昆云山脉。古往今来都是不甚重要的渔港小镇，如果不是五六年前开通了穿山隧道，恐怕现在还成不了军港重地，也不会把江城蓝这家伙吸引过去工作了。

一想到这个唯一的弟弟，江城紫就有种叹气的冲动。

江城蓝对海军这兵种极其热爱，但高考填志愿时阴差阳错，最终没有穿上海魂衫，所以非要在警校毕业后分配到军港驻地的槐安市工作。于是姐弟两个，一个在西成市生活工作，一个在邻近的槐安市工作。

两周前，江城蓝刚到槐安市公安局报到上班，在电话里把这座海滨小城描述得天花乱坠，什么碧海银滩、翠草黄花的，什么空气中都充盈着海的气息云云，仿佛生活在一座诗情画意的城市里。但一周前，江城蓝再打来的电话，语气就沉重了许多，说槐安人很冷漠，似乎很排外的样子，这座城市给人冷冰冰的感觉。

当时江城紫还安慰了他几句，心中却不以为然，槐安市她学生时代去过多次，由小渔村发展成的地级市，虽然地方不大，但市民却很是古道热肠，哪里有江城蓝说的这么严重？

前天江城蓝再打来电话时，江城紫还以为他不擅长人际交往又开始抱怨了，结果江城蓝却是满腔欢喜，说他工作以来办的第一个案子有重大线索了，他急着去查证，晚上再给姐姐打电话云云。结果晚上没打来电话，估计办案忙晕头了。

昨天一天江城蓝还没打来电话，江城紫打过去无数次，他的手机总关机。江城紫有些担心了。江城蓝初出茅庐，经验欠缺得很，又很有冲劲，不会是办案出了什么差错，或者受了伤，不好意思告诉自己了吧？越想越觉得弟弟会做出这样傻气的事，所以今天一早江城紫就坐上了第一班城际大巴，从西成市赶到槐安市，打算悄然杀去公安局，视察江城蓝同志的工作安排。

她微斜身子，头部轻轻贴着窗玻璃，虽有淡淡的凉意，却驱不走心中的烦躁。弟弟会出什么事呢？如果没事，他说了晚上会打电话来就一定会打来，难道这家伙真受伤了？

想到这里，她真是恨不得大巴速度再快些，马上开到目的地。

昨天下了一整天雨，山壁和公路上到处都汇水成溪。半小时前空中又飘起了雨丝，再加上又是山路，所以车开得着实不快。江城紫正心急着，车速突然慢了下来，睁眼往外一瞥，已经到了隧道口收费站了。

收费站两条东行通道上全亮着红灯，显示为“禁止通行”。司机把大巴停到最右侧的收费通道，打开窗，跟收费员巴拉起来：“怎么不让走了？”

女收费员一脸不耐，显然已经回答了多遍，熟练流利地回道：“上面通知，前面山体有塌方危险，所以暂停通行一切车辆。”

车上的十来个乘客全部都听到了，顿时炸开了锅：“这怎么行，都走到这里了又要回去？”“我赶着去槐安办事呢！”“我爸马上要做手术了，我得赶去医院！”“我这是要回家呢，不让回去我待哪儿啊？”

没什么紧要事儿的，谁也不会坐五点多的早班车去槐安市，眼看离市区只有几公里路却被禁止通行，谁也不愿意原路返回，所以吵闹声随着收费员的一脸漠然更响更乱了。

江城紫没有附和众人，只是安静地坐在座位上，盘算着下一步要怎么做。实在不行就下车步行吧。出了这条隧道，沿公路走半公里再穿行第二条隧道，出去后过石桥，离有公交站点的地方就只有不到三公里远，又没带什么重物，这段路完全可以步行。

盘算好，江城紫轻松了许多，这才注意到前面隔了两排座处的那个男人是全车除了自己以外唯一没有与收费员争论通行的人。从后面看不到他的脸，只能看到精短的发，光滑的皮肤，笔挺的身姿，看起来是个作风良好稳重的青年。凭着警察的职业敏感性，江城紫判断此人有可能是军人，毕竟槐安市现在是军港重镇，军人和军属占了城市人口的四分之一，与自己一车同行的这年轻人是军人也毫不奇怪。

突然，司机指着前面对收费员说：“既然禁行，为什么对面可以来车？”

没错，对面刚开过来一辆冷藏卡车，估计是将槐安的海鲜运往外市的，刚停到对面的收费通道，刷卡准备通行，收费站的护栏也扬了起来，准备放行。

看到这一幕，车上的乘客更不干了，威胁大巴司机说如果原路返回就要投诉外加退还车票钱。

大巴司机按了一下喇叭，引起对面卡车司机注意，然后扬声问道：“老兄，前面的路况怎么样？”

卡车司机挥了挥手：“随便跑。”说完卡车一溜烟开走了。

大巴司机像得了胜利一样，对收费员说：“看看，那大兄弟都说路没问题了，领导同志你就放行吧。”

这一声“领导同志”显然女收费员非常爱听，再加上这一会儿工夫让车上乘客吵得头昏脑涨，所以松了口：“这不是为了你们的安全着想吗？要是正好跑到前面山塌了，出了危险怎么办？”

“没事没事，我们自己负责！”急于脱身的乘客们异口同声喊道，收费员无所谓的样子，按钮升起了护栏，大巴立刻冲了出去。

车上乘客一片欢呼，仿佛与收费员的官僚主义作战得到了胜利般。

江城紫却有些诧异，现在各级部门都十分重视交通安全，如果真有山体塌方的危险，上级部门又下了禁行通知，收费站这里怎么可能如此容易就让客车通行？

她回头向收费站望去，发现女收费员刚拿起电话。可是她听不到女收费员那初时漫不经心然后紧张的答复：

“公路禁行了，对。”

“西成方向过来的车？呃……我刚放行了一辆城际大巴……”

“啊？有车从槐安市内方向过来，说道路没问题，我就放行了……”

“啊！局长，大巴已经走了，追不回来了！这怎么办？”

在大巴拐过一道弯前，一直望向后方的江城紫看到那个慵懒的女收费员以极其迅猛的速度从收费站冲了出来，向大巴车猛挥手，似乎在叫嚷什么。除了她没有人注意到身后的事情，随着山路的曲折，车拐了弯，进入第一条隧道，女收费员彻底消失在江城紫的视线中。

既来之，则安之。不知怎么着，心里打了个突的江城紫安慰自己。

出了很短的第一条隧道，很快大巴就进入了第二条隧道，这条隧道极长，约1.2公里。车行到一半路程时，突然大地一阵微颤，可以听到细碎的声音，隧道内灯光齐齐闪烁起来，头顶陆续掉落一些尘土沙粒，隧道内只有这一辆车，所以静谧中这小小的变故就变得格外清晰。

“地震了？”有个女人尖叫。

“不，是山上塌方了！”有人回答。

车上的声音再次混乱起来。

“别慌！这隧道足够结实，不会塌陷！”江城紫第一次听到前面那疑似军人的年轻人的声音，充满了坚定的力度与不容置疑的自信，是这种情况下人们最容易接受的声音。

这次，大巴司机不用别人提醒也知道只能前进不能后退，毕竟隧道已经行了过半，所以他猛踩油门，在乘客们来不及做出什么惊慌失措的举动前就冲出了隧道。

这一带北部山体的确是塌方了，范围从隧道上方一直到前面百来米处的石桥口，山上不断向下滚落大块的石头，巨大的树木被连根拔起，和着大量富含水分的泥土从天而降，不断攻城略地，从双向四车道的公路北段推向南段。

南北两端都是连绵不断的山峦，中间的公路完全是被人工开辟出来的，大量的土石占据了公路，在车前仅剩下一条窄路，除了大巴司机，谁也不知道这条狭窄的空道能不能容大巴开过去。

前方的泥石流已涌至石桥上，大巴司机熟知地形，知道那道石桥年久失修，在泥石的重压下，不知能否承受住大巴的重量，桥面距下方河道有十几米高，现在正值汛期，水流湍急，桥如果塌了，必是车毁人亡。

前有危桥，后方泥石流也在不断涌入，大巴司机犹豫了起来。

"冲过去，绝不能后退，否则我们会被埋进泥石流中！"那个年轻人站了起来，迅速冲到前面，拉开了司机，自己坐在驾驶位上，猛地踩下了油门。

车体一阵颤抖，车轮在地面越来越深的泥泞中打起滑，年轻人一松油门，猛地又是一踩，笨重的大巴终于动了起来，毫不犹豫地冲向了越来越狭窄的空道。

车的右侧狠狠摩擦着南部山壁，发出令人牙酸的声音，全车人都吓得惊叫连连。江城紫也不知这人车技如何，只得提心吊胆地紧握着扶手固定住自己的身体。

只不过一眨眼工夫，大巴就冲过了泥石流与山体间仅存的空隙，左侧车窗上溅满了泥浆，右侧车体伤痕累累，但好歹没有被泥石流挤在山道中，否则下一刻就会被大量的水土没顶。

但显然今天的灾难没有就此结束，逃过了泥石没顶的险情，马上又面对的是可怕的危桥。

年轻人并不清楚面前的石桥承重能力，但他能看到，在山崩地裂、滚滚而来的泥石流蹂躏下，石桥在晃动与开裂。桥面如遭重击的冰面开始龟裂，石护栏纷纷崩裂，碎片落入河中，被泥黄的河水瞬间吞没。

桥身的主裂纹已有铅笔粗,以肉眼可见的速度迅速向前蔓延。但只要过了石桥,对岸就是直通槐安市的平原,非常安全。

大巴司机惊呼:“不能上去,会塌的!”想冲过来阻止年轻人。不能再犹豫了,年轻人审时度势,一把推开司机,再次踩下了油门,猛地冲上了石桥。

无论前方如何,他的决定起码避免了下一秒大巴在原位置被突然变道的泥石流淹没的命运。

在颠簸中,江城紫仍然能感觉到脚下石桥疯狂开裂的震动,再如何镇定,在面对这种天灾时她仍然面白如纸心跳如雷,自己乃至全车人的性命全掌握在这个不知是勇敢还是莽撞的年轻人手里。她紧张得头痛起来,有种想呕吐的感觉。

石桥不过百来米长,一弹指的工夫,人的思绪可以飘到十万八千里远的地方,例如江城紫已经想到了车坠入河中自己要怎么脱险、如果遇难了江城蓝会如何伤心难过,而在这弹指的工夫,油门踩到极限的大巴也可以冲出百来米远的距离。

在车身突然向后倾斜的瞬间,谁也没有注意到事情是怎么发生的,在每个人都失重倒向后方的同时,似乎有一声巨响,也似乎没有,没有人关心事情是怎么发生的,反正灾难就突然降临了。

笨重的大巴车并没有坠入河中,似乎悬在半空中,像跷跷板一样,前后车身在一上一下剧烈晃动着,所有人都头晕眼花,没有固定住自己的人如滚地葫芦般摔向车后。

好一阵子,不知是几秒还是几分又或是多久,江城紫恢复了清醒,从溅满了泥点的窗玻璃间隙向外瞥了好几眼,这才发现眼前的处境有多么可怕。

石桥终于不堪重负,在泥石流和大巴的双重重压下断裂,但它好巧不巧地,最后一截的断裂处正好位于大巴车的中心偏后一些的位置,所以车身差不多有一半悬空,如果不是车行驶向前的冲力,可能在桥断的那一瞬间,大巴就由于重力作用而掉落河下了。

于是现在的情况就是,石桥只剩下了东岸仅两米左右的桥体,断裂处如支柱,大巴如中心被支柱顶住的木板,极度危险地保持着岌岌可危的平衡在前后晃动着。毫不夸张地说，谁要是现在在车外对着车头踢一脚，车会立刻后仰，坠入河中。

乘客们炸了锅般恐慌起来，有女人尖叫，有人跑向车门口，甚至有个中年男人打算跳窗逃生。

江城紫一声怒吼："都闭嘴，全部别动！"这一声吼，耗尽了她仅剩的力量，头痛得仿佛要炸开，她重重喘息着，由于紧张，身体颤抖得厉害，再也说不出什么了。

乘客们都醒悟过来现在他们的任何举动都会增加力度，打破车体平衡，所以每个人都像被施了定身术一样，或立或坐，待在原地一动也不敢动。

车身仍在不停晃动，但幅度越来越小。似乎过了一个世纪那么久，"嘎吱……"车的晃动终于随着一声摩擦长响停了下来，但车体并没有停靠在地面上，而是车头微抬，与地面形成了有差不多三十度的仰角。

这真是个危险的角度。虽然江城紫理科学得不太好，但也晓得现在的处境是一触即发的恐怖，好在桥东已经脱离了昆云山脉范围，否则再滚点泥石流下来，大家可真要完蛋了。

老天仿佛在开玩笑，正在车身停止晃动，许多人小松了一口气时，第一排乘客座位上方的一个小型行李箱可能由于刚才的晃动而松动，恰在此时从护栏中脱落，因为车体的自然倾斜而向车尾滑去。

乘客们不敢乱动，再加上谁也没有那个快速反应能去拦截这个箱子，但江城紫不敢忽视这个定时炸弹。行李箱可能有十公斤以上重量，本身重量再加上下滑冲力，如果让它滑到车尾，很有可能再度打破现在车体的平衡。

这只是一刹那的时间，突变没有给人深思熟虑的机会，行李箱正滑过身边，江城紫身子向过道一扑，这时老天又开了一个玩笑，不知是江城紫扑倒的力度还是箱子的重量，总之，车体又向后倾斜了一下，行李箱一滑到底，与江城紫的手指擦了一下，失之交臂。这一箱子的冲击，车身又开始晃动起来。

完了，江城紫头皮一炸，怔在了那里。所有人都呆在那里，车厢里突然响起急促但又坚定的声音："来不及了，大家都集中到车头，稳住，快！"

江城紫第一个反应过来，敏捷起身，轻盈地移出座位，在经过前排时顺手拉了一把身边惊呆的女孩："快走！"

前后的乘客们都如梦初醒，争先恐后跑往车头，十几个人的重量终于稳住了大巴，车前轮平安落地。

一车人又心惊肉跳地挤在车头里近一个小时，打110求救而来的拖车把大巴拖到安全距离，所有人才战战兢兢离开了大巴，每个人都从来没有如现在这般感觉到脚踏实地是多么美好的事情。

雨停了，又起了浓雾，雾气潮湿黏稠，能见度极低。江城紫刚在救护车上体检完毕，准备回大巴拿背包，由于看不清路，差点撞到一个人。靠近了看，才发现是刚才力挽狂澜救了所有人的年轻人。年轻人刚才蹲在大巴车的左侧，刚直起腰，很灵巧地避开了江城紫的碰撞。江城紫看到他抛掉手中的泥土，那似乎是刚从车轮毂刮下来的。他眉心紧皱，似乎有什么疑惑。

"刚才……谢谢你救了我们大家。"江城紫很诚恳地说。

年轻人大约二十八九岁，很干练的样子，无论是遇险时还是现在都很沉稳淡定。此时见江城紫向他道谢，他眉头舒展，向江城紫行了一个标准的军礼，仿佛只是刚做了一件助人为乐的小事一样，严肃认真地回道："这是军人的职责，也很感谢大家的配合。"

江城紫正待说什么，一辆军用吉普车驶到，年轻人对她点了点头，又行了一礼，说："接我的车到了，再见。"

望着上车远去的年轻军人，江城紫有些惆怅，其实关于刚才的塌方，她心中还是有所狐疑，见他在检查泥土更是不安，结果还没问出什么，人就走了，真是可惜。

随着拖车、救护车和警车的陆续赶到，槐安市的交管部门也派来代表，对于大巴司机不遵守禁行命令强行通行而遇险的事大加批评，想必惊魂未定的可怜的大巴司机要接受严重的处分了。

一番体检、登记、慰问等手续忙过，交管部门派专车将乘客们送进市里，这番灾难才算是告一段落了。

仿佛刚打了一场大仗，本来应该8点多就到槐安，这一阵折腾，身心疲惫的江城紫在上午10点才到达了此行的目的地——槐安市公安局。她又打了一遍弟弟的手机，仍然是关机状态，于是她走到值班室对外窗口前，出示了警官证："我是江城紫，刑警支队江城蓝的姐姐，从西成市过来探望他，请问他现在在办公室吗？"

值班民警用一种非常怪异的眼神看着江城紫，足足十几秒，直把江城紫看得发毛，然后那民警如梦初醒般突然动了起来，立刻按开电子门的开关，让江城紫进入办公大楼。

江城紫奇怪地看着这个民警，只见民警打起内线电话，有些结巴地对对方说："江……城蓝的姐姐来了……"

出什么事了？江城紫的心一直往下沉，那种不安的情绪又莫名地冒了出来。江城蓝犯错了？出事了？受伤了？还是……她的思维控制不住地乱窜起来。

一两分钟后，有急促的脚步声从楼上传来。有三个便装者从楼上气喘吁吁跑下来，看来急得连电梯都没有坐。

为首者四十来岁，方脸浓眉，个子不高，脸色冷峻，似乎是江城蓝描述过的他们大队长余彦辉。

为首者上来就说："我是刑警支队二大队队长余彦辉，请问你是江城蓝的姐姐江城紫吗？"

江城紫后脑勺又开始一跳一跳地痛起来了，她声音有些颤抖地说："我是，城蓝出什么事了吗？"

余彦辉脸上似乎流露出同情的神色，声音低沉了些许说："请上楼，到我的办公室详谈吧。"

"请告诉我，江城蓝出什么事了！"江城紫不想让紧绷的神经在上楼与客套中间断，所以斩钉截铁地问道。

"江城蓝同志于昨天凌晨4点51分坠楼身亡。"

第二章

死因存疑

据余彦辉说，江城蓝是昨天也就是6月5日凌晨4点51分，从他所居住的公安局2号宿舍楼的楼顶坠下，当场身亡。根据监控录像显示，江城蓝是自己走到七楼楼顶的天台，又自己跳下去的，事发时身边没有任何人，所以定性为自杀。由于他跳楼时手机从兜中掉出，摔得粉碎，又淋了雨水，局里技术员连夜加班，才在今天早上恢复了手机存储卡数据，从中找到他唯一的亲人江城紫的手机号，但拨打数遍一直无法接通，应该是由于江城紫当时乘坐的大巴位于山中信号不好的缘故吧。

在乍听噩耗时，江城紫眼前一黑，她握紧了拳，呆立在那里不停深呼吸，脑中一片空白，控制住自己的情绪后，她被余彦辉引到接待室。

"不可能！城蓝绝对不可能自杀！"江城蓝是个什么样的人，身为姐姐的江城紫是最清楚的。她深吸了一口气，摒弃了姐姐的身份，恢复了一名优秀的刑事警察的本能。

"请立刻安排江城蓝的尸检！我要勘察现场，对了，还要监控录像！"

余彦辉一口应承，但随即又看了看江城紫的脸色，小心翼翼地说：

"其实,小江最近情绪不太稳定,郁郁寡欢,不太合群。我问过他原因,但他总说没事,会不会是刚参加工作,压力有些大?"

江城紫本能地打算否认,但她记起弟弟一周前打来的电话,话到唇边又吞了回去。这个社会并非那么美好,刚离开学校踏入社会的新人都要有一段适应期。江城蓝的那通电话,只是单纯的抱怨,还是压力过大有些抑郁?弟弟的心理承受能力到底如何,江城紫突然有些迷惘,也不敢断定了。

本来公安局宿舍楼顶上没有安装摄像头,什么也看不到,但巧的是斜对面的高层商务大厦每层都有监控,第八层是一个大通间,监控范围横扫全层,三面都是落地玻璃窗,正好可以看到对面公安局宿舍楼楼顶天台的情况。

监控录像时间显示为凌晨4点39分,可以看到江城蓝打开楼内与天台之间的小门,独自登上天台。天台上有观景灯,所以在监控中可以大致看到江城蓝行动缓慢,如梦游般恍惚。他上了天台后,发了一会儿呆,又没有规律地转着圈子,几度走到屋檐又转了回去,在51分时,似乎终于下定了决心,纵身跳下了楼。

尽管已经知道了这个事实,但在江城蓝消失在监控镜头的那一瞬间,江城紫还是失声尖叫。她双手合十撑在脸前,呆坐了半晌,低声问道:"他会不会是在梦游?"

江城蓝并没有梦游的习惯,江城紫知道这个问题不可能得到肯定的答复。果然,余彦辉说:"我住在2号楼的六楼,小江住在我楼上也就是七楼,所以我很了解宿舍楼的情况。为了防止孩子跑到天台玩耍产生危险,那道通往天台的小门是锁上的,钥匙在局办公室里,小江必是事前有所准备,提前拿走了钥匙,才有可能在凌晨不惊动别人的情况下进入天台。"

在余彦辉的陪同下,江城紫从天台到坠落点走了一遍,由于昨天下了一天雨,别说可疑痕迹,就算是尘土都不见一点,天地间一片净明。

江城蓝的宿舍一如所有的大男孩单身宿舍一样充满了各种各样的气味,墙上贴着枪械的海报,摆设有些凌乱,桌上有一层薄薄的灰尘，垃圾桶里丢满了快餐盒和速食食品包装袋，厕所的脸盆里待洗的脏衣服和臭袜子混在一起，一室一厅一卫，到处都充满了江城蓝的气息和标志。

江城紫注意到卧室的单人床上被褥凌乱，江城蓝应该是在上面睡过或者说躺过，由于烦躁或者什么原因辗转反侧，床单皱得不像样，但没有打斗过的痕迹或者别的可疑线索。她拉开床头柜，里面也没有药物。

桌上没有遗书。笔记本电脑处于休眠状态，江城紫打开电脑，余彦辉插了一句话："他的电脑我们检查过，没有异常。"

江城紫仍然自己检查了一遍电脑，硬盘里除了下载的一些电影和游戏没有任何文档，浏览过的网页也都是关于新闻和军事内容的普通网站。这台电脑清白得一如江城蓝的自杀，毫无疑点。

江城蓝喜欢写日记！这是他在警校里养成的习惯，记下每天的待办事宜、学习要点、心情状况、特别事件和金钱开支，这样一翻开日记，每天做了什么事就一目了然了。

江城紫想到这里，立刻翻箱倒柜寻找江城蓝的日记本。里面必定会有他最近的情绪状况和工作记录。

余彦辉一听江城紫在寻找日记，立刻摇头："我见过他在晚上写日记，是个很厚的蓝皮日记本，昨天我也找过，但日记本不见了。如果小江立意自杀，不想被别人窥探到自己内心，那么很有可能在之前自己处理了日记本。"

有些人在自杀前会处理掉自己贴身或喜爱的物品，或烧或扔或送人，江城紫也知道这一点，但她内心深处仍在拒绝弟弟是自杀的这一事实。

中午草草在公安局食堂吃了点饭，江城紫食不下咽。最关键的日记本不见了，有可能是被江城蓝处理掉了，也有可能是被别人拿走的。

下午两点多，尸检结果出来。虽然江城紫一直在下意识地逃避见到弟弟的尸体，仿佛这样就能回避弟弟已死的事实，但此时，她却不得不随着余彦辉，一起步入充满了消毒水和血腥气味的法医解剖室。

法医似乎见多了认尸的悲剧，所以冷冰冰地提醒了一句："他是头颅先着地的，所以……”他缓缓掀开罩在尸体上的白布。

可能是出于对同事的尊重，江城蓝的尸体被修饰过，破裂的头颅看起来没那么可怕，那张曾经充满了朝气和活力的英俊脸庞上现在只剩下紫褐色的肿胀、青灰色的颓败，以及无力的惘然。

江城紫尽管早有心理准备，但仍然痛苦地后退了一步，左手被余彦辉狠狠握住。他以为她会坚持不住。

忍了半天的泪水终于挣脱了桎梏夺眶而出，苦涩的眼睛得到了滋润，却更加胀痛起来。她哽咽着，不想如此失态，但却阻止不了更加汹涌的泪水。

“请等一下！”她猛地甩开余彦辉的手，转过身，默默地低着头抽噎。

法医把白布重新罩回，与余彦辉对望一眼。余彦辉也不知要怎么安慰这位同行兼下属至亲，掏出烟盒来想抽支烟缓解这种尴尬，又想到这里是无烟室，只好更加尴尬地把烟盒收回。

江城紫转身，脸上泪痕未干，但红肿的眼中却已无泪，声音有些沙哑地道歉：“不好意思，请说尸检结果吧。”

法医叽里呱啦说了一大堆术语，最后总结：“身上无防御型外伤，创伤符合高坠伤特征。血液中无酒精，无药物残留。可以定论为：自杀。”

于是，尘埃落定。

日渐西沉，余晖斜笼卧室，如坠落点那曾经存在过的一摊半凝的血，深深地扩散到光线力所能及的所有地方。

江城紫坐在床上，全身都被这浓郁的血色笼罩，痛苦、愤怒、百思不得其解。如果说江城蓝是自杀，那么他到底是因为什么而自杀？除了他曾抱怨过的人际交往上的挫折以外，实在看不出有什么严重的事情，难道他竟然脆弱到如此地步？这完全超乎江城紫想象。

厅里的座机突然响了起来，百折不挠地唤回了江城紫神游万里的思绪。她拿起电话，对方有些不满地问道：“是江城蓝吗？我是快递公司的，你在网上订购的牛肉干到了，我在你楼下，下来签单吧。”

江城紫一头雾水地下楼，从快递员手中接过一个盒子，在上面签下了自己的名字,并解释:"我是江城蓝的姐姐。"

快递员不耐烦地说:"你弟弟既然在订单上留了手机号,怎么总关机啊,我打了一百遍也没打通,最后从卖家那里要到了注册信息中的固话号码,这才找到你。"

江城紫懒得解释,捧着盒子转身上楼。在上楼途中,她随手拆开了盒子,里面装的真是牛肉干,约五斤重。江城蓝的确喜欢吃牛肉干,但他以后再也吃不到了。江城紫胸口堵得有些喘不过气。

牛肉干包装袋下有一张名片,背后用碳素笔写了一些字:"亲,谢谢你多次支持小店生意。"正面是一家淘宝网网店的网址、店名、联系电话等等,下方还标有此家网店的消费者保障服务项目,包括正品保障、7天无理由退货、如实描述和闪电发货的标志。

看到"闪电发货",江城紫突然一愣,她重新看了一眼外包装盒上的发货单,上面标明发货日期是6月5日也就是昨天。根据淘宝网规定,"闪电发货"就是卖家承诺在1小时内发送虚拟物品服务或24小时内发送大部分实物商品的服务。牛肉干的发送属于24小时闪电发货的范围,也就是说,江城蓝是6月4日也就是自杀的前一天下的订单。

有人会在预谋自杀的前一天给自己上网订购零食吗?

江城紫心中疑云密布。

经过六楼时,601室的门正好打开,出来一个红衣女孩,约莫八九岁,雪肤粉唇,灵秀可爱,只是眼睛有些红肿。见到江城紫正打算往楼上走,于是好奇地问道:"姐姐,你是城蓝哥哥的姐姐吧?"

江城紫心不在焉地点头。

小女孩眼中含泪:"姐姐,你别太难过了,城蓝哥哥人那么好,现在肯定在天堂里呢。"

她见江城紫涣散的眼神聚焦在自己身上,于是自我介绍:"姐姐,我是余淼淼,城蓝哥哥跟我爸在一个队里工作,他平时经常陪我玩电脑游戏,对我可好了。"

江城紫点了点头,猜到这就是余彦辉的女儿。她看看手中的盒子,把名片留下,盒子递给了余淼淼:"这是城蓝订的,他再也不用吃了，送给你吧。”

余淼淼懂事地接过盒子，向江城紫道了谢，跑回了家。

江城紫头重脚轻地回了江城蓝的宿舍，一头扑到床上，脑中不停地考虑，如果江城蓝不是自杀，血液里没有药物和酒精残留，显然又不是意外坠楼，那就是谋杀。可如果是被人谋杀，江城蓝坠楼时身边没有人，可以排除被推下楼的可能，血液里没有药物残留不代表没有服用过药物。许多药物都能在24小时内降解，江城蓝身上没有针孔，难道会是口服了什么迷幻类药物？可江城蓝宿舍里连感冒药都没有，他一个新到槐安市刚两周的外地人，又能从哪儿弄到什么奇怪的药物呢？要说是被人下药，从胃溶物和垃圾桶里的包装纸来看，他买的是超市的真空包装速食，在宿舍里用微波炉加热食用，没有与外人接触的机会啊。

江城紫越想越奇怪，反而头脑有些混乱，不知该从哪里着手了。

门铃突然又响了，她叹口气，真是没完没了，这又是谁啊？

打开门，门口站的居然是余淼淼。女孩一脸祈盼地说：“江姐姐，我妈妈在做海鲜火锅，我爸爸想邀请你来尝尝，你能来吗？”

江城紫其实真没什么胃口，虽然中午只在食堂扒了两口米饭，但现在满脑子都在考虑弟弟的死亡真相，哪有什么心情去吃海鲜火锅。只是见余淼淼一双妙目直直盯着自己，估计是江城蓝经常陪她玩，所以爱屋及乌了。怎么也说不出拒绝的话，所以只好跟着下了楼。

宿舍楼是老楼，余家住进来估计也有些年头了，看起来就是很普通的一个家庭。江城紫进门时，火锅水刚开，余太太正忙着往里面加海蛎子肉，见江城紫进来，淡淡地说：“江小姐，请坐，一会儿就好。”

刚到陌生人家，江城紫初时也有些拘谨。吃火锅有个好处，热气氤氲，全员行动，料理自助，最是容易增进感情亲密起来。可吃了一会儿，江城紫却觉得更加冷清。余太太可以称得上面无表情，余彦辉则总是板着一张脸，估计是职业造成的。

在别人家做客，如果主人不热情招待，除非是自来熟，否则很难熬得下去。江城紫现在就遇到这种情况。按说余家要是不欢迎她，干吗要请她来吃饭呢？既然请了客，为什么主人们又是这番表情呢？

余太太看来天生就是表情平淡的人，虽然跟江城紫完全不熟悉，但当最好的海蟹煮熟后，却是将最大的一只蟹先夹给了江城紫，而且口中说："江小姐，千万别客气，我们这儿没什么好东西，就是海货新鲜，你多吃点。"

主人们绝口不提江城蓝的自杀，显然是想让江城紫更自在些。只是夫妻之间的琐碎对话也是非常简短冷淡，说他们关系不好，肢体语言又显示二人配合默契亲密，令江城紫完全摸不着头脑。

余淼淼似乎对这种情况完全不了解，捞着自己爱吃的北极虾吃得不亦乐乎，还连比带画说自己学校里的事情。父母虽然没什么表情，但也并没冷场，余太太批评女儿考试又没考好，余彦辉则嫌女儿最近游戏玩得太多。

见一家人有问有答，虽然没什么热情的表示，但在无形中拉近了主客间的距离，这顿饭吃得稍微有点儿生活气息了，江城紫总算没那么尴尬，有句话到嘴头，因为这种气氛就始终没有说出来。她很想问余彦辉：江城蓝在自杀前一天的情绪如何。

一顿饭吃得主客皆不欢，余太太又坚持不用江城紫收拾碗筷，所以江城紫只好告辞。倒是余淼淼欢快地要送江城紫上楼，正好江城紫想从她口中问出点什么，所以二人一起上楼，进了江城蓝的宿舍。

江城紫从宿舍里翻出一罐饮料递给余淼淼。女孩显然跟江城蓝熟得不得了，所以与江城紫相处也毫不拘谨。

"淼淼，前天你见到过我弟弟吗？"江城紫装作漫不经心的样子问道。

余淼淼毫无心机地回答："见过，城蓝哥哥忙着办案呢。前天下午放学后，我去爸爸单位，见到过城蓝哥哥。他当时很高兴的样子，正在上网。我问他为什么这么高兴，他说正在办的案子找到了很重要的线索，很可能是件大案。我再问，爸爸来了，不许我小孩子问那么多，把我赶回家了。"女孩不高兴地撅嘴。

余淼淼走后，江城紫按名片电话打过去，卖牛肉干的淘宝店铺客服核对过，江城蓝是在6月4日早上7点21分下的订单。

江城紫把目前所知的时间线排列起来：5月23日，江城蓝到槐安市公安局报到，并打电话述说这座城市的优美；5月31日，打电话抱怨这座城市人情淡薄，非常排外；6月4日早上7点21分，在淘宝网下订单买牛肉干，中午12点45分，打电话给姐姐说发现工作第一案的重大线索，承诺晚上再打电话；下午近5点，余淼淼在队办公室看到江城蓝仍然是很高兴的样子，忙于破“大案”；6月5日凌晨4点51分，“跳楼自杀”。

在纸上划拉时间线的江城紫写到这里，把手中的笔狠狠一摔，现在谁要敢在她面前说江城蓝是自杀的，她会把这张纸塞进那个没长脑子的家伙嘴里！

她又捡起笔，在“大案”和“重要线索”的字样下重重画线。

江城蓝如果是被谋杀的，他在这座城市一无仇人，二无情人，三无钱财，在排除种种可能后，最大的嫌疑就着落在这桩他承办的案件上。

江城蓝查到一桩大案的重要线索导致被灭口？凶手又是如何做到把一桩谋杀案掩饰为自杀案的？

第三章

遗案线索

这一夜，江城紫也如两天前睡在这张床上的江城蓝一样辗转反侧。天刚蒙蒙亮就起了床，打开门，侧耳倾听楼下的声音。

余家有孩子要上学，起床必然早。果然，刚 6 点半，楼下就传来余淼淼和余彦辉的说话声。江城紫立刻跑下楼，拦住余彦辉。

“余队长，城蓝的死我怀疑与他生前办的案子有关，你能不能告诉我那个案子的详情？”江城紫有些激动。

余彦辉板着张脸，口气倒很平和：“江城紫同志，虽然我们是同行，但各市有各市的规定，你也知道，如果案件与西成市没有关联，我是无权透露有关信息的。而且……”他语气一转，似乎有点说不清道不明的味道，“那案子是我和小江两人搭档合办的。但我工作繁忙，他自告奋勇承担了大部分的侦查工作。昨天小江……后，局长就要求把他手头待办的所有事宜都转给别的队了，我也不知道现在是谁在具体承办那个案子。”

“那你总能说一下，是个什么性质的案子吧？”

“一名公安部通缉犯疑似被绑架的案子。”说完，余彦辉带着余淼淼匆匆下楼了。

江城紫怔在那里。通缉犯疑似被绑架？她原以为这个大案会是谋杀案，又或者是什么涉及到组织或集团的涉黑、经济案件，凶手或犯罪组织为了掩饰罪行而杀人灭口。可通缉犯被绑架，这算是怎么回事？无论是为金钱还是为复仇，绑架者最不需要的，就是惹怒警方，尤其是尚未被定性为绑架案时，杀害一名警察只会为绑架者带来更多的麻烦。

既然在余彦辉这里得不到更多线索，那就只有自力更生了。江城紫倒是不憷。

槐安市公安局的大门装有刷卡的智能锁，每名干警从外部进入都必须刷卡，访客则由值班民警从内控制开门，江城紫在昨天进去时就注意到这一点。江城蓝也有门卡，就放在床头柜，来勘察现场的警察没有收回门卡，正好被江城紫利用起来。

上午举行了江城蓝的遗体告别会，局领导和刑警支队的全体干警出席了告别会。江城紫面容悲戚，但滴泪未落。找出弟弟死因真相是当务之急，没有时间可以悲伤和软弱。但她也发现，江城蓝至少有一点说对了，他的同事们的确态度都很冷淡，即使在这样的场合里，也没有人流泪，极少有人流露出悲痛的表情，大多数人都是垂睑默哀。除了大喇叭里放的哀乐还有些气氛，整个现场基本就是一群人围观，又一群人散开的默剧。

局领导倒是在临行前，握着江城紫的手，关切地询问她的生活和工作状况，承诺有问题可以找局里解决。

下午，江城紫磨磨蹭蹭收拾着江城蓝的遗物，好不容易熬到晚上。余家又邀请她去吃晚饭，江城紫婉拒，到街上随便吃了点东西，准备夜探江城蓝办公室。

晚上 11 点多，公安局大楼上最后一间办公室的灯也熄灭了。又等了半个多小时，一直潜伏在窗前花坛的江城紫见值班民警走出值班室，不知是上厕所还是做什么事，立刻抓紧时间，刷卡进入大楼内。

江城蓝的办公桌很好认，桌上的姓名牌并没有撤掉，所有文件都被收拾一空，电脑倒还在。

江城紫环顾四周，确认整层楼内都很安全。她没有开灯，摸黑打开电脑。江城蓝的办公电脑非常干净，没有任何文档，除了装有“罗网”系统外，就像刚出厂的电脑一样空白。

“罗网”系统是一种新兴的专为执法部门设计的软件程序。西成市公安局也装有这种系统，每名干警都有自己的专属工作号与密码可以登录系统，将自己承办的案件相关资料输入系统中，内部局域联网，也可以与外市或省、部联网形成总数据库。

根据桌上姓名牌上的工作号输入系统，至于密码，江城蓝所有密码都万变不离其宗，全是自己加姐姐的生日。于是江城紫输入了16位密码，进入系统。

这系统的特点是关于案件证据及嫌疑人特征等非涉密资料上传到服务器后可以选择公开，这样联网系统中谁都可以看到。在办案件由于保密等因素，也可以选择上传到服务器但暂不公开到联网系统中，只有在自己的客户端才能看到。

既然余彦辉说自己也不知道案子转到谁手中，就说明这案子上传到服务器后尚未公开联网，江城蓝这里的客户端应该能看到案件所有资料。

奇怪的是，江城紫进入江城蓝的客户端后，发现资料空白。作为这种系统的使用者，江城紫很清楚，办案警察必须要将承办案件资料全部输入系统，这是无纸化办公的要求。

“罗网”系统很全面地列出所有办案可能要涉及到的内容，填入者只需要根据系统提示进行逐步输入即可。江城蓝既然曾经办过绑架案，即使案子转交他人办理，他的电脑里也应该还存有案件资料。

案卷被人删除了？可删除者怎么会有江城蓝的用户密码呢？这倒是更加深了江城紫的怀疑，有人不想让这个案子被侦破。

西成市公安局在安装“罗网”系统时，曾经邀请软件开发商的代表在局里开课教授使用方法，那位代表对江城紫颇有好感。有一次江城紫误删除了一个案件资料，急得不得了，打电话找此人，在私下里得知了此系统是有备份资料的。即使从客户端删除了资料，但服务器上还有备份，只是备份资料存放处非常隐蔽，普通人根本不知道，也算是开发商留下的一个小后门。

江城紫恢复了备份,终于看到了这份扑朔迷离的案卷。如余彦辉所述,这果真是疑似绑架案。

6 月 1 日晚 11 点 52 分,110 指挥中心接到匿名报警电话,报案者为男性,声音苍老,说在"老地方"酒吧后门口一个男人被绑架。具体描述为 11 点 43 分时,一个三十来岁的右眼角有指甲大褐色斑痕的光头男人在后门东张西望,一辆停在那里的面包车上跳下三个男人,其中一个用布罩住了光头男人的头,光头拼命挣扎,另两个迅速架起他,把他塞进车里,然后开车向东逃跑了。

110 迅速出警,在酒吧后门的水泥地面上发现了两滴血迹,再无其他线索,也不知报案者是谁。通过血迹的 DNA 对比,发现与正由公安部通缉的在逃双尸命案嫌疑人邓文亮相符。于是这个案子就落到了二大队头上,由余彦辉带江城蓝侦破。

江城蓝在 6 月 2 日晚上走访了"老地方"酒吧,他拿邓文亮的通缉照给酒保看,酒保认出 1 日晚上 10 点多钟时,邓文亮曾在酒吧吧台前坐过,先后要了两瓶啤酒。在 11 点半左右,有个男人似乎递给邓文亮一张照片或是纸片什么的,酒保工作太忙,再加上灯光昏暗,没有看清那男人的模样。邓文亮看到那张照片或是纸条,犹豫了一会儿,然后走向后门,之后酒保再没见过他。时间倒是与匿名报案者所述吻合。

江城蓝走出后门,发现身处一条肮脏的小巷中段,到处都是污水垃圾。在巷口有一个监控摄像头,属于交警部门。但江城蓝去交警处取证时,发现 6 月 1 日此地全天的录像都不见了,交警部门也说不出录像丢失的理由,相互推诿扯皮,导致本案失去最有可能发现线索的证据。

江城蓝又走访了附近的住户,巷外一家杂货铺的老板证实午夜不知几点时,是有一辆车快速经过,他听到了车的声音,但没见到车的样子。除此外再无目击证人,更无线索。

江城蓝在 6 月 3 日上午 9 点 19 分输入的调查初步报告中写道:鉴于报案者所述及走访调查结果,我认为此案应归类为绑架案。作案者对附近地形极为熟悉,绑架手段熟练,没有留下任何可用线索,怀疑非初次作案,是否可与本市以前绑架案件进行交叉对比,寻找可疑人物?

之后关于此案的资料再无更新，直到6月4日下午1点53分，江城蓝再次编辑调查报告，只输入了几个字：本案发现重大线索，我找到了目击证人及报案者，但他的话有些匪夷所思，如属事实，案情就非常严重了，所以需要继续谨慎调查。

案卷内容就更新到了这里。15小时后，江城蓝坠楼身亡。

一个遭到全国通缉的杀人犯被手段熟练的多人绑架，调查此案的江城蓝因发现重要线索而被灭口？

江城紫看到这里，感觉有了些头绪。虽然这案子怎么看都不太复杂，但涉及到江城蓝离奇的死法，显然就没那么简单了。见再找不到别的线索，她把邓文亮的照片打印下来，然后关上了电脑。

此时已近凌晨两点，值班民警在值班室内间早已沉睡。江城紫小心翼翼潜入外间，按下控制键，大门无声打开，她悄悄走了出去。

在明确了下一步的调查方向后，江城紫这一夜睡得安稳多了，一觉醒来已是早上9点多。她吃了早饭，又磨蹭了一会儿，10点多估计酒吧已经开门，于是打了辆出租，找到了“老地方”酒吧。

酒吧已开门，但一个客人都没有。酒保懒洋洋地擦拭着吧台。江城紫调整了一下情绪，表现出焦急和忧郁的样子，走上前，对酒保说：“你好，请问你几天前有没有见过这个人？”随即把邓文亮的照片递了上去。

酒保看了一眼照片，又看了一眼她，仍然懒洋洋地回答：“见过。”他的回答，与江城蓝在工作报告中所述一样。但说完，酒保又反问：“你是谁？为什么要问这个？”

江城紫早有准备：“我是他妹妹，警察告诉我，我哥失踪了，最后出现在这里，所以我想来找找，看会不会有别的人看到我哥。”

酒保毫无吃惊的样子，只是压低了声音：“听说世道不太平，这几年道上陆续有人失踪，当然都不是什么善角色，你哥估计也是这样吧。”

江城紫一惊，江城蓝的分析居然是正确的，他曾建议将此案与以前的绑架案交叉对比，看来邓文亮的被绑架不是个案。只是，如果失踪者都是黑道人物，那么绑架有可能是寻常的帮派内斗了？

酒保突然把手中的抹布扔到吧台上，冷冰冰地说："你到底是干什么的？你要真是他妹妹，不会手里没一张你哥的生活照，拿的却是通缉照，跟警察拿给我看的一模一样。听到你哥跟黑道人物一样失踪，你不但不惊讶担心，反而一脸沉思的表情。你是警察吗？别在我面前玩这套把戏了！"

江城紫身上出了一层薄薄的虚汗，这酒吧龙蛇混杂之处，酒保也练得火眼金睛了，简直比老练的警察还会识人。她急忙站直了，低声对酒保说："抱歉，我的确是警察，我也是迫不得已才假冒邓文亮的妹妹。2号曾经来这里给你看邓文亮照片的警察是我亲弟弟，他在5号凌晨坠楼身亡，被定为自杀。这件案子是他生前办的最后一个案子，我怀疑与他的死有关。"

听到这里，酒保来了兴趣，脸色缓和了许多，"哦"了一声，有些若有所思。

江城紫察言观色，又说："他曾提到在6月4日下午得到了关于本案的重大线索，请问你知不知道是什么线索？"

酒保挠了挠下巴："是姓江的年轻警察吧。4日中午又来过，态度很诚恳，他工作真是很认真，再次恳求我好好想想附近有没有什么人会目击到当时的情况。我挺喜欢他的，没那些老油子警察的毛病，所以就告诉他，在后巷有个流浪老头，在巷尾搭了个简陋的窝棚住着，神出鬼没的，但不知那么晚了，那老头有没有看到什么。就这样，那警察就走了。"

江城紫沿邓文亮走过的路线，穿过不长的昏暗的走廊，拉开后门，走到了外面的小巷。这证实了她先前的推测，午夜时分，酒吧里的人都已有醉意，没人会注意到邓文亮出了后门，而且后门小巷里脏兮兮的，除了醉汉偶尔把这里当呕吐场所，没有正常人会在这里逗留。所以要想找到目击证人确属难事。

小巷也就五六百米长，在中间偏巷尾处有一道五十多度的弯，从酒吧后门处可以看到巷头巷尾，但在巷口却只能看到后门而看不到巷尾，如果那老流浪汉躲在阴暗处，完全可以目击到邓文亮被绑架全过程而不被人发现。她看了看巷口的摄像头，转身走向巷尾。

那窝棚远看黑乎乎的,江城紫以为是风吹雨淋脏得够呛,没想到走近了才发现,窝棚被火烧过,原来撑着破毡布麻袋之类屏障的竹竿还有墙面被烧得焦黑,之后又似乎被水淋过,一地狼藉。

她叹了一口气,都烧成这样,那老流浪汉哪里还会在这里逗留,一座城市这么大,又去哪儿寻找这个毫无特征的流浪汉呢?

她正郁闷着,突然感觉到背后有什么异常,猛地一回身,一颗白发蓬乱脸庞黝黑的头忙不迭地缩回了拐角处的墙后。她唇角微扬,难道,好运来了?

江城紫猛地跑过去,听到拐角后也有踢踢踏踏的声音,那老头显然跑不过江城紫,还没到巷口就被江城紫一把揪住了破烂的背心,江城紫使了个巧劲,拦在这人身前,堵住了他的逃路。

偷窥者一脸沧桑,艰苦生活的磨难令江城紫看不出他的大概年龄,但见他的褴褛衣着和惊恐表情,江城紫已猜到这人正是酒保所说的老流浪汉。

“你跑什么?我又不会伤害你。”她和颜悦色地说。

老流浪汉也打量着她的衣着和表情,脸上的惊恐退去,唯余激愤。“我不跑,难道等着被人宰?”他声音一大,突然警觉地压低声,又鬼鬼祟祟地环顾四周。

“谁要宰你?是放火烧你棚子的人吗?”江城紫也压低声音问道。

老汉点点头:“那个警察走后,当天晚上大概天亮前最黑的时候,有两个人来翻我的棚屋,然后放了把火,要不是后来下了雨,这火可能把整条巷子都烧着。我幸好那天手头有点小钱,买了瓶酒,躲在巷中那店铺的小杂物棚边上喝酒,亲眼看到他们放火,要不是我机灵,拼命拱进杂物堆里,那两个人经过那里时肯定会看到我。我的棚子他们都不放过,会放过我吗?”说到后面,他牙齿都打起了冷战,显然至今仍心有余悸。

江城紫脑中灵光一现,声音止不住地拔高:“匿名报警者是你,对不对?”

老汉斜睨她:“你跟前几天来的那个小警察是一起的吧?他也是这么问我的。能说的我都说了,他也保证为我保密的。”

江城紫抑制不住心中的兴奋："大爷，你曾经对他说过的话，能不能麻烦你再说一遍。我需要核对一下，以后绝对不会再来打扰你。"

老汉吭哧了一下，江城紫抽出一张百元钞票递给他，很诚恳地说："大爷，我薪水也不高，这点钱你别嫌弃，拿着买床被褥吧。"

老汉立刻眉开眼笑，接过钱塞进怀里："是我报警的，我在前面的一家公用电话亭打给110，我跟110说都是我看到的，只不过有一点我没说。我看到了那辆白色面包车的车牌，是本地牌照00957。那个姓江的警察找到我，我把这事告诉他了。"

江城紫大喜，有了车牌号就好办了。

老汉又狡黠地说："看在你比那个小警察更懂事的分上，我再免费送你一个消息。我们这几条街上的老家伙经常在一起拉呱，用你们的话说就是交流信息。这一带酒吧网吧很多。老兄弟们也说过，曾见到过白色面包车带走人的事，都是好几个大汉一起上，罩人头，然后塞车里带走。不过被带走的也没几个好东西，有的甚至还打伤过我们老兄弟，所以他们几个都在看，哈哈笑，没人告诉警察。我是因为那个被绑的人曾扔给我十块钱，虽然钱不多，但好歹也是个好心，所以冲着这一点，我才报警来着。结果真是晦气，早知不要这十块钱也不报警，要不哪来这么多麻烦事啊。唉，这里不能再待下去了，又要另找新家了。"

江城紫又塞给他一百元钱，然后两人皆满意地各奔东西。

在车管所，江城紫利用自己的警察身份，很容易就查到了00957这个车牌号属于槐安市戴门电子科学研究中心，车是一辆白色丰田面包车。

从车管所的电脑屏幕上一瞥，她看到这辆车的年检时间快到了，于是使用车管所里的付费电话，通过查号台问到了戴门中心的电话，打了过去："你好，我是车管所的，你们中心的00957丰田面包车年检快到期了，请及时来年检。"对方非常感谢，然后挂了电话。

江城紫奇怪起来。对方显然对于自家的车和车牌没有丝毫疑问。车牌号被盗用，还是说找到了正主儿？江城紫怎么也无法想象一家科研中心与绑架案之间的关联。

回到江城蓝的宿舍，江城紫用他的笔记本上网，搜索关于戴门中心的资料。网上关于此中心的资料不多，似乎是一家名不见经传的小研究中心，由私人基金会投资，挂靠在槐安市科委下的一个小部门，属于自收自支的单位。中心的研究范围是电磁波基础理论及应用研究，法人代表是郭中昌。简单得不得了。

江城紫又在科委官网政务公开的信息栏中找到了中心的人员编制。主任：郭中昌，副主任：高岭、孙建会、曾宝萼。编制人员 344 人，实际在岗人员 465 人。

令人震惊，一家小小的研究中心，居然有这么多工作人员？江城紫见再搜不到什么资料，于是改在互联网上搜索起中心的四位正副主任资历背景，结果更令她吃惊。

主任郭中昌，56 岁，生物电子学专家，十年前在国内生物电子学领域内成就曾独步一时，后来逐渐销声匿迹，在接任戴门中心的主任后，网上只有一条消息，是某专家戏称郭中昌江郎才尽，因为皆非家喻户晓的明星人物，所以消息并没有四处流传。

行政副主任高岭，43 岁，电磁专家，在行业内也有着不大不小的名气。

研发副主任孙建会，41 岁，电磁专家，在纳米电子学领域曾是领头人物，但也如郭中昌一样，近年渐无新发展。

联合副主任曾宝萼，女，41 岁，脑科专家，近年还在一些医学刊物上发表了不少关于脑神经研究的论文，虽无重大发现，但也有着自己独到的观点，有一批稳定的拥趸。

整理出这份简短的，有些方面甚至可称为语焉不详的简历。江城紫甚至怀疑自己是不是搞错了，戴门是一家电子研究中心，主要研究电磁波，可领导们却不怎么靠谱啊。

主任郭中昌是生物电子学专家，她在网上查了一下，生物电子学一是研究生物体系的电子学问题，二是应用电子信息科学的理论和技术解决生物学问题，虽然与电磁波研究不是那么特别对路，但好歹都属于电子学范畴。那么曾宝萼算是怎么回事？脑科专家怎么跑到电子研究中心来工作了？而且戴门中心似乎专门收留过气专家。难道说只是槐安政府开设的一个鸡肋部门，招聘一些过气专家当招牌充门面?

江城紫觉得自己有必要去实地看看,这家戴门研究中心到底是怎么回事,又在弟弟的“自杀”案中充当了什么角色。

第四章

三张照片

高岭漠然地看着监控屏幕中的女孩，看着她满脸疑惑地望着中心，似在与屏幕后的高岭对视。过了一会儿，女孩取出望远镜，对着中心仔仔细细上上下下地观察，脸上迷惑的神色更加浓重。

高岭低笑，问正在亲自操作摄像头不断紧随女孩行动并放大画面的保安主管章华："她都发现了些什么？"

章华谨慎地组织着用语："江城蓝那里都已处理干净，不知她从哪儿弄到了邓文亮的消息，找到了目睹我们带走邓文亮过程的流浪汉，那老头在我派人处理掉时逃掉了。"他偷偷瞥了一眼高岭，见后者神色如常，这才继续说下去，"那老头肯定又告诉她车牌号了，她曾在车管所查过这车号，又给我们前台接待处打过电话证实过。现在估计是起疑心了，所以跑到中心这里来实地观察了。"

高岭奇道："你为什么一会儿说江城蓝一会儿说流浪汉，江城紫到底是怎么考虑的，这才是关键！"

章华额头上渗出薄薄的汗，声音有些底气不足："高主任，江城紫的情况我们目前完全不了解。"

"怎么回事？"高岭更惊讶了，"6 日那辆大巴没拦得住，进来时不是放过载体雾吗？到现在,吸入应该起码有50多小时了吧,怎么会完全不了解?”

章华耸耸肩:“我也不知道,一直在跟分析室联系,可他们也一直没给我结果。”

高岭拿起内线电话拨了一串号码,接通后问道:“江城紫有没有监测到?”

对方回:“没有……”

他脸色一变:“她现在就在中心大门侧前方,在这么高度敏感区还监测不到？你们都在做什么?”

对方诚惶诚恐地回答:“高主任,理论上吸入载体雾后72小时内她随时都有可能被监测到,这是因人而异的啊!”

高岭冷哼:“现在已经50多小时了,人就在我们面前,你们可曾监测到哪怕丁点儿的信号?”

对方沉默了,好一会儿才说:“这是有些异常,按以往操作来看,这时候大部分人的信号都应该比较强了,就算有极少数人反应慢,总应该会有微弱信号的……”

高岭哼了一声:“那军官和大巴上另14人呢?”

对方立刻回道:“那14人反馈情况良好,全部都能监测到。至于军官……”这次沉默时间更久了,直到高岭又哼了一声,分析室才回答,“高主任,军官身上似乎带有电磁干扰器或是屏蔽器,我们完全监测不到他的任何反应,收到的全是乱码。”

高岭愣了几秒后,缓缓放下了电话,右手手指下意识地敲击着桌面,人已经神游太虚了。

章华毕恭毕敬地等候高岭的指示,没有他以为的那么久,就重新听到了高岭的声音:“把他们两人的资料再拿给我看看。”

虽然提前知道了军官的到来并作了相应的准备,但没想到原以为可以轻松去掉的麻烦现在都变得有些棘手了。高岭认真地翻看着手头贴着照片的两份个人简历。

江城紫,女,26岁,西成市人,父母早亡,与弟弟江城蓝相依为命。姐弟俩皆就读于同一所警官学校,江城紫两年前毕业,在西成市公安局刑警分局工作，工作极为优秀，仅用半年时间就从内务转到外勤，四个月前在一次追捕行动中遭遇车祸，头部受重伤，昏迷了近三个月才苏醒，目前正在病休期间。截至8日早上9点的行动：仍在调查弟弟江城蓝死因。

梁植，男，30岁，北京人，中国人民解放军现役少校军官，在总装备部工作，其他资料不详。来槐安任务：充当某军工集团研究所电磁武器专家闵夕朝、助手刘凯在槐安市进行机密实验期间与总装之间的联络官。截至8日早上9点的行动：不详。

看到这里，高岭瞅了章华一眼："已经好几天了，怎么梁植的资料还是这么少？"

章华有些惭愧："对不起，高主任，他的个人资料完全保密，任我们怎么查也查不到。不过刚从水警区那里了解到，他已经与水警区取得了联系，水警区那里正在竭尽全力搪塞'南柯'舰的事故，但这人很精明，恐怕很快就会穿帮了。"

高岭叹了一口气："这两个人真是个麻烦。早知如此，那山上的炸药应该多放点，直接把他们都淹埋了多省事啊。"

江城紫坐在返程的出租车里，心神仍在激荡。戴门中心远非是她初时想象那样的门面单位，而是一座占地上百亩的庞大的机构。中心位于槐安市南郊，在一座小山丘脚下，中心的大半都是林立的高高低低的金属天线，有上百根之多，天线上网线密布，如金属蜘蛛织就的巨大网络，密密麻麻，冷冰冰地指向天空，在中午的阳光下反射着生人勿近的诡异冷光，令人极为惊叹这家研究中心的规模。

围绕在天线附近的多栋高低错落的建筑物倒没什么特色，门窗紧闭，进出皆刷卡。楼与楼之间开阔的水泥地上，来往的人大都以电瓶车代步，也有安步当车的。

从那些来去匆忙的人的脸上，江城紫尽管使用高倍望远镜，也看不出他们有什么异常的表情。就是一群普通人，一群似乎是科研人员的人在忙于工作，不像是冷血杀手，不像是科学狂人，不像是什么恐怖魔窟里的魔鬼。

会是他们绑架了邓文亮和其他人吗？会是他们导致了弟弟的"自

杀”吗？江城紫在中心大门外的某个角落里观察了许多，迷惘起来。

白色的丰田面包车太多了，或许只是有人套牌使用了中心的车牌吧。返回到弟弟宿舍的江城紫，在刚打开门时还是这么想的，但随后注意力就被躺在门内地板上的大信封吸引住了，这是有人从门缝下塞进来的吗？

信封很普通，在邮局就可以买到，上面没有什么图案或字迹，没有封口。

江城紫找到一把镊子，戴着手套走到窗口，对着阳光轻轻撑开信封，里面没什么陷阱，只有三张横向的照片，各有A4复印纸大小。用镊子把照片夹出来，她又倒了倒信封，里面再没有别的东西了。

照片是黑白的，看角度应该是卫星照片，照片右下角有人用铅笔潦草地标有1、2、3这三个序列号。放在电脑桌上，按一字排开，看了第一眼，江城紫没看懂。于是她单独拿起了标有1的那张，揣摩它的含义。

这张照片拍的是一条大街的某一段，按主题可以分为上、中、下三个层次，上层可以看到路边的店铺，依次为鞋店、体育用品店、酒楼、服装店和服装店；中层是人行道，道上有二三十人，服饰各异，但表情动作一致，都是面无表情，仰头望天，同时双臂前平伸，做蹦跳状；下层是马路，双向六车道，车全部都停在道上，但许多车都停得乱七八糟，似乎是急刹车造成，车门大开，车旁皆有一道数人，估计是车主及乘客，在车道上所做动作与人行道上行人一致。

照片上所有人都在做同样的诡异动作，令江城紫毛骨悚然，这不是电视剧中最常见的僵尸跳吗？为什么人行道上的行人和车道上的司机们会在同一时间做僵尸跳？难道是某种行为艺术？

这张照片令人毛骨悚然，但江城紫过了一会儿才知道，这三张照片一张比一张更令人毛骨悚然。

她拿起标有2的照片。这是一艘停在海中的船，不，应该是军舰吧。船上超乎寻常规格的雷达天线和船头的炮台都在提示这是一艘军舰，舰头涂着舷号“820”。

舰上有人，在镜头正下方处，有两个穿着某种类型防护服的人正抬着一副担架，担架上蒙着的应该是一张白布，下面有可能是尸体或者别的东西，从黑白照片上只能看到蒙在担架上的布上到处都是不规则的深色阴影，担架下也有一溜的深色水滴。

这张卫星照片拍得太过清晰，以至于江城紫立刻猜到布上的阴影和甲板上的水滴都是血迹。她震惊地张大了嘴，因为她终于看到了这张照片的重点。在穿防护服者不知是刚走出来还是正打算进去的船舱口处，大片的阳光投了进去，在船舱深处阴影的衬托下，被阳光笼罩的船舱墙面上也有大片深深浅浅的阴影，在地上的一摊深色的阴影中，孤零零躺着一只断口参差不齐的手臂——痉挛的手指证明了它是属于人类的……

这是一艘刚经历了某种惨剧的军舰，不知舰上人员伤亡情况，但场面看来是极度的惨烈。江城紫震撼得连自己在不停地发抖都没有注意到。这是什么船？什么时间？什么地点？它究竟发生了什么事？

当江城紫清醒过来时，发现肌肉紧绷得有些酸痛，人不知什么时候已经坐到了冰凉的地上。她缓缓站了起来，把早不知几时扔到一边的照片捡起来，放到电脑桌上，然后深呼吸，喝了一杯滚热的水，又在窗前曝晒了一阵初夏午后颇具热力的艳阳，这才感觉像一只刚从冬眠中苏醒过来的爬行动物，身上的热血开始流动起来。

她拿起第三张照片，先不急于看，而是走到沙发前，找了个舒服的姿势窝进去，这才准备接受第三张照片的冲击，省得再不知不觉坐到凉地上长时间折磨臀部。

第三张照片的视觉冲击没有第二张那么严重。拍的应该是某个社区的鸟瞰图。照片可分为两个层次，上层是路边的建筑，似乎是个幼儿园，园子里有滑梯、秋千和转转椅等设施，正值白天，可空无一人。

下层是马路，空荡荡的，路边停了几辆车，有的车玻璃是碎的。到处都是破报纸、碎纸屑、塑料袋，正中央的地上还躺着一个价值不菲的人偶，似乎被什么压扁了上半身，凄凄惨惨。这张照片的重点在最下方，一道有三四米高几厘米厚的墙，墙顶是尖锐的不规则的刺，似乎是金属板的质地，在阳光下反射出的光把照片模糊了一大片面积，但仍能看到这道金属墙从照片的这一头一直延伸到另一头，似乎无穷无尽的长，笔直坚定地将这片社区隔离起来。

江城紫意识到自己屏息了很久，急忙放松下来，重新吸了一口气。这三张照片，第一张诡异，第二张恐怖，第三张却给人带来一种世界末日般的绝望感。

何时？何地？何人拍？这究竟是人为布景还是真实发生过的？江城紫不明白有人把这三张照片送给自己的目的是什么，要自己调查吗？还是这只是一个深怀恶意的玩笑？

照片上都没有标注拍摄时间，但是……江城紫突然眼睛一亮，第二张照片中，那艘船如果真是军舰，那么根据船头涂写的舷号“820”能搜到这艘军舰的舰名，然后就好办了。

她上网搜索，果然搜到舷号为“820”的军舰，这是一艘名为“南柯”的320吨级巡逻艇，隶属×海舰队，驻地就在槐安市，主要用于舰队支援及近海巡逻，配有舰炮和重机枪。

这艘巡逻艇现处何地？

江城紫立刻打车去码头。槐安市的军港和民用港口毗邻，陆上虽然隔着铁丝网，但海上却无间隔。站在民用码头上，可以一目了然地看到停泊在港口的多艘军舰。

江城紫装模作样地把先前买来的望远镜对着海中央的苹岛看了又看，偷偷瞄了瞄四周，又把镜头转向军港。

舷号为820的巡逻艇果然停泊在水警区的码头，但位于最里端的湿船坞处，不知是在候修还是什么原因，周围一个人都没有，但望远镜轻轻一转，江城紫就看到“南柯”舰有一条无形的警戒线，直径约为三百米的陆上区域，在此区域外，有荷枪实弹的海军士兵把守巡逻。

海上似乎没有警戒，江城紫估计不会没有，只是会比陆上松些。好歹旁边就是民用港口，船来船往的，为免误伤，水警区总不会在军港附近扔上一大堆水雷或者什么危险物品吧。江城紫观察了好一阵，订下了一个冒险计划。

晚上11点多，白日里喧嚣的民用港口终于稍微平静些，虽然停泊在港口的客船上仍然灯火通明，但码头上来来往往的工人却极少见了，门口警卫室里的保安也在打着瞌睡，谁也没有注意到一道苗条的身影矫捷地穿越了门口的亮处，借着码头上堆积的货物和阴影，小心游走于岸边。

衔好呼吸管，戴上潜水镜，江城紫又紧了紧腰间的防水包，轻盈地踩着岸边悬挂着的破旧轮胎，悄无声息地滑入了水中。

虽已入夏，但海水还是凉得令身着廉价潜水衣的江城紫连续打了几个寒战。她匀速划动着四肢，游动了一会儿才逐渐适应了水温。在进入军港区域后，她潜入水下，凭着良好的方向感向“南柯”舰所在的湿船坞游去。

很快，她就发现一个问题，怎么上船？正面显然不可能了，因为她白天时不可能注意到天黑后巡逻艇正面登船的踏板处会被远处的探照灯灯光笼罩，除非能隐形或者远处的哨兵集体失明，否则她无论如何也不可能有那么快的速度通过灯光下十几米长的踏板进入舰内。

江城紫围着军舰转了半圈，突然发现船尾处有一条绳梯垂下来，正好位于阴影处。她心中大喜过望，以为是有人马虎忘了收起船上舷梯，立刻物尽其用，攀缘而上。

她明确记得卫星照片上所摄的舱口位于左舷，自己是从右舷的舱口进入，她没有巡逻艇结构图，又不敢冒着被发现的危险从外围绕过去，所以只能笔直穿越整条船舱了。

从腰间防水包中取出笔式手电，凭着一点小小的光亮，江城紫找到舱内正中央的通道。

海上潮湿凉爽的风从舱口灌入，进了舱内就变得湿闷起来，如黏腻的蛇，纠缠着她已经开始微微出汗的肢体。江城紫心中有一种极度的压抑感，毕竟如果对那张照片她没理解错误，这里曾经死过人……

她打了个寒战，手一颤，手电一歪，照到了一张桌子，桌子是金属所制，固定在地板上，在灯光照耀下，有着隐隐约约的浅褐色印痕。

江城紫心一沉。她手腕轻动，手电照到了更多的地方，墙壁、地面、说不上用途的仪器，到处都有同样的痕迹，大片的、不规则的，有喷溅状，也有抛甩状，有浸染状，也有血泊。

她已经不敢再思考，关掉手电，从包中取出一管紫外线灯，挥动着投射到这些令人触目惊心的印记上。

所有的痕迹都发出淡淡的棕色光,证实是血迹。她顿觉手腕无力,紫外线灯“啪”一声掉落地板,摔得粉碎。

至此,任何一名有经验的刑警都能明白一个事实:这里的确发生过恐怖的事情。尽管血迹的确被人为清理过,但仍能从残余中看出起码有多人在这里遭遇过不幸,无论是被袭击还是什么原因,他们遭受过各种各样的创伤,曾拼命反抗过,所以现场才会留下这么多形态的血迹。

江城紫捂住嘴,努力不让自己发出恐惧的声音。这既然是艘军舰,那么舰上遇袭的必是海军官兵。有这么多海军士兵遇袭,水警区为什么把军舰弄到这里却毫不声张,也不做调查。这里究竟发生过什么事情?

紫外线灯已碎,江城紫只能重新取出手电,她有些犹豫,不知自己究竟还要不要继续向前搜索,内心中已隐隐感觉到再调查下去,自己可能会被卷入大麻烦中。

虽然脑中还在思索,手中的手电却已笔直投向通道前方。一个全身黑乎乎的比自己还要高近一个头正在向自己方向移动的怪物被笼罩在灯光中,江城紫再也承受不住这诡异的压力,尖叫出声。

“闭嘴!”那怪物突然出声,虽然刻意压低了声音,但总算缓解了江城紫的恐惧,证明眼前这是个男人,而且是个戴了夜视镜的年轻男人。

但这时候喊闭嘴为时已晚,江城紫那一声尖叫丝毫没有掺杂水分,尖锐的声音已经打破了夜的寂静。

外面的哨兵已经喊道:“什么人在那里?”

男人摘掉夜视镜,露出一张英气勃勃的脸庞,略带恼怒地瞪了江城紫一眼。

江城紫这次总算及时把惊呼吞回肚中,这男人居然就是跟自己同车来槐安并且在泥石流中驾车救出所有人的那名军人。

她还来不及表达愧疚及歉意,那男人已经跑过她身边,向右舷舱口而去,同时低声说:“还不跑,等着被抓吗?”

一语惊醒梦中人,此时甲板上已传来凌乱的脚乱声,显然哨兵被江城紫的惊叫扰动,全部上船来搜索入侵者了,此时不跑更待何时?

江城紫立刻跟在那男人身后跑出舱口,见那男人来不及沿绳梯攀下直接跃入海中,一个小小的水花后人就不见了。

江城紫惊叹,顿时明白了两件事:一是这绳梯看来是这男人准备的,自己无意中沾了光;二是这男人水性极好,瞧那水花压的,快赶上跳水名将了。说不得,她也只好来个生平第一次的高空跳水了。

在姿态难看地跃入水中,溅起了大片水花,人还没被撞迷糊前,江城紫突然想到一个问题:这男人既然是军人,为什么要偷偷摸摸在午夜潜入军舰中?

狼狈地一路划水返回民用港口,江城紫手脚并用,精疲力尽地爬上岸,躲在一个货堆后喘了好一阵,这才脱掉潜水衣,外罩了一件沙滩裙,在午夜人迹罕见的港口外打到了一辆出租,恐惧、紧张、激动、迷惑地回到江城蓝的宿舍。

进门后,江城紫甩掉衣服,先冲进浴室洗掉身上的油污和海水。但暖洋洋的热水仍然冲不掉她这一晚上的震撼,她就像个傻子一样木然地冲洗。就算十来分钟后裹着浴巾缓缓走出浴室时,她脑中还是一片空白,完全失去了警惕性。

当她发现卧室内还有别人时为时已晚,那人以迅雷不及掩耳之速一个反手摔,将江城紫摔到床上,一点声音都没有发出,手肘已狠狠压制住江城紫的颈部。

呼吸困难……

江城紫脸涨得通红,拼命扒拉着袭击者的手臂,无奈已失去先机,人被压在下方,床上软绵绵的无着力点,对方力量又远超己方,她的反抗如螳臂当车。

那人低声说:“我松手,你不许叫喊,否则……”江城紫忙不迭点头,也不顾对方是否能看到。

对方果然松开手肘,只是仍用某种手法压着江城紫的肢体令她反抗不得。江城紫得到氧气,咳得眼泪狂流,好一会儿才充满怨气地平静下来。

卧室没有开灯,但客厅开着灯,有一丝光亮投进来,江城紫觉得眼前的身影有些面熟,再回忆他刚才说话的情形,突然身子一震,惊讶地叫道:“是你!你……你怎么知道我在这里?难道你跟踪我?”

男人没有回答,微侧身,厅里的灯光斜投在他的脸上,果然正是刚才在军舰上狭路相逢把江城紫惊得泄露踪迹的军人。

江城紫暗自心惊,这人水性果然极佳,看来早在自己上岸之前就已潜伏岸边,然后一路跟踪自己到了这里。虽然她受惊后警惕性降低,但这人的应变和跟踪能力也忒强了吧。

男人目光一紧,突然手下的力道加重,增加了威胁的意味:“我问,你答,老实点。说,你是谁,为什么要夜探军舰?”

江城紫撇了撇嘴,心道:这话应该我问你才对。但人为刀俎,我为鱼肉,这时候还是识时务为俊杰吧,所以老老实实回答:“江城紫,西成公安局刑警,正在调查弟弟江城蓝被谋杀的案子。”

男人面色缓和了一些。

江城紫目光一瞥,看到电脑桌上自己的背包敞开,这家伙显然已经搜过,看到了自己的警官证,现在只是在求证罢了。所以她没好气地说:“既然知道了我的身份还不放手,你想袭警么?”

男人终于放开了江城紫。她撑着床坐了起来,只是身上裹的大浴巾被这一折腾松散开来,顿时春光小泄。她急忙重新系好浴巾,把自己严密包住,故意用男人能听到的声音“小声”嘀咕了一句“色狼”。

男人听到,严肃的表情一滞,瞬时流露出不知所措的羞愧和惘然,但他显然训练有素,立刻脸一板,恢复成原来的样子,只是后退了几步,位置巧妙,无形中控制了江城紫唯一的逃跑点。

江城紫见他堵住了卧室的门,自己又不能从七楼跳窗而出,反而变得冷静下来,坐在床上好整以暇地问道:“你是谁?为什么要夜探军舰?”

她把男人的问话原封不动送还。

男人亮出一张军官证:“我是×部少校军官梁植,到槐安市执行公务。”

二人各自一问一答,但谁也没有真正回答出夜探军舰的原因。所以静默几秒后,二人又同时发问。

“你弟的死因与820艇有什么关系?”

“你既然是军人,为什么要偷偷潜入南柯号?”

二人同时一愣,梁植强硬地回答:“我在执行公务,这是军事机密,无可奉告!”

江城紫气结。但百折不挠这才是第一折呢,如何能难倒她?她狡黠一笑:“恐怕你也在暗中调查南柯号上发生了什么事吧?如果我能给你第一手资料呢?”

梁植眸光一亮,但还是站在原地未动,只是语气有些迫切:“你有什么资料?”

一想到那张恐怖的照片,本应得意的江城紫情绪又低沉起来:“一张高清卫星照片,应该是在南柯号出事后不久拍下的。”

梁植狐疑地看着她:“你从哪儿弄来的?”

江城紫紧了紧身上的浴巾,叹气:“我弟弟坠楼身亡,本地警方给出的结论是自杀,但我极为怀疑是谋杀。在我调查过程中,有人匿名送给我三张高清卫星照片,其中一张显示一艘军舰上发生了很离奇恐怖的事情。我根据照片上的线索确定了这艘军舰就是南柯号,所以才夜探南柯号。”

“给我看看!”梁植很沉得住气,没有胁迫,没有命令,只是表情严肃地请求。

这时不提要求更待何时?江城紫站起来,也很严肃地看着梁植说:“我要求合作!你在调查南柯号出事原因是吧?我也在调查我弟的死因,虽然最终目的不同,但同样涉及到南柯号出事原因。我们为什么不能联合优势,资源共享?”

梁植断然拒绝:“事关军事机密,绝对不行!”

江城紫看出他眸中的一丝犹豫和渴望,于是再度出击:“我保证只调查与我弟弟死因有关的线索,保证在合作调查中知晓的所有军事机密都一概不入第三者眼、耳!”

梁植坚定地看着她,摇头。

江城紫大怒,跺脚道:“那你就别想看到照片!”

梁植脸上露出一丝苦笑:“别再私闯军事区域了!”说完转身就走。

江城紫目瞪口呆地看着梁植干脆地离开,好久才回过神来,怒得骂了一句:“亏你长得人模人样,简直是个不懂得变通的榆木疙瘩!”

骂完了,江城紫却也好奇,究竟梁植在执行什么军事机密任务,几度挣扎,居然都没有答应江城紫开出的极具诱惑的合作条件。

第五章

死亡禁区

躺在床上，尽管连日忙碌，江城紫仍然毫无睡意。她翻来覆去研究那三张高清的卫星照片，还是得不到有用的线索。南柯号上发生了什么事仍是个谜，不过第一、三张照片上的地点总是不会移动的，应该可以查出些什么，尤其第三张照片是一片很大的区域，再加上那道极为特别的金属墙，她是外来者不清楚，本地人应该知道吧，前提是这两张照片拍摄地都在槐安市内。

天一亮，江城紫就起来了，又把前天早上的那一招使出来，在余彦辉送女儿上学时半路拦住了他。余彦辉见她居然还没离开槐安市，有些奇怪，见江城紫又要向他提问题，于是打断她的提问："淼淼做值日要晚了，你也上车，车上说。"

江城紫欢快地答应了。车开了没多远，遇到红绿灯，坐在后排的江城紫抓紧时间把第三张照片亮出，放在余彦辉面前晃了晃："余队长，你能认出这是哪里吗？"

余彦辉瞥了一眼，似是有点受惊的样子，身子向后微微一仰。此时正好绿灯亮了，他一踩油门，车子冲了出去，没有回答江城紫的问题。

余淼淼手指一拨，灵巧地将江城紫手中的照片转向自己。她看了又看，充满了好奇地说："这不是北山盘山公路到福延路的那一带禁区吗？最近我们学校里有许多传言呢，有的同学说那里死人了，还有同学说那里出现怪物了，所以才被封锁了。哎呀，爸爸，你知不知道啊？那里为什么禁止进入？会不会是那里闹鬼了？"她停顿了一下，更加吃惊，"难道会是外星人的飞船降落在那里了？"

余彦辉板着脸，颇有些头疼的样子，摆出严父的样子教训："你小小年纪成天胡思乱想，什么闹鬼？什么外星人？我看你是电视和杂书看多了，怎么脑子里就没有多装点学习的事呢？"

余淼淼不高兴地嘟着嘴，车里有点冷场。

见余彦辉也有些尴尬，江城紫干笑了两声，小心翼翼地问道："余队长，好好的城市里，怎么会划出一块禁区禁止进入呢？那这块区域里的住户怎么办呢？"

余彦辉似乎对这个问题有点敏感，语气有些粗急："那里地下结构不太稳固，有崩陷的危险，为了安全起见，所以封锁了。"

江城紫估计他不会再回答关于这个禁区的相关问题了，于是聪明地闭上嘴，在某个路口找了个借口下了车。

见余彦辉开车离去，江城紫拦下一辆出租："到盘山公路。"司机一惊："那里靠近禁区啊。"

江城紫无奈："那你就把我放到离禁区最近的地方吧。"司机又不能拒载，于是只好应承了。

在路上，江城紫刻意讨好司机，然后套话："司机大哥，我是外地来的，听说那一带海景很漂亮，为什么好好的一块地要划成禁区呢？"

司机也颇有些遗憾地感慨："是啊，那边的风景非常秀丽，港湾多，山形奇，海上风平浪静，特别适合观海，真是可惜了。听说是那里的电厂发生什么泄漏事故了，具体情况都被封锁了，谁也不知是怎么回事。不过有人说那片区域死了不少人，而且当初里面的幸存者紧急撤离出来，财产什么的都留在那里，也有人打那些财物的主意，据说没有人能活着离开那里的。反正这年头小道消息就是多，真真假假的，什么离奇的故事都有。"

这么多的“听说”、“据说”、“有人说”，江城紫也有些头大了，敢情槐安市有关部门的保密工作做得真好，市民们只能以讹传讹，小道消息满天飞了。

这又不是切尔诺贝利核电站泄漏那么严重的事件，而且槐安市也没有核电站，区区一个电厂会泄漏出什么东西，要导致封锁一大片区域呢？

她又问道：“那么，这禁区是哪天开始封的？从哪儿到哪儿？大哥给提个醒，省得我无意中闯进去了。”

司机大笑：“你绝对不会无意中闯进去的。是6月3日封的吧。报纸上公布的禁区有6平方公里的大小，东起北山盘山公路，西至福延路，北边是海，陆上向南直线推进一公里。东西长六公里，南北宽一公里。你不必担心会误走进去。那片地方，东、北界限都是海，西界是没人爬过的昆云山侧峰，只有南界与城市相连，是一条笔直的分界线，政府当天就在南界上砌了很高很厚的水泥墙，把整个禁区隔离起来了，只有两个通行站口，是方便科学家进去考察检测的，那里安保森严，你想进还进不去呢。”

水泥墙？江城紫想到了卫星照片上那明亮的反光，疑惑地问：“那墙是水泥做的？不是金属的？”

司机笑：“姑娘，一条六公里长的水泥墙，市政部门也是紧急招募了上千建筑工人加班加点一天完工的，耗资惊人呢，你还想要用金属做墙？有这可能吗？”

江城紫翻然醒悟，没有人规定一道墙不能内侧用金属，外侧涂水泥。几百人加班加点堆砌的水泥墙内平铺上一道金属板，虽然花费巨大而且耗费人力，但并不是不可能。因为禁区内禁止通行，所以普通人是见不到内侧的金属墙，唯有卫星能拍到这罕见的内幕。

“这么大的事故，居然外地没有一点风闻……”她喃喃自语，偏司机耳尖听到，讽刺道：“这年头，想隐瞒一件事有许多办法。你看美国人隐瞒了那么久外星人曾到过地球的事实，到现在谁也拿不出确凿证据证明美国政府在隐瞒事实，可想而知，真正想隐瞒一件事会有种种办法的。说是电厂事故，谁又知道那里面到底发生了什么事？”

江城紫笑了，司机举的例子非常恰当，只是刚才余淼淼曾提到过外星人的猜测，现在司机又提到外星人，看来满天飞的流言中，关于外星人降临的比例很大啊。

出租车到了目的地停了下来。江城紫下车，看到禁区的墙，果然有三米高，东西走向，一眼望不到头，简直像一座巨大监狱的外围。而且墙果然如司机所说，是水泥制成，墙顶有许多尖锐的金属刺，应该是防止人攀爬所用。

禁区外虽然也有商铺住宅，但搬离者众多，许多大门紧闭的店铺门上都标有招租或出售字样，住宅楼也都门窗紧闭，来往的人行色匆匆，与高墙隔几米之遥。有个似乎经此上学的少年对着高墙面露好奇之色，靠近了两步，被他母亲拉住，低声训斥了几句，沮丧地低着头离开，一切都显示出人们对禁区的畏惧。

江城紫不熟悉槐安地形，不知此时自己所处地段属于禁区东南角的什么位置，所以沿着水泥墙信步向东走去，想找到尽头，墙再长，到了海边也会终止，从海上总有办法进去吧。

走了才三五分钟的距离，江城紫突然听到身后传来汽车急刹车的声音。两辆无标志的黑色SUV在她身后数米处急停，车上跳下来六七名精壮的大汉，虽说没有西装革履，但个个墨镜护目，俨然打手作派。

江城紫见那些男人虽然手无寸铁，却正冲自己而来，不知出了什么事，已猜到这些人对自己不怀好意，脑后突然旋来疾风，手臂被人一把抓住，她正要反抗，传来熟悉的声音："快跑！"

是梁植！

不知从哪里冒出来的梁植拉着江城紫一路狂奔，二人体力充足，梁植来前想必也勘察过地形，专挑居民区内的幽深小巷迷宫胡同跑，很快就把那些人甩开了。

二人停下来，江城紫弯腰撑着腿大口喘气，突然笑了起来，抬起头时，一脸扬扬得意的神气："你！又在跟踪我！是不是动心了？"

梁植乐了："别说，你这还真是自作多情。这里离水警区很近，我只是过来勘察一下地形而已。"

江城紫白了他一眼："鬼才信，你昨晚还在搜查南柯号，今天又跑到这里来，如果不是在跟踪我，那你说，这禁区与你调查南柯号有什么关系？”

梁植找了个路边的木长椅坐下，然后招手要她过来一起坐。在环顾四周确定安全后才说：“这片禁区的形成，与南柯号的遇袭有关。只是市里怕引起恐慌，才内部通报为电厂的变电站故障，导致高频的电磁辐射污染，因此在污染区域内的所有人员一律撤出，由政府统一安排工作、生活并发放补贴，让他们生活无忧。”

“死人是怎么回事？进去的人有去无回又是怎么回事？”江城紫追根问底。

梁植揉了揉太阳穴，叹气：“我怀疑政府也不知道究竟发生了什么事，按幸存者所述，6月3日早上6点21分时，他们突然感觉到了极度不适，每个人症状不一，84%的人都出现过短暂或长时间的精神崩溃和情绪失控，同时伴有剧烈头痛、心悸、突发的攻击性行为、幻听、幻觉、失忆、失明等症状，同时电器短路，大面积停电，所有车辆无法启动，通讯中断，总而言之，一切与电有关的设施全部失灵。由于出现人员伤亡，政府部门即时介入，但从事发区域外带进的电器也全部失灵，救援人员也出现诸多急性症状。救援一度中断。

“直到11点多，才有专家判断为此地受到电磁辐射污染，检测仪也检测到此地存有极高频率的电磁辐射，救援人员全部身着电磁防护服才敢入内，将幸存者6872人全部撤离，送入就近医院治疗。

“之后发现从北山盘山公路到福延路长6公里宽1公里的区域，有着笔直明确的分界线，在分界线以南没有任何问题，以北区域内全部受到电磁污染。由于不知电磁污染来源，政府只得紧急砌墙，利用金属和水泥将电磁隔离在墙后，并将此地设为禁区，除有政府颁发的通行证件外禁止任何人进入。

“在治疗过程中发现幸存者有患上急性白血病的，也有心力衰竭死亡的，至于由此病变可能会产生癌症，影响到心血管、生殖、神经、免疫系统以及儿童发育等情况更是无法估量。再加上事后搜索中发现的尸体，这场事故中一共死亡352人，经治疗后仍未消除或缓解症状的急性精神分裂症患者131人。”

江城紫插了一句："电磁辐射会死亡这么多人？还会导致人精神分裂？"

梁植有些犹豫："是的，极高频的电磁波会导致人的死亡，也会对人的神经系统产生影响，只是极为罕见，寻常生活中根本见不到这么高频的电磁波，除非是……"

梁植说到这里停顿了一会儿，脸上露出疑惑的表情："奇怪的是，死者和精神分裂症患者全是成年人。按常理说，儿童是对电磁污染极为敏感的一个受群，可受伤的7名未成年人全是在紧急撤离中产生的扭伤、擦伤等外伤。而死亡者的死因……"

他脸上的疑色更重："死者大部分都是精神崩溃导致的，有自杀者，也有互殴致死者，也有脏器功能衰竭者，也有死因不明的。但总的来说，他们是完全失去了对身体的控制……"

江城紫猛地拍掌，把梁植吓了一跳，她似有所得："南柯号是不是6月3日早上也在这附近停泊或是经过？"

梁植点了点头，脸色有些阴沉。江城紫没有注意到，只沉浸在自己的重大发现中："这么说，南柯号上的官兵也是受到了电磁污染，所以失控互殴，由此推断船上的血迹的确是他们遇袭时留下的，只不过袭击者是他们自己！"

梁植也在南柯号上发现了大量被清理过的血迹残留，心中隐约有些猜测，此时听江城紫这么一说，立刻追问："你在照片上究竟看到了什么？"

江城紫不再苛求，从背包中取出2号照片，递给梁植。照片甫一入眼，梁植身子一震，表情严肃得令人害怕。

他看了又看，手指细细摩挲着照片的一角，似乎暗中作了一个决定。他抬起头，表情中愧疚混合着歉意："我同意与你合作调查南柯号遇袭真相，这是高度军事机密，你要发誓，绝不会让除我们两人以外的第三者知道我今天告诉你的机密。"

江城紫修改了警察誓言，郑重起誓："我，江城紫，在这里宣誓，我保证忠于法律，严守誓言，保守军事秘密，秉公执法，恪尽职守。"

梁植咳了一声，没想到江城紫这么认真，脸上现出一丝笑意，但笑意很快就因为他下面所说的秘密而消失:"现在我唯一能确定的一点就是,禁区里发生的一切都是由南柯号遇袭造成的。"

江城紫惊愕,忘了闭嘴。

梁植只能从头说起:"实际上,南柯号6月3日6时在海外15海里处执行一项高度机密的军事实验。总装下属的某军工集团研究所研发出了最新型的电磁武器——高频电磁脉冲发生器(High - frequency electromagnetic pulse generator),简称HEPG。南柯号正是电磁专家闵夕朝博士和其助手刘凯博士进行HEPG初次实地测试所用的实验船。HEPG功率为1.5兆瓦,频率为2兆赫兹,临时安装在南柯号上,测试对象是小竹岛,岛上临时设置了小型电站、布置如普通民居的建筑物及实验用动物,实验动物都分别外罩有不同型号的电磁防护装置,其中一只黑猩猩身上还佩有闵夕朝发明的单兵电磁干扰滤波器,可以保护装有滤波器的电子设备直径一米内电磁波不向外泄漏,同时防止外部电磁波进入内部。一次实地测试可以同时测试HEPG和这个滤波器的作战效果。按规定,6月3日测试完后,最迟6月5日,闵夕朝就应该向我汇报此次测试的数据及汇总结果。直到6月5日深夜,他一直没有与我联系,手机也打不通,槐安水警区知晓这次机密实验的领导全部都出差了,我连个能管事的人都找不到,所以只好连夜乘机飞到西成市,然后坐大巴赶到槐安。"

梁植一口气说了这么多,停下来歇口气。江城紫抓紧时间把自己的疑问一一道出:"一般军队的机密实验不都在荒野沙漠吗,为什么实验要在离城市这么近的槐安海域进行?你先前所说,禁区内的高频电磁辐射绝非寻常生活中能见到的,难道是说禁区里发生的一切都是HEPG造成的?可是南柯号上的官兵为什么会发疯互殴呢?他们总不会把HEPG从小竹岛方向转向槐安方向,然后把自己也罩在武器发射范围内吧?而且这个HEPG有这么厉害吗?隔着15海里远,还能把市里的一角全灭?"

梁植苦笑:"高频微波脉冲武器的工作原理就是使用大功率的微波脉冲力量,对敌方通讯、电子、雷达、计算机网络、光电设备等所有电子系统的软、硬件进行破坏,甚至对参战人员也会产生强大的杀伤力。

海湾战争中,美国人就使用过高能微波脉冲武器对付伊拉克的防空网。我们起步已经很晚了,要知道现代战争已经越来越电子化和信息化,常规武器只能打击一个地区,电磁武器却可以攻击敌方多个地区甚至整个网络区域。

“因为电磁波通过空间辐射传播高能量,所以我们才选择了小竹岛附近的海域。小竹岛向东是一望无际的×洋,百海里内不属于航运密集区,即使测试产生的高频电磁波扩散开,也不会产生多大危害。但显然 HEPG 的方向在测试时没有向东而是向西,仓促中扫过了城市的一角,留下了笔直的界线,所以槐安市这个禁区,你可以视为遭受电磁攻击的一个典范案例。

“HEPG 的威力理论上足以全灭整个槐安市乃至附近更多城市的所有光电设备,幸好有昆云山脉挡住了电磁波的扩散,所以仅荼毒了 6 平方公里的区域已算不幸中的万幸。只是我也不知道它的威力居然大到对人类也产生这么严重的危害。而且我也不知道南柯号上究竟发生了什么事。但可以想象到船上出了什么事故,导致 HEPG 转向,角度正好横扫全舰并远至槐安市区,产生了东西长 6 公里南北宽 1 公里的电磁污染区。”

江城紫可以想象到,这样恐怖的电磁武器如果真正应用到城市作战中,全城停电,电器全损,所有与生活息息相关的水、暖、气、通讯、网络等公共设施现在全部都使用电脑控制,也会全部失控,所有的汽车、轮船、飞机都会产生故障,食物和生活物资无法工业化量产、无法流水化运输,人们的生活会骤然倒退到工业革命时代之前,如果要保障人的安全,恐怕就要倒退回原始人时代的穴居生活,而且现代人依靠电气化太过严重,如果真的科技倒退,人类还能生存下去吗?她越想越恐怖,面如土色,感觉世界末日就在眼前了。

见江城紫的脸色难看,梁植忍不住笑了:“你也别太过担心了,要知道科技发展到现在这样的水平,任何军事新技术的出现,都会随之出现起克制作用的反技术。例如雷达与隐形技术的长久之战,远程导弹与反导拦截的无休止试验,电磁攻击与电磁防护的此消彼长,没有任何新式武器可以长期称霸,也没有任何武器是永久不能克制的。”

江城紫忍不住嘀咕了一句:“有这么多人力物力和高科技,怎么就不能多用于建设人类更好生活,非要致力于毁灭人类呢?”

梁植叹了一口气,转移了话题:“我在6日上午到达槐安水警区,发现知晓这次机密实验的三名高级军官果然全部都出差在外,接待我的人都对此事毫不知情,我又不能泄密,只得迂回打听南柯号的情况,结果得知南柯号在出海执行任务时出现动力故障,被拖回了港口进行检修。我仍然打不通闵夕朝和刘凯二人的手机,要求见他们,可无人知晓他们下落,我又要求面见南柯号艇长及高级军官,被告知他们在执行机密任务,一律不得与外界联系。我当时那个气啊,他们在执行的机密任务,我不就是联络官吗？但那三名知晓情况的高级军官居然一个也不接电话,没人能证明我也参与了这次机密任务,所以我被摒弃在外,完全失去了与闵夕朝他们和南柯号的消息。”

梁植言辞流利,把一件扑朔迷离的案子讲得高潮迭起,江城紫也听得紧张,身子微倾向梁植,想知道后事如何。

ZHENDANG KONGJIAN

第六章

合作调查

梁植继续解释：在6日中午，他得知了禁区发生之事，此时政府和军方都尚不知禁区之事故起因，但他立刻意识到南柯号出事了。马上与上级取得联系，命令从上直达水警区司令手中，这才知道了被隐瞒了三天的南柯号事故真相。

因实验无线静默3小时的南柯号与岸上失去联系近两个半小时后，6月3日上午11点21分，水警区派出的直升飞机发现了南柯号，它仍停泊在原定位置——小竹岛南侧约1海里处。船上动力全失，所有设备均无反应，唯有HEPG正常，处于关闭状态。

艇上包括艇长在内的17名官兵全部遇难，死状极其惨烈，闵夕朝博士的遗体也在艇长室内找到，唯有刘凯博士的遗体没有被发现，目前尚作失踪处理，但蛙人在附近打捞无果，初步怀疑坠海身亡。

艇上似有外人登陆，舱内有来历不明的血印，疑似身着非军中常规防护服的外来者留下的手印及脚印。经侦查分析，遇难官兵疑为精神失控互殴致死，死因除一人为自杀，其他皆为外伤失血性休克及脏器衰竭。

由于南柯号巡逻艇上人员死因与禁区相似，又似是同一时间出事，水警区领导怀疑南柯号事故是造成禁区事故的原凶，就刻意隐瞒下来，没有向政府通报此事，与此同时封锁了所有与南柯号有关的信息，希望先调查出南柯号出事原因再向北海舰队高层汇报结果。

梁植知此消息，又气又急，气槐安水警区领导居然隐瞒如此重大事故达72小时不向上级报告，又急于知道南柯号出事原因，所以秘报上级，经重重批示，在昨天早上也就是6月8日，梁植得到上级指示，暂时封锁南柯号失事原因，一切调查由槐安市水警区负责，梁植不得插手。

梁植甚感怀疑，槐安水警区的作为有些不可思议，失踪的刘凯很有可能还活着，甚至有破坏实验的嫌疑，但水警区对刘凯的下落除最初派蛙人在附近打捞了半天后再不闻不问；他们对梁植的警惕有些超出保密的正常范畴，梁植在某些人那里能感觉到他们对自己的刻意隐瞒，甚至误导梁植最初自己开展的调查并提供虚假线索。这给梁植一种感觉：水警区很不希望自己插手南柯号调查。难道他们是怕自己抢功？

他感觉到不对劲，所以才在昨晚从水路暗中潜入军港，夜探南柯号，结果一无所获，后来江城紫因目击现场之恐怖而跌摔紫外线灯，他闻声而去，惹得江城紫惊呼，暴露了二人的踪迹，只好同时逃跑，但已对江城紫的身份产生怀疑。

梁植曾在特种部队待过，水性极好，先入水后立刻隐瞒踪迹，潜伏在附近，一路跟踪江城紫上岸，然后到了江城蓝宿舍。在江城紫冲澡时搜查她的包发现了她的真实身份，但梁植不明白一个外地来的警察为什么也要调查南柯号的事故，涉及到HEPG及单兵电磁干扰滤波器这样高度机密的新型军事武器，梁植不敢泄密，所以虽然非常想得到江城紫提供的一手资料，但仍然拒绝离开。

回到招待所后，梁植通过自己的途径调查江城紫，确认她是西成市的警察，工作优秀，目前病休没有工作，弟弟江城蓝的确在6月5日凌晨跳楼自杀。他能看出江城紫在要求合作时的迫切，在提到弟弟被谋杀时的悲痛。他开始犹豫，江城紫是名很优秀的刑警，必会在调查中给予自己帮助，而且又非槐安市及军方人员，可以处于客观的角度考虑问题。但这样机密的事件,江城紫是否有足够的可信度能予以信任呢?

一夜未睡的梁植在清晨洗了把凉水脸清醒了些,徒步走去禁区看看,没想到正好遇到了江城紫。在见到那群直冲江城紫而去的打手时,梁植就作出了决定,与江城紫合作,江城紫的调查显然已触及某些利益人物的神经所以才会遭袭,这说明她调查对了方向,也说明与她合作会事半功倍。

既然合作关系确立,江城紫也不再犹豫,取出另两张照片递给梁植。

根据对第一张照片的观察推测,江城紫说:"这张照片拍摄地应该就在槐安市内,这座城市不大,从照片上看,这条双向六车道的路修建很新,应该是市内主干道之一,再加上这些名称明确的店铺,我们如果找到槐安地图,再开车沿途寻找,必能发现照片上的区域。"

梁植微笑:"这方法的确不错,但有我在,就用不着这么麻烦了。"他指了指天空,"要知道,能经过这里的卫星是有据可查的。照片上某款车,是两年前才上市的,照片上人群的服饰证明是夏季,也就是说这颗卫星是在这两年夏季经过槐安市上空的,电脑可以通过这张照片反搜索出拍摄卫星、时间、经纬度。"

梁植用手机拍下了照片,打了个电话,又把照片用手机传给对方,二人坐等结果。江城紫颇有些羡慕,如果现在警方破案都有如此的高科技,会节省多少人力和物力啊。

梁植闲着没事,询问起江城紫调查弟弟自杀案的进展。当江城紫提到戴门电子科学研究中心时,梁植神色凝重,戴门中心的研究对象也是电磁波,尽管只是民用范畴,但南柯号失事原因是因为 HEPG 出现问题,有可能是人为调转武器发射方向,也有可能是受到电磁干扰导致了武器故障,由于艇上所有设备都被电磁破坏,要想恢复数据相当吃力,所以现在水警区还没有调查出结果。

在此敏感时期,梁植不得不怀疑,在江城紫一探中心后,立刻就有人匿名给她三张卫星照片,是不是暗示戴门中心与这三张照片有关?鉴于第二、三张照片有着极大关联,这是不是也在说明戴门中心与南柯号失事有关？

半个多小时后，梁植接到电话，听完后，对江城紫说："搜索结果已出，这张照片拍摄地点是市内春辉路的某段，这是电脑根据以往卫星扫描图片综合分析的结果，根据光影及细节分析，可以确定拍摄时间是在两年前 8 月 15 日 10 点 5 分，但找不到拍摄这张照片的卫星。"

江城紫有些失望："原来你们的技术也不是那么先进。"

梁植一讪："我能查到的只是我们 A 国卫星，外国卫星我可查不到。给你寄照片的匿名者看来来历不小，起码有租用外国卫星的能力。"

江城紫嗤笑："拜托，这三张照片中，一和二这两张都是即时拍摄，说明拍摄者是事先就知晓会有事故发生，否则卫星不会没事就成天挂在槐安上空等着拍照吧。既然拍摄者早就知晓会有事发生，就说明这些事与他(她)脱不了干系，能制造出这么多事端的人或机构，租个或者黑进外国卫星也不算奇怪吧。"

梁植毕竟不是江城紫这样专业的侦查人员，所以有某些方面反而不如她想得更多，虽然被小小嘲笑了一下，倒是很庆幸与江城紫的合作是正确的，能拓宽自己的思路，优势互补。

既然已经查到地点是春辉路，梁植开着水警区提供的军用吉普车，带着江城紫直奔春辉路而去，实地考察究竟是否是照片所在地。

照片上所摄的那几家店铺仍在，车停在马路对面，江城紫将照片贴在车窗上，外面的景物与照片上完全一致，除了店铺自制广告牌的词语变化，可以完全确定照片中区域就是他们眼前这段比较繁华的商业街。

要是普通刑事案件，有犯罪现场照片，江城紫完全可以下车，拿着照片询问商家案发当日情形，但江城紫手中这张照片实在太诡异，眼见商业街人来人往，商家非常正常的模样，这张貌似满街僵尸群舞的照片她实在拿不出手，要是吓坏别人怎么办？

正愁着，不远处走过来两名巡警。江城紫立刻跳下车，走到巡警面前，问道："请问两位同志，你们一直在这条街上巡逻吗？"

巡警齐点头。

江城紫又问:“请问两年前你们也在这条街上巡逻吗?”

年轻点的巡警再点头,年长的却狐疑地看着她:“请问你有什么事吗?”

江城紫对他们行了个警礼,很严肃地说:“你们好,我是西成市公安局刑警,正在调查一桩跨市的交通肇事逃逸案,我想知道两年前8月15日10点到10点半之间,春辉路这条街上有无发生异常?你们应该每天都有工作记录,能否帮我调查一下?谢谢了!”

江城紫警官证一亮,巡警们都相信了她的话,脸上狐疑神色褪去。

年轻的巡警似想起什么,眉一挑,年长的警察对他使了个眼色,从腰间取出小笔记本,翻到两年前的工作记录,然后说:“那天……嗯……10点左右发生过数车刮擦事故,都没什么严重的,交警没来,车主都是自己当场私了。再没别的事了。”

江城紫有些失望,“哦”了一声。

年轻的巡警猛地跨前一步,避开欲遮挡自己的年长同事,声音有些高亢地说:“难道我们丢失的那两分钟不是很奇怪的事情吗?”

年长巡警淡淡地瞥了同事一眼:“只是夏日炎炎,我们都打了个瞌睡罢了。”

年轻巡警摇头:“不可能,我们仍在路上巡逻,走得好好的,我还在说前一晚球赛的事,怎么可能昏睡?”

江城紫一头雾水,伸手在他们中间挥了挥:“两位,不要讲这么没头没尾的话,能不能详细说说到底发生了什么事?你们搞不清楚,没准我能解释出来呢?”

年轻巡警转向她说:“你说的那个日子,我记得很清楚,的确发生了一件很奇怪的事。我和张哥(年长巡警)当时正在街尾巡逻,我还在跟他争论球赛的事,本来是肩并肩一起走的,也不知怎么着,下一刻我们就面对面傻站着不动。我正在奇怪,四周都是嘈杂的声音,许多人吵闹,我们俩发现现在明明是绿灯,可路上所有方向的车都是停止不动的,有的车碰撞在一起,发生了刮擦事故,虽然不太严重,但也在现场处理了好一会儿。我曾看过表,估算过时间,发现丢失了两分钟时间,起点是我们巡逻时正在讨论球赛,当时离远处钟楼敲过10点钟声后不超过五分钟，在我们介入处理交通事故后，需要记录时间，我看过表，是 10 点 8 分。掐头去尾，中间有两分钟我们不知道在干什么。”

他又转向年长巡警：“张哥，事后我问过许多人，无论他们当时在哪里，正在做什么，我提到的那两分钟里，他们都不知自己在做什么。而且……”他又看向江城紫：“我曾在事后找到交警指挥中心，前面春辉路与长远路交叉的十字路口有交通摄像头，我想从里面倒放当时录像，看看那两分钟里我们在做什么，结果发现，从 10 点到 10 点 15 分的录像不见了。不知是没录下来，还是被谁删除，监控中心的交警也不知道那两分钟里发生过什么事，因为他们也没有那时的记忆！”

年长巡警耸了耸肩：“只是两分钟时间，没准大家都没注意到，一眨眼的工夫也就过去了。让你这么一追究，搞得好像神秘事件似的。难道我们集体失忆了？还是让外星人把我们集体摄走了？”他扬了扬眉，似乎有些好笑的样子，但脸上一丝笑意也没有。

年轻巡警也没觉得这个笑话好笑，漠然地看了同事一眼，对江城紫说：“事实就是这样，没有人支持我的观点，大家都不认为丢失了两分钟的记忆有多严重，甚至大部分人没感觉到丢失了两分钟的记忆，所以我只是把我的想法告诉你，至于与你调查的案件是否有联系，你自己决定吧。”

两分钟，真是很短暂的时间，可能抽半支烟的工夫，可能在手机上发一条短信的工夫，可能等个红灯的工夫，还可能恍了一下神的工夫，两分钟，120 秒，就这么闪电般消逝掉了。

如果换成别人，的确对这两分钟不在意，但江城紫却知道，这两分钟里失去记忆的人们都做了些什么。第一张卫星照片上拍摄的，正是这丢失的两分钟里人们所做的事情。

集体癔症？江城紫向梁植解释，这是一种精神障碍，通常表现为在集体场合下，一人发病后周围的人目睹他发病的情形，也产生了相同或者类似的发作。引起这种病症的环境因素很重要，实际上是在患者之间一种暗示引起的无意识模仿。

但这仍解释不了更多的疑问。集体癔症一般容易在学生群中发生，他们压力大，容易紧张，焦虑孤独感强。可槐安这里虽然不知道当天有多少人参与了这种集体行为,但肯定人数众多。这么多不同性别、性格、年龄、经历的人在一起,不可能会全部患有集体癔症。起码从照片上可以看到,所有人动作一致,绝无清醒的旁观者。

集体催眠?江城紫立刻把这个猜测推翻,这更是胡扯了。可她现在实在找不到更好的理由能解释这种群体性无意识的怪异行为,尤其是当事人完全失去事发时记忆就显得更加古怪了。

梁植突然开口:“你有没有想过,既然巡警提到询问过不同地点的多人,都失去了那两分钟的记忆,说明这种集体失忆行为可能涉及到更多区域,那么失踪的监控录像可能不止这一条路上的。事发当天10点到10点15分,全市所有的监控录像都可能消失不见了?”

江城紫默然,过了一会儿才说:“交警绝不会保留两年前的交通监控录像,事实如何,我们已不得而知了。”说到这里,她眉心微皱,突然叫道,“啊!有个办法!两年前的监控录像肯定不会保留下来。但当年录像可不会不翼而飞,必是有人操作。交警指挥中心的监控录像可不是人人都有删除权的,我们只要能找到删除者,就知道原因了。”

梁植很是怀疑,虽然江城紫的思路是正确的,但会有这么容易就找到操作人吗?他总有不太好的预感,这次的槐安之行一直不顺,似乎背后隐藏着一双无形的手,如提线木偶一样操纵着事态的发展。

果然,到交警指挥中心一走访,虽然仗着警察身份,交警中心办公室工作人员热情接待了江梁二人,对于江城紫的提问也认真回答,但江城紫的希望还是落了空。能进入服务器端删除或编辑监控录像的,全指挥中心只有两人,一个是原来的分管副局长,现已退休回老家失去联系了,另一个是原来的信息科科长,因受贿罪在入狱服刑,半年前病故于狱中。

果然……梁植暗叹。

江城紫不服气:“槐安市发生这么多事,集体失忆、军舰事故、六公里区域被封,伤亡众多,居然没有人发觉,没有人上报,没有人调查?这座城市到底在搞什么鬼?要说没有内幕,打死我也不信!”

梁植轻轻抚着左手腕上的手表,突然说:“我们今晚去禁区内看看吧,或许会找到什么线索。”

江城紫迷惑不解:“那里面连个人影都没有,我们会找到什么线索?”

梁植轻笑:“三张照片,第一、二张我们都考察过了,唯有第三张没有实地去过,你不好奇寄照片的人寄来这三张照片背后蕴涵的意义吗?”

江城紫叹气:“走一趟是没问题,可我去哪儿弄那么专业的电磁防护服?我可不想就这么冒冒失失闯进去,得个神经错乱什么的毛病。”

梁植言道:“你还记得我曾说过,南柯号的实验中有一项关于单兵电磁干扰滤波器的测试吗?这个滤波器的原型机是一个长方型金属牌,做得比较精致大方,原是同时打算兼做新型士兵身份牌的。这个原型机现在在小竹岛上临时搭建的小楼里一只黑猩猩的身上,用钛合金链固定住,以防黑猩猩扯掉。南柯号出事后,小竹岛上的一切还原封没动,我们去一趟小竹岛,取回这个滤波器,你就当项链戴着,进入禁区后不会受到残余电磁的辐射。”

江城紫悲,自己居然沦落到要捡一只黑猩猩的饰物戴。她咳了一声,问道:“那么你呢?把原型机给了我,你要靠什么防护?”

梁植一扬左手腕:“这个表型滤波器是改良版的,闵夕朝博士要求我进行使用时限的测试,所以我一直戴在身上。”

江城紫暗撇嘴,这家伙,把最好的东西留在自己身上呢。

梁植以上岛检查测试对象为由,从水警区借了一艘小型巡逻艇(虽然水警区上下对于南柯号事件的一切调查不予配合,对于梁植别的要求倒是尽量满足,毕竟这是上面派下来的人)。

二人坐巡逻艇到了小竹岛码头。江城紫在艇上等候,梁植独自下船。过了近一个小时才返回,解释道:“我暂时不能带走岛上的实验动物,所以将它们放出了笼子在岛上自由放养。”说完递给江城紫一个金属牌子。这滤波器果然很像美国大兵戴的那种“狗牌”,虽然是长方形,但边角经过处理,不会尖锐到划伤佩戴者。

江城紫颇有些嫌弃地用两指拎起这块据说耗费了上千万元研究经费制造出来的高科技电子设备原型机,举在阳光下看了好一阵,用左手的两根手指拈出缠在钛合金项链上的一根黑色猩猩毛,又是吹又是用干布擦拭，最后才小心翼翼地戴在脖子上。

梁植好笑："那只黑猩猩很干净，也没有疾病，你放心吧。真到了战场上，泥滚水淹，血肉横飞的，沾在这上面的可就不止是一根黑猩猩毛发了，所以你也别挑剔了。"

江城紫嘀咕："我倒宁愿真刀真枪大干一场，也不愿意卷进这么诡异的案子里。江城蓝这家伙到底调查了一桩什么案件啊，最后演变成这么复杂的谜中谜。"

一下午时间，二人查阅禁区附近地图，准备夜行装备，一直等到晚上10点以后才出发。

禁区的金属水泥墙果然只砌到了海边，一道上方布满了利刺的铁丝网稳扎稳打地延伸进海中约十米远。估计当局没料到会有多少亡命之徒冒着生命危险闯进禁区，所以没舍得额外花巨资用铁丝网将禁区的整个海岸线全部包围起来。等到不怀好意者有去无回的消息传开后，更没人会挑剔这里的警戒是否严密了。

江梁二人把背包从墙顶扔了过去，然后直接着泳衣入水，从海中绕过这道铁丝网再游回禁区那侧的岸边，捡起背包，擦干身体，重新换上衣服，这就正式进入禁区了。

禁区东部沿海这一带风景独好，即使是在夜晚也无损海景的雅与秀。一轮圆月黄澄澄地挂在空中，映得海上仿佛辟出了条通向圣域的神光之路，海水无声荡漾着，满目碎金，灿烂得如此华丽，如此优雅，令江城紫着迷地凝视着，完全没注意到前面的梁植已经停下脚步，结果一头撞到了他后背。

梁植低声说："看好你的滤波器，它的保护范围就在以你为中心直径为一米的圆圈内，不要脱离它，动作也轻点，尽量不要干扰它的运作。我们携带的手电和仪器全靠滤波器作用了。"

江城紫点头。

二人从岸边的山脚下沿小路上到盘山公路。这一带风景虽美，但山势陡峭，荒无人烟。沿盘山公路向西走了大约一公里才进入昔日比较繁华的地区。

这一带属于商业和住宅混合区。路北是一个大的海边广场，路南是林立的楼房。江城紫往路南走:“你继续向前搜索吧,我想看看这一带还有没有什么人在。”

梁植摇头,电磁辐射测量仪上显示这一带的电磁辐射仍然非常高,不知是否还有别的污染源。这种环境下如果还有人敢逗留,绝对会极大地影响健康。

路边的店铺都门窗紧闭,个别的有被撬的痕迹。绝大部分住宅也都门窗紧闭,也有极个别的人家门没有关严。

江城紫信步迈入一户人家中。二层的小别墅,门只是关上,没有锁。她走进去,看到屋里非常凌乱,抽屉柜门敞开,衣物遍地,显然主人在离开时非常匆忙,只带走了最贵重的钱物。家具上落了一层薄薄的灰,窗台上精心打理过的观叶植物因为缺水而蔫伏,全封闭电器化的鱼缸里昂贵的热带鱼全部死亡,在水中上下沉浮。

院子里停着一辆轿车,车钥匙还插在钥匙口上。江城紫试着扭了一下,发动不起来。她突然听到奇怪的声音,立刻警觉地从车里跳出来,发现这声音是从一角的狗笼里传来。

一只高大雄壮的狼狗蜷在笼子里,饭碗和水碗全是空的,里面蒙了一层灰。它听到了江城紫的声音,躺在那里用力地摇着尾巴,黑乎乎的大眼睛紧紧盯着她。

江城紫返回小楼,找到矿泉水和狗粮,全弄到狗笼来。可怜的狗看来饥渴交加,低头三下两下舔干了所有的水,歇了口气,又开始狼吞虎咽吃狗粮。见狗没有袭击人的意图,江城紫打开了笼子。狼狗抬起头,感激地摇着尾巴,然后自顾自地吃起来,再也不理她了。

真是奇怪,这只狗似乎只是没人照顾而缺食少水,看起来没有别的健康问题。

江城紫走出这户人家,在大街上随意走动着,发现了不少失去主人而变得脏兮兮的宠物猫狗流浪街头,禁区里人员死伤惨重,为什么猫狗这些宠物看起来却没事呢?

背后有种说不出的微妙感觉,似乎有人在窥探自己,但江城紫数次回转,都没有发现任何人类存在的迹象。

“咔嚓、咔嚓……”极有规律的机械声突然从背后传来。

江城紫打了个寒战，猛地回头。

午夜寂静孤寥的大街上，在江城紫刚走过去不到两分钟的路中央突然出现了一座一人高的大落地钟，钟门敞开，钟摆在有规律地摆动着，在宁静的夜里发出很刺耳的响声。

左、右、左、右……钟摆振荡着，吸引了江城紫所有的注意。

眼前的整个世界开始振荡起来，左、右、左、右……

江城紫逐渐失去了意识，她陷入黑暗世界前的最后一个念头是：这座钟是从哪来的……

第七章

诡梦初醒

“咔嚓、咔嚓……”极有规律的声音在不屈不挠地唤回江城紫涣散的神志。她缓缓睁开眼,看到面前的桌上放着一只招财猫式的小座钟,猫的爪子像钟摆一样有规律地发出摆动声。

招财猫座钟旁边是一盆仙人掌,还有一个散发着清香的干花香囊,墙上挂了一幅意境幽远的泼墨山水画,床和被褥是浅粉色的,空气中弥漫着青草和海水的气息,阳光灿烂地穿过被风俏皮掀起的窗纱,暖暖地熏着床尾。带有独立卫生间的小套房有三四十平方米,布置得很温馨,但绝非江城蓝的宿舍。

这是哪里？江城紫有些反应不过来。但随即就想到自己和梁植夜探禁区,结果在大半夜的马路上见到一座突然出现的座钟,然后又不知原因地昏了过去。

她猛地坐了起来,结果有些眩晕,眼前黑了好一阵。

门安静地打开,走进来一个身着白衣的年轻护士,她没想到江城紫已醒并坐了起来,所以愣了一下,又立刻喜出望外地叫道:“江小姐,你醒了!”

她立刻按下了叫人铃,房里涌进更多人,每个人见到江城紫都流露出惊喜交加的表情，还有人转身跑出去，不知做什么去了。

江城紫一头雾水地被按在床上，她头有些痛，身子软软的使不上劲，挣扎不得，只好放弃，任这些似乎是医生及护士的男女们检查身体，但仍不忘不停地发问："这是哪里？你们是干什么的？我为什么在这里？你们到底在做什么啊？"

未几，同样身着白大褂的一男一女推门走进来，刚才还嘈杂满房的男男女女们都安静了下来，向新来的这对男女致意："郭院长、曾医生！"

这对男女年龄都不轻了，男的头发花白，应该有五十多岁，戴着金丝眼镜，一派儒雅作风，女的风韵犹存，肤色白净，也应该有近四十岁，白大褂下身材保持得非常好，隐约可看到内里的灰色套裙。

第一个进来的护士见江城紫不明所以地看着这对男女，于是趋前一步介绍道："江小姐，你或许不记得了，这位是我们疗养院的郭院长，这位是副主任医师曾医生，也是你的主治医生。"

"主治医生？治什么？"江城紫莫名其妙。

曾医生有些担忧地扫了眼围绕在江城紫身边的医护人员，其中一个年轻的医生递给她病历本，曾医生反复查看，终于流露出一丝满意的表情，她对江城紫说："你恢复得很好，可喜可贺，这段时间需要加强营养，复健工作也要跟上。"

江城紫抓狂了："你们到底在说什么？说点让人能懂的A国话成不？我好好的，要治什么病？"

曾医生宽容地看着她："江小姐，江警官，你在2月10日执行公务时遭遇了车祸，头部受到重创，一直处于深度昏迷中，半个月前曾短暂苏醒过近一个小时时间，之后再度昏迷，一直到今天这才重新恢复清醒，这不是可喜可贺吗？你要知道像你这样遭受到这么严重的头部创伤后昏迷这么久的'植物人'是很难苏醒的，刚才给你做的检查证明你的健康状况还不错，肌肉虽然有点小萎缩，但只要复健得力，还是会恢复如初的，没有留下严重的后遗症，你真是很幸运啊。"

江城紫摸了摸额头，确定自己没有发烧，清晰的触感也不是在做梦，瞠目结舌地说："不是我在发烧做梦，那就是你在说胡话了。我虽然是在2月10日遭遇车祸并长期昏迷，但三个月后就恢复出院，现在正在病休疗养期间，哪有你说的这么可怕？而且这是哪里？为什么我昨晚还在槐安市北山盘山公路附近，现在就跑到这里来了？”

最初进来的护士忍不住插嘴：“江小姐，你是在做梦吧……”江城紫恼怒地打断她的话：“你才在做梦，你们全体都在做梦！大白天的说什么梦话？我早就好了，你们凭什么咒我是植物人？”

护士苦笑：“江小姐，你误会了，我是说你刚才所说的什么昨晚在盘山公路之类的话，可能是你在深度昏迷时做的梦。这里是疗养院，你在市立医院昏迷了近一个月后，你父母将你转院到这里已经有三个月了，这期间除了上个月你曾清醒过近一个小时，其余时间你都处于昏睡中，别说是去什么盘山公路，这三个月里你就连疗养院的门也没出过啊。”

江城紫更怒，信手抓起桌上的招财猫座钟扔向护士，同时吼道：“你们胡扯也不打草稿吗？我父母在我17岁时就车祸亡故了，哪来的父母替我转院？简直是放屁！我弟被谋杀，我在槐安就是要调查他的死因，我昨晚明明在禁区里，和梁植在一起，然后在路上看到一个钟才昏迷过去的。快说你们是干什么的，为什么要把我弄到这里而且撒谎，这到底是恶作剧还是你们在非法囚禁我？”

郭院长抓住了飞出来的钟，很严厉地说：“江小姐，虽然你是病人，我也很体谅你乍醒还不适应现实的状况，但请你克制一下自己的情绪，我不想要护工把你绑在床上进行对话！”

江城紫愤愤地哼了一声。

曾医生解释道：“你提到了钟是吗？这就对了，你一直处于深度昏迷，我们为了唤醒你用了多种办法，其中使用了一种催醒术。我们观察到你的大脑在昏迷期间高度活跃，脑电波近乎清醒状态的频率，对外界刺激也有一定的反应，为了避免对大脑的损伤，利用电子节拍器有规律振动起到平缓你的脑电波作用，让你进入深睡程度，从而在睡眠中休复受损的大脑，自然清醒。可能你在深睡中接收到了节拍器的频率，所以潜意识中将其演化为钟摆，二者的振动频率应该是一致的，你梦中的钟摆实际上就是一个催醒器。”

这么一大套理论扣下来，江城紫有点惊讶，要不是她明确知道自己是清醒的，曾医生的表情和解释简直真有些打动她了。换成一个意志不太坚定的人，估计肯定会被这套解释蒙骗过去了。

“今天是几月几号？”江城紫突然发问。

有个护士回答：“6 月 10 日。”

这么说自己只是昏迷了半天而已，她一低头，看到身上穿着粉色的病号服，昏迷前身上的一切服饰都不见了，包括梁植给她的牌式滤波器。她心中一沉，估计是在昏迷后被这些人拿走了。他们信誓旦旦的一番话，把江城紫四天来，不，是一个多月来所有的记忆都一笔抹杀，要她相信他们说的是真话，那才是活见鬼了。

见江城紫一脸愤怒混合着抗拒的表情，曾医生对郭院长耳语一番，又挥了挥手，除了她以外所有人都离开了病房。

曾医生坐在江城紫床前，很纡尊降贵地询问：“江小姐，你似乎把现实与梦境搞混了。不知你愿不愿意告诉我，你做了一个什么样的梦，会如此清晰，令你认为那才是真实的。”

江城紫冷笑，前面略过不提，把自己到槐安市后发生的事情，不涉及到机密的全讲出来，尤其是细节部分更是认真到了极点，她要用事实证明曾医生等人在撒谎，在欺骗自己。

刚讲到二人夜闯禁区时，病房门突然开了，走进来一个同样身着粉色病号服的小女孩，披散着半长发，大大的眼睛，可是眼神呆滞，嘴角还有些口水，也不知道擦干净，似乎是个弱智儿童，但最令江城紫震惊的是，这女孩是余淼淼！

她奔下床，扑向女孩：“余淼淼，你怎么在这里？”

女孩对着她傻傻地笑，伸手抚摸她披散的黑亮长发，口齿不清地嘟囔：“姐姐……”然后趴在她的床沿，呆呆地望着被风扬起的窗纱。

曾医生叹息：“你在昏迷中果然对外界刺激有反应。这女孩是叫淼淼，不过不姓余，姓杨。是个智商 60 的轻度智障儿童，父母在外地，极少来看望她。在你昏迷期间她经常偷溜进来，趴在你床边一待就是几个小时，到休息时间才被护士带回自己病房，你或许就是在浅睡中得到了一些外在的信息，才会在梦境中合理地编进一些似是而非的情节。”

她竖起一根手指，严肃地说：“你的梦境中有许多不合理的地方。例如，一，一切都是从你弟弟的自杀开始的。我们暂且不谈你弟弟是否存在的真实性。单说他的自杀，尸检无异常，而且你也亲眼目睹了未经修改过的视频，确认他自杀时精神恍惚，身边没有人，是运用自己的意志跳楼的，那么这就是证据确凿的自杀。否则既无胁迫，又无暗示，什么样的谋杀会令一个人主动跳下楼去？至于他曾在自杀前网购零食，这说明不了什么问题。有许多人自杀是临时起意，可能这一刻还在正常生活，下一刻萌生死意就立刻执行了。”

她又竖起第二根手指：“二，电磁波会对人体产生一定的危害，但如你所说，禁区内因变电站泄漏事故导致大量的伤亡事件，这就极度不合理。人类如果长时间处于电磁辐射的环境中，可能会导致出现你所说的癌变、失忆等等诸多症状，但变电站事故是短时间内急促爆发的，不可能会对区域内居民产生这么高危害，而且儿童是个对电磁波极为敏感的群体，在这场事故中，伤亡者全是成年人，少年儿童没有事，这就绝对不正常，并且你也说过禁区内猫狗等小动物都安然无恙。这一切的一切都极为不合理。”

她又竖起第三根手指：“三，照你所说，槐安市发生这么多事故，有泥石流、军舰神秘事故、禁区伤亡惨重，哪一项单挑出来，都是震惊全国的重大事故，为什么外界对于这些事故一无所闻？仅凭一个小小的槐安政府怎么可能隐瞒得了这么严重的事故？整座槐安市10万人口，怎么可能无人对外泄露禁区事故这样全民流传的大事？这可是个信息时代，依靠电话和网络，人们要传播信息的方法有的是呢。”

然后总结道：“就此三点，足以证明你经历的这些事情全是梦，唯有梦境才会出现这么流畅但又逻辑错误的故事。故事有趣，但不合理。”

江城紫狐疑地看着曾医生，说实话，这些不合理的地方她也都知道，而且无法合理解释。但那些经历历历在目，那么真实，那么生动，怎么可能是梦境？

她瞥了一眼目光仍在纠缠窗纱的杨森森，突然有些不确定，这样一个证明自己在做梦的活生生的证据就在眼前，她又有什么实际的证据可以证明自己不是在做梦呢？

曾医生宽容地看着她："你刚醒来时我们已经通知了你的父母，他们很快就会到了，到时你们好好谈谈。"

江城紫震惊，父母早在九年前就离他们姐弟俩而去，现在又从哪儿冒出来的父母？

此时门外传来急促的脚步声，病房的门被急促但又温柔地推开，一对五十来岁的夫妻快步走进来，见江城紫倚着床背神志清醒的样子，那妇人激动得噙在眼中已久的泪水瞬时落下，她猛地扑向江城紫，将她拥在怀里，泣不成声说："城紫……你终于醒了……"

男人同样激动，眼圈泛着泪花，目不转睛地打量着江城紫的表情，似乎在观察她的神智是否已恢复正常。

肩头转眼被泪水打湿。江城紫不是不感动，孤单了这么多年，自己长姐如母，把当时尚处于叛逆期的15岁江城蓝拉扯到警校毕业参加工作，付出了多少辛苦，背后却无亲人支撑。现在骤然多出这么一对父母，能感受到他们的疼与惜，江城紫遗憾到了极点，他们如果真是自己的父母该有多好！

可惜他们不是……

江城紫对这对夫妻全无印象。没有人会忘记自己父母的容貌，不是吗？她对曾医生的做梦理论产生了更深的怀疑。

她轻轻推开"母亲"，开口说："我弟弟江城蓝……"她密切关注着这对夫妻的一举一动，见他们神色一惊，心中冷笑，继续说道，"于6月5日凌晨坠楼死亡，定论是自杀，但我怀疑是谋杀。"

"江母"震惊地松开了手，向后踉跄了两步，被"江父"抱住肩头，她掩面痛哭起来，"江父"痛苦地说："城紫，你终究还是没忘掉你弟弟的事吗？坠楼……坠楼……"他苦笑着，反复提及"坠楼"这个词。

"江母"又扑过来，紧紧握住江城紫的手，劲道之大令她皱眉："城紫，你6岁那年跟4岁的弟弟在楼顶天台玩耍，误将他推下了楼。当时你受刺激过度，遗忘了这件事。这么多年都过去了，你为什么又要回忆起这件事？你弟弟是死了，但这只是个意外！意外啊！城紫，你为什么又要回忆起来，还要如此自责？城蓝不是被你谋杀的，是意外！”

江城紫瞠目结舌，过了许久才结结巴巴地说：“不可能……你们……你们在胡说……城蓝遗体……刚火化没几天……”

“江父”从钱包里取出一张照片，默默递给了江城紫，那是一张五寸照片，上面有他们夫妻俩和一对小孩，五六岁的女孩是江城紫，年幼的男孩是江城蓝。这的确是他们姐弟俩童年时的照片。江城紫头脑一片混乱，她和弟弟似乎照过这张照片，而且身边的人是真正的父母，而不是眼前这对夫妻。

“你们修改过这张照片！”江城紫斩钉截铁地说，除了这个解释，她再想不出第二个答案。

“江母”哭得更凶：“城紫，你回家看看，家里摆了多少张我们在一起的照片啊。你弟弟出事后，我们撤下了所有你们俩的合照以及全家福，只留下了我们三个人的合照，我们怎么可能去修改什么照片？每一张照片都是我们曾经笑着闹着幸福地拍下来的啊！”

杨淼淼一直趴在床前，被这一阵子的又哭又闹扰得莫名其妙，睁大着眼睛呆望江城紫。

江城紫也是头大，被这混乱的场面搅得不知所措了。

曾医生出来打圆场：“江先生、江太太，你们别太激动。江小姐昏迷了这么久才醒过来，出现这种记忆缺失与混乱也是很正常的现象。她目前各项体征正常，我们接下来要给江小姐做一系列头部检查，你们如果不急，在医院稍候一段时间，等检查完毕，可以让江小姐随你们回家一趟。在熟悉的环境里她可能会更快恢复更多的记忆。”

江城紫突然问道：“谁有手机？我想打个电话！”这么混乱的局面，她早就应该想起找梁植了，有梁植一句话，这些乱七八糟的诡异事件都可以烟消云散了。

“江母”立刻把自己的手机递给她。可江城紫要拨电话时才想起自己从没问过梁植的联系方法，握着手机一脸郁闷。

“江母”小心翼翼地问：“城紫，你要给谁打电话？”

“梁植。”她随口回了一句。

“江母”和“江父”对视一眼，“江母”低叹：“城紫，你还忘不了梁植啊？”

江城紫莫名其妙地看了她一眼：“又怎么了？”

“江母”说：“他不是你的初恋情人吗？当时你们还上高中，那么小，也别怨我和你爸拆散你们……”

江城紫啼笑皆非，不再理睬这对夫妻了。

ZHENDANG
KONGJIAN

第八章

三人成虎

做完各项脑部检查后，因为出结果要等至少半天时间，所以经曾医生批准，江氏夫妻带江城紫回家看看。

江城紫甚觉此事荒唐，仿佛从见钟摆昏迷后才是在做一场怪异的梦，但现在的情形是，无论她如何解释都属于少数派，力量掌握在多数派手中。俗话说三人成虎，再加上她心中对槐安市发生的事情不是没有疑惑，所以决定暂且随遇而安，见机行事。

“江母”带来一条浅蓝色连衣裙给江城紫换上，倒是她最喜欢的颜色，也非常欣赏的款式。要真是自己的母亲就好了，她暗叹着。

疗养院里除了低矮的两层小楼就是平房，墙面和屋顶都是很舒服的淡紫罗兰色，楼形很特别，点缀在充满了生机的大花园里，像森林中的巨型蘑菇。这里不像疗养院，倒像是童话王国了。

往来的工作人员根据职责不同身着各种浅淡清爽的服饰，轻声细语，行动敏捷，但很少看到病患。江城紫也不知道这是家什么性质的疗养院，但能收留自己这种“植物人”及弱智儿童，看来病患们窝在病房里不太能享受到花园之美也就可以理解了。

“江父”开来一辆丰田轿车，江城紫在上车前突然问了一句：“你们俩是做什么工作的?"

两人一愣,"江父"强颜欢笑:"我是警察,你妈是会计,这个你也忘了?""江母"嫌他说话冲,不满地剜了他一眼。

江城紫"哦"了一声不再说话,这两人倒是与自己真正的父母职业一样。

上了车,"江父"发动车子,缓缓驶出了疗养院。江城紫回头望了一眼,发现疗养院大门没有明显标志,周围也全被绿荫遮天的高大乔木包围,可真是家注意隐私格调高雅的疗养院啊。

能住进来必定所费不赀……

江城紫沉沉地想着,不知不觉闭上了眼睛。

"城紫,到家了,醒醒……"嘈杂的声音扰人清梦。江城紫不耐烦地睁开眼,再次看到不想看到的一幕。那对半道冒出来的"父母"正殷切地看着自己。她叹了一口气,真希望继续睡下去,或者找床被蒙到头上,可以说呓语:这是在做梦……这是在做梦……可她没想过自己已经睡了一晚了,怎么还会这么疲倦。

跳下车,江城紫活动了一下四肢,感觉情况良好,于是才提出一个很重要的问题:"这是哪个地方?刚才那个疗养院又在哪个城市?"

"我们现在在文昌市啊,疗养院离我们不远,你看,开车才走了半小时,这还是因为山路不敢跑快的缘故。""江父"解释。

江家布置得很有书香门第的韵味,充满了生活的气息,又在细节处透露出主人的品位,就连一桌一椅都是那么的熟悉,更别提江城紫在"自己的卧室"窗台上发现的那盆吊兰,都与她印象中一模一样。

江城紫糊涂了,这是自己的家,又不是自己的家。家具的摆设完全是一样的,但这个家中有这样那样的气息,就是没有自己的气息,就像一个完美的复制品,唯一的败笔是没有产生自己的归属感。

"江母"从一个很隐蔽的地方拿出了一个大相册,摆在江城紫面前,用希冀的目光凝视着她。

江城紫无奈地翻看相册,里面全是她、江城蓝及这对"父母"的照片。有她与江城蓝童年合照的,有四人合照的,也有"父母"与他们二人分别合照的。江城紫对其中的大部分照片印象都比较模糊,无法确定这些照片是否都是合成的,不过里面江城蓝的照片只到四五岁的样子,没有长大成人的照片。

她努力回忆江城蓝的模样:“城蓝长得高高瘦瘦,单眼皮,充满了活力……”但她吃惊地发现自己无法回忆出弟弟更详细的容貌,他明明才离开自己四五天的时间。

扶着额头,江城紫感觉到剧烈的疼痛,仿佛有锯齿刀在狠狠撕裂大脑,胸口憋闷得厉害,有种想呕吐的感觉。天旋地转起来……

醒来时,江城紫又躺在了疗养院的床上。曾医生正在凝视着她,见她要起身,忙按住她:“你在家中因情绪太激动而昏倒了,看来我过高估计了你的恢复状况,所以你不要进行太剧烈的活动,也不要想太多了,还是先恢复身体健康吧。”

头痛缓解了许多,但心中的压抑感却很强烈。江城紫已经不知该对目前的状况说些什么好了,只能按捺下心中的烦躁,轻声说:“我想去花园里散散步,不会剧烈活动。”

曾医生考虑了一下,同意了。在放江城紫去花园前,又说了几句话:“江小姐,你要知道人类的记忆只是一种神经活动,也会因病变而产生虚假信息,就跟电脑中了病毒被大量复制垃圾信息一样,不要认为存在于你脑中的记忆就是真实的。”

江城紫耸肩,如果连脑中的记忆都不能相信,那么活在当下的人,还可以相信什么呢?

这家不知名的疗养院坐落在山脚下,背后的山峰小巧圆润,海拔虽不高,却是茂林修竹,满目苍翠,整个一个天然氧吧。可江城紫顾不得欣赏林景,在花园里溜达来溜达去,想找出点能打破目前僵局的蛛丝马迹来。

耳后突然传来怪响。江城紫一转头,被一个黑乎乎的东西猛地罩在头上,冰冰凉的,还有一股子铁锈味,似乎有一双手紧勒住她不让她挣扎,还似乎有什么东西在嗡嗡作响。

江城紫大惊,拼命想甩开紧箍自己的手臂,她尖叫了一声,被罩在头上的金属罩回声吵得人头痛。

这一团混乱很快就终止了。勒住自己的手臂退却了,头上的金属罩也被取走了。江城紫眼前一片光明,看到一个身着褐色病号服的中年女人披头散发声嘶力竭地喊:“不要拿下它,他们会测到你的脑电波!别让他们控制你!”

两个膀大腰圆的女护士在拼命制止这疯女人的扭动挣扎,另一个男护士把从江城紫头上取下的铁皮桶轻轻放到地上,柔声问道:“江小姐你没事吧?”

疯女人嘶哑着嗓子还在冲江城紫叫:“别让他们测到你的脑电波,别让他们控制你的思想,否则你就不是你了……”江城紫身边的男护士歉然地看了一眼江城紫,跑过去挡在疯女人和江城紫之间,然后低声哄着:“孟姐,别闹了,你看你头上缠的铝箔都掉了,要是被人踩坏了怎么办?”

疯女人果然不再挣扎了,转头去寻找不知掉在哪里的铝箔,被女护士们连拉带拽地弄走了。

男护士低声解释:“她有被害妄想症。”

江城紫瞥了他一眼,没有说话,转身离开。天知道在这些医护人员眼里,她是不是也有点什么妄想症的毛病。

坐在一棵柳树下的条凳上,江城紫支颌,重重叹了一口气。她认为自己不是在做梦,但这怪怪的疗养院和从天而降的“父母”用种种理由和证据非要证明她是在做梦。

记忆这种不可琢磨的东西,谁也没法分辨它到底是真实的还是虚假的不是么?那么在自己认为真实别人认为是虚假的情况下,没有任何实物证据,又要如何证明是谁对谁错呢?如果此时有人在这里,问她能不能肯定自己经历过的槐安数日是真实的,江城紫绝对会犹豫,也绝对不会100%肯定自己不是在做梦。要是关于槐安的记忆的确是在做梦呢?

即使不用专业人士解释,江城紫也知道有些幻觉在当事人看来是十分真实的,她曾经抓过吸毒者,他们信誓旦旦曾去过天堂,见到过天使或者是曾见到过梦中情人什么的。当时她认为他们鬼话连篇,可设身处地想象,因吸毒而high到极致的吸毒者当时又何尝不是在真实体验那种幻境的“美妙”和虚幻,在幻境中,他们很可能认为自己当时的记忆是真实的。

脑部受创,跟吸毒者有异曲同工之幻觉吗?

江城紫苦笑,身后的柳梢轻拂肩头,6月暖暖的光令人醺然欲睡。

曾医生突然神神秘秘地专挑树荫处行走,不断地环顾四周,似乎极为避人耳目。江城紫所坐的地方,前有几棵高大梧桐遮挡,后有排柳隐蔽,所以曾医生无意地瞥过这里一眼也没有注意到她。

曾医生在做什么?江城紫好奇地躲在梧桐树后观察着她。曾医生绕过前面的几排房屋,一直走到最后面一座像是四合院的院子里。江城紫悄然跟上。

没过多久,曾医生神色匆匆地离开。江城紫从门缝向里张望,看到一名约三十岁左右的男人,头上戴着类似自己曾戴过的脑电图测试仪那样的东西,上面连着许多电线,与一台机器连在一起,他在院子里小范围地走来走去,嘴里似乎在嘟囔什么,因为太远听不清。他身边有两名护士在按着他,不让他活动太剧烈。

江城紫怕被人发现,看到这里就闪到一边。这难道是VIP病房,这男人也是有精神方面的疾病,所以在单独治疗?

她一边沉思一边信步向前面的花园走去,在刚才自己坐过的条凳上,曾医生坐在那里,正拥着"杨淼淼",慈爱地擦去她额头上的汗水,又低下头温柔地跟女童说着什么。不知道的人会以为这是一对母女。

心底压抑许久的愤怒突然如火山般喷发出来,江城紫快步走上前,猛地一把拉开"杨淼淼",恶狠狠地朝曾医生吼道:"你拆散人家家庭,害余队长骨肉分离,现在又何必在这装什么好人?我告诉你,她叫余淼淼!是个很聪明的孩子!不是杨淼淼!不是弱智儿童!"

曾医生叹气,从兜里取出一个手机递给江城紫:"江小姐,你既然如此肯定这孩子的来历,那你肯定有她'父亲'的联系方式。你把这位余队长找来吧,当面说个清楚。"

江城紫还记得弟弟大队办公室的电话,一串数字噼里啪啦输入,手机里传来的却是:"您拨打的电话是空号……"

还有什么电话是可打的呢?弟弟的手机作为证据肯定不会开机了,梁植的手机号她又没有。对于槐安市,她是一个彻头彻尾的外来者。但即使是对于她生活了二十多年的西成市来说，在遇到困难时，她又能找到谁求助呢？她脸色黯然，给西成市公安局自己科室的办公室打去电话，又是空号，给上司和还记得电话号的几个同事打去电话，不是打错电话、无人应答就是空号。

她恼怒地说："现在的科技想让电话串号太容易不过了。"

曾医生叹气："我有这个必要去这么大费周折串掉所有你熟悉的人的号码，只为了证明你没有在做梦吗？"

江城紫哑口无言。

曾医生见江城紫的脸色越来越沮丧，轻轻拍了拍她的手臂："你头部受到过重创，又昏迷了这么久，记忆会产生混乱这没什么不正常，别难过了。你身体底子好，恢复快，过一段时间你就会什么都记起来了，不要担心。"

江城紫总觉得曾医生的笑容有些虚伪，手臂一隔，将曾医生的手挡开，后退了一步，充满了戒备地看着她，同时也将一旁发呆的余淼淼也拉开。

曾医生脸一僵，眸中有一丝莫名的光闪过，声音有点僵硬："江小姐，你总觉得我们在欺骗你，可你也拿不出什么证据来证明你的话，哪怕是你到槐安市乘坐大巴的车票，更不要说你提到过的卫星照片了。"

江城紫更加愤怒："我醒来就在这里了，不是你们还有谁会拿走我身上所有的东西？"

脑后突然剧痛，伴随着心头再次涌动完全无法抑制的愤怒，这种非常陌生的感觉似乎脱离江城紫的意识、身体，以独立的姿态超然地存在着，令江城紫瞬间如野兽般扭曲了清秀的脸庞，凶狠地扑向曾医生。

曾医生慌乱地避开，同时大叫："快来人！快来人啊！"

几个护士如天兵天将骤然出现，三个人紧紧抓住了江城紫，另一个不管江城紫的拼命挣扎，照着手臂一针打下去，几秒后她软软地倒在了护士的怀中。

江城紫悠悠醒来时，已经是新的一天中午时分，阳光布满整个病房，微微有些炎热感。

曾医生坐在床头,像X光机一样认真注视着江城紫的脸,或者是她的头部。江城紫头还有些发晕,神志倒是立刻恢复了,很不好意思地道歉:“曾医生,对不起,我也不知道昨天是怎么回事,就是控制不住自己的怒气,没有伤到你吧?”

曾医生摇了摇头:“你因为怀疑,所以不安。你的怀疑也不是没有道理,要不我对你进行催眠治疗吧,全程录像,你的潜意识不会撒谎,让我们看看你身上究竟发生了什么事情。”

江城紫同意了。现在处境已经糟糕到了极点,他们如果想害自己早就动手了,既然如此,做一次催眠也不会让事情变得更糟糕了。

曾医生安排护士带来摄像机和电子节拍器。她的预料果然没错,江城紫非常紧张,所以数次催眠都没有成功,又拒绝进行药物辅助,最终曾医生要求她深呼吸调节心律,全神贯注凝视电子节拍器。

左、右、左、右……

电子节拍器发出有规律的声音,像极了那座午夜出现在马路中央的座钟,钟摆在有规律地摆着,左、右、左、右……

整个世界都开始晃动起来,左、右、左、右……

第九章

回到槐安

“嗡……”远处传来重载的卡车行驶过时发出的呼啸声，空旷、寂寥；“刷……”、“刷……”不快不慢掌控着节奏的扫地声，岁月静好；“叮当……”、“叮当……”、“叮当……”有人不耐烦地再三按门铃，仿佛从人间仙境贬落俗世红尘，生活气息浓重……

江城紫睁开眼，迷惘了几秒后，才发现自己躺在床上。周围的家具熟悉而又陌生，目光扫了好几圈才发现这里似乎是江城蓝的宿舍。

房间格局没有变，但家具全部大变样，甚至连细节都变化颇多。所有家具位置都变动了，而且这里少了一把椅子，那里多了一个花瓶，诸如此类的。独立的电脑桌和笔记本电脑不见了，多了一个混合书架，书架下架着小桌，桌上放着江城紫的背包，那三张高清卫星照片也在里面。

屋里干干净净，但缺少人气，像是摆放的道具那样陌生。床上的被褥都是非常女性化的粉红色，衣柜里只挂了几件女装，是江城紫的。卫生间里漱洗台上也只有她的化妆品，没有任何其他物品。

门铃一直在不屈不挠地响着，江城紫终于清醒过来，自己不是在疗养院的病床上，而是在江城蓝的宿舍里。

梦？现实？现在江城紫真是迷惑不解了，难道自己只是做了一个梦，梦中自己在一家神秘的疗养院，那里有从天而降的“父母”和坚持说自己槐安之行是在做梦的曾医生？

她口中喊着：“来了来了！”跳下床时，身子还有些沉重，不过身上的衣服倒是夜探禁区的衣服，颈间也还戴着梁植送的电磁干扰滤波器。这么说，从夜探禁区后自己只是做了一个恐怖的梦？

江城紫不太确定，打开门，看到按门铃的是余彦辉。骤见到熟悉的人，江城紫面露喜色，终于确定自己只是做了一个噩梦，于是欢声道：“余队长，什么事？”

余彦辉奇怪地看着江城紫，不明她的笑颜何来，半天才想起自己的来意，于是说：“呃……也没什么事，这两天没看到你，以为你回西成了。你的宿舍空出来的话，钥匙需要上交……”他有些不好意思，怕江城紫误会是在赶她走。

江城紫明白了他的意思，低声说：“余队长，如果局里不急于将这间宿舍分配他用，能不能暂借我住几天？城蓝的死因似乎还有些疑点，我想彻底搞清楚，不留遗憾。”

余彦辉一头雾水完全搞不清江城紫在说什么的样子：“江警官，西成、槐安两市是兄弟市，咱们两家局里经常有人员往来，这间宿舍就是在你病休期间专门拨给你用的，你只要还在槐安，局里哪会把宿舍分配他用？槐安风景很不错，你才来没几天，别急着走，多玩几天吧。至于你说的城蓝，是谁？什么死因、疑点？”

江城紫大吃一惊：“江城蓝，我弟弟，你的下属啊。余队长，我就是从西成来看他的，在我来的前一天他坠楼身亡，你们给出的结论是长期抑郁导致的自杀，我怀疑是他杀。这几天一直在调查此事。余队长，你怎么这样一副表情，别告诉我你不记得我弟弟江城蓝了！”

余彦辉表情冰冷：“江警官，一大早就开这种玩笑可有点过分了。我的下属一共五人，哪有什么江城蓝，什么坠楼他杀的。你明明就是因病休来槐安市度假，局长吩咐将这间宿舍拨给你让你在这里好好放松疗养。”

二人正有些尴尬地对答着，一个尖脸细目约八九岁的男孩从楼下跑上来，见到余彦辉就大喊："爸爸，爸爸，我快迟到了，快走吧！"

余彦辉向江城紫点点头，转身准备离开。

江城紫身子一震，满脸惊愕，颤声叫住了余彦辉："余……队长……这是你……儿子？"

余彦辉转身，莫名地望向江城紫："对啊，这是我儿子余向阳，你不是以前见过他吗？"

江城紫如坠冷窟，身子颤抖得厉害："那么余淼淼呢？你没有一个女儿叫余淼淼吗？"

余彦辉板着张脸说："江警官真会开玩笑，现在家家都是独生子女，我上哪儿再生个女儿去啊？"

男孩跑过来，抓住余彦辉的手臂："爸爸快走，你前几天答应给我买的东西今天可别再忘了。"

余彦辉不耐烦地说："知道了知道了，你不就是最爱吃花生酥吗？今天给你买两斤就是了。"

男孩突然带着哭腔喊："爸爸一点儿都不关心我，明明知道我对花生过敏，我最讨厌花生了，我不要花生酥，我讨厌零食！我要变形金刚玩具！"

余彦辉被他吵得头大，息事宁人地忙不迭地答应了，一大一小一起离开。

在下楼时，余向阳突然回头瞪了仍处于震惊中的江城紫一眼，那一眼，江城紫看得很清楚，黑白分明的眼睛里，流露出的狠毒与怨恨的神情，完全不是一个八九岁男孩应有的。

腿无力支撑沉重的身体，江城紫倚着冰冷的墙，身子也冷得抑制不住牙齿得得打战。

余彦辉完全不记得江城蓝以及他死亡的事了。宿舍的摆设大变风格，所有属于江城蓝的物品都不见了。对于江城紫的来意，也有了另一种说法。

余淼淼喜欢吃零食，对牛肉干来者不拒，家中也备有不少花生酥。余向阳讨厌零食，对花生过敏。一个当父亲的，怎么可能连儿子攸关生命的禁忌都记不住？余彦辉能脱口而出孩子最爱吃的是花生酥，除非他糊涂到了极点,要不就是他潜意识中确定自己的孩子最爱吃的就是花生酥。余淼淼才是他的女儿,余向阳不是他的儿子!

可是一个父亲怎么会连自己的孩子都认不出了?他的记忆中完全没有余淼淼的位置,余向阳干脆利落地取代了余淼淼的身份,这怎么可能?

难道有人以余淼淼的安危来胁迫余彦辉认余向阳为子并且否认江城蓝的存在?余向阳难道知晓内情?否则为什么会用那样的眼神瞪自己呢?江城紫坐倒在地,头脑一片混乱。

过了好久,江城紫才挪动麻木的身子,决定去一趟槐安市公安局,她不信余彦辉会把弟弟忘得干干净净。

下楼时,正遇到余太太在锁门准备上班。江城紫心中一动,跟她打了个招呼。余太太无甚热情地回应,倒是没把江城紫忘掉。

江城紫勉强脸上堆笑:"大嫂,余向阳真是聪明又好学啊,一大早就催着余队长送他上学。"

余太太点了点头,丝毫没有别家妇人因外人夸奖自己孩子而产生的骄傲感。

江城紫又说:"不知向阳在班级里学习成绩能排多少名啊?"

这种话题,对于家有学龄子女的家长来说太平常稀松了,不能说天天有人问,但起码跟别人聊天时总会有所涉及。但余太太显然没有准备,经江城紫这么一提,明显地愣了一愣,似乎在努力回忆,几秒后脸色一松,平淡地说:"还行吧。"

到了楼下,余太太上班方向与江城紫相反,礼貌地与她打了个招呼就赶公交车去了。江城紫毫不在意,刚才的谈话有些证实了她的推测,哪有母亲不了解儿子学习情况的?余太太的反应很明显是在敷衍。她到底是因为儿子的学习成绩不佳有所掩饰呢,还是根本不知道儿子的学习成绩所以随口一说呢?江城紫倾向于第二个推测。

到了槐安市公安局。值班室民警见江城紫来了,二话不说放行。

进入刑警支队二大队办公室,江城紫发现另五张办公桌都没有变化,每张桌子上都摆着各自主人的名牌,与江城紫记忆中弟弟五位同事的姓名都吻合,唯有放在最角落处弟弟的办公桌上蒙了一层灰,上面没有名牌也没有电脑等办公设施。

她漫不经心地拍了拍弟弟的办公桌，问旁边一名年轻刑警："这张桌子是谁的？为什么空在这里呢？"

年轻刑警头也没抬，双目似黏在电脑屏幕上，手下不停敲击键盘："空着的，没人。"

江城紫皱眉，再问："你认不认识江城蓝？"

刑警仍然在忙，回答："不认识。"

江城紫用力拍了拍手掌，吸引了所有正在忙于工作的刑警注意，见他们都望着自己，江城紫强压下心中的恐惧问道："请问，你们几位都不认识江城蓝？"

五人齐摇头，其中一个问道："江城蓝？这名字跟你的很像，江警官，是你妹妹吗？"

江城紫头又开始痛了，她用力揉着太阳穴，低声说："能麻烦你帮我查一个警号吗？"她报出熟记于心的江城蓝的警号，刚才问话的刑警在"罗网"系统内飞快输入警号，一点结果："没有，这个警号没有分配给任何人。"

没有警号，就没有个人档案，没有个人档案就相当于没有江城蓝这个人的社会存在、政治存在以及人事存在。失去了这些存在，江城蓝就只是一个仅存于江城紫记忆中的影子，这令江城紫完全恐慌起来。

如果一个人不存在于除自己以外所有人的记忆中，就连他遗留的物品都不存在，那么江城紫要如何证明弟弟江城蓝曾经存在于这个世间呢？

她慌乱地努力回忆有什么可以帮助自己的，一个人名突然从混乱的大脑信息网络中跳了出来：梁植。

梁植虽然很严肃强硬，但他身上有种浩然之气，也可以说是正气凛然。一个心怀鬼胎或是阴险狡诈的人，目光绝对不会有梁植这么坦然，这么明亮。在这么诡异惊恐的时刻，江城紫第一印象就是梁植是可靠的、可以依赖的人。

她离开公安局，打电话到水警区寻找梁植。既然没有他的手机，水警区不会没有这位上级派来的联络官的联系方法吧？可奇怪的是，江城紫打去水警区办公室找梁植，电话层层转接，最后到了一位什么政治部主任那里。对方听她打听梁植的电话，很狐疑地询问她是谁。在报出自己的警察身份后，那位主任语气和蔼了许多，声称水警区没有这样一名军官，至于如何寻找他，水警区也不清楚，建议她向上级部门打听。

这个软太极打得令江城紫极度郁闷。

水警区是在刻意隐瞒梁植的下落吗？她考虑了一下，电话既然打不通，又没别的办法，那就只剩下最后一个办法，也是个笨办法了——在水警区外等！梁植总要跟水警区打交道，守区待梁，他一定会去的！

老天爷很眷顾江城紫，她才在水警区外的小树林里监视了不到两个小时，就看到梁植了。

江城紫有些激动，见梁植没有开吉普车，只是步行走出水警区，不知要去哪里，于是急忙冲了出去，边向梁植挥臂："梁植！"

梁植停下了脚步，微微吃惊。

江城紫冲到他面前，激动得说不出话，只是用力喘着气。

"你在叫我？"江城紫突然觉得梁植的声音很动听，简直是非常悦耳，于是重重点了点头，理顺了气，张口说道，"大前天晚上发生什么事了？"

梁植扬了扬眉，有些好笑地看着江城紫："请问这位女士，我们认识吗？"

江城紫嘴巴张成了"O"形，心情已经成了"L"形，跌到谷底拉直线了。她犹带一丝侥幸心理问道："梁植，你不会忘了我是谁吧？"

梁植脸一黑，颇有点生气的样子："女士，我还有事，你如果还要这么开玩笑，那请自便！"说完准备离开。

江城紫急了，一步蹿到他面前，伸开手臂拦住他的去路："梁植，我有话要跟你说！"

梁植一回头，见后面水警区站岗的水兵眼睛直往这边瞟，似含笑意，有些急了："你到底是谁，找我有什么事？"

江城紫把心一横，取出警官证在他面前一亮："我是西成市公安局刑警，有个案子想请你协助调查，不知你是否方便。”

梁植反而笑了：“哦，原来是警察同志，不知什么事需要我协助调查？”

江城紫见前面不远有个茶室，于是说：“能去那里一谈吗？”

二人在茶室包间坐定，江城紫还没说话，梁植先发问了：“江警官，不知你西成市有什么案子，要跑到槐安市找我这军人进行调查？”

江城紫一点头绪也没有，于是此时脑中第一想法立刻脱口而出：“9 日晚上，我们俩夜闯禁区，我不知怎么着昏过去了，你那边发生什么事了吗？”

梁植颇有些惊讶：“禁区？你是指市区东北那片约六平方公里的电磁污染封锁区吗？我为什么要跟你一起夜闯禁区？”

“因为南柯号事故造成了禁区的形成，我们决定一起去禁区寻找线索的，你忘了吗？”江城紫谆谆引导。

梁植神色严厉：“江警官，我是为了帮你协助调查案件才答应来的，不明白你到底在说些什么，什么南柯号事故？你是指禁区的事故是人为造成的吗？”

似乎，梁植也跟余彦辉一样，遗忘了许多事情啊。

江城紫叹气，她发现最近自己叹气的次数越来越多了。可自从决定来槐安后，哪天不遇到些让人狂叹气的古怪事情呢？

她把三张卫星照片放到梁植面前，仔细观察他的表情。

梁植似乎从没见过这些照片，见第一张时还很惊讶，见到第二张关于南柯号的照片时脸色就凝重起来，第三张照片看起来不很奇特，但与第一、二张联合起来看，就显得诡异了。

梁植有着高度的职业敏感性，他立刻从第二张照片中看出了令人心惊的线索，他指着这张照片说：“这艘舷号为 820 的舰艇就是你说的南柯号吗？”

江城紫点头：“或许你忘记了一些事情，让我讲给你听。”她将二人共同调查的所有细节从头到尾讲了一遍。

梁植越听脸色越古怪。在最后江城紫讲完，以为梁植会为之动颜，结果梁植果然脸色变了，压低嗓音严厉地说：“你在讲科幻故事吗？

要不是看在你是警察的分上，我立刻把你送去医院检查你的精神状况！”

他把照片扔还给江城紫：“你的故事漏洞百出，且不说别的，就算是我国研发出高频微波武器，功率也不可能大到能伤亡这么多人。而且怎么可能只伤成年人不伤儿童？应该反过来才对。并且要做这种高危武器实验，怎么会出现这么大纰漏，导致武器转向城市方向？再说了，槐安市当局怎么可能有这么大能力将军舰事故及重大人员伤亡事故瞒得滴水不漏？所有人都安分守己保守这个秘密没有一丝泄露？禁区范围内受伤的其他人呢？”

梁植心思缜密，眨眼工夫就列举出这么多漏洞，也正是在梦中疗养院里的曾医生所列举出的漏洞。江城紫知道自己潜意识中也对这些漏洞有所怀疑，但她就是无法解释为什么会出现这样的事情。

她瞠目结舌，呆坐在那里不知要如何对发怒的梁植解释。

她突然伸手从颈间拽下了那个酷似项链的电磁干扰滤波器，“砰”地放在梁植面前的桌上。“你不信，就回去查查这个滤波器！这是你给我的原型机，非常珍贵，你说是花费了上千万元研究经费才研发出来的。”

梁植拿起滤波器，他本身就对电磁设备有一定了解，立刻看出这的确不是一个普通的项链坠，疑心大起：“这么机密的设备，我为什么会给你？”

江城紫冷笑：“为了夜探禁区，你才去小竹岛从一只黑猩猩身上取下这个牌型的滤波器给我。另一个是改良版的表型，原来戴在你手腕上，现在……显然不见了。”

梁植低头看了看左手腕，那上面没有表，但可以看到一圈比周围皮肤要白的痕迹。自己曾戴过手表吗？梁植不太确定了，看这痕迹，戴表的时间应该不太短，为什么自己一点印象都没有了呢？

“你为什么不跟你的上级通个电话，询问一下你来槐安市的真正目的是什么？我怀疑你已经遗忘了你来槐安的真实目的了。”江城紫有些咄咄逼人。

梁植霍然起身，有些恼火地说：“你别太过分了！我来槐安市是进行军事装备调研，照你说，难道还有什么不可告人的目的不成？”

江城紫也猛地站了起来，恶狠狠与他对视：“没错，你来槐安市就是为南柯号上的机密测试，现在南柯号出事，你还有什么心思去搞狗屁调研工作？真不明白你们到底是怎么回事，每个人似乎都忘记过去，我简直像是走进了一个平行世界，物是人非了！”

梁植深深地凝视她，脸色恢复了平静，沉默地转身离开。江城紫跺脚，对着梁植的背影喊：“喂！起码留下联系电话。”

梁植顿了一顿，扔下一张名片。

江城紫过了一会儿才再次跺脚：“唉，这家伙，真没绅士风度，也不埋单就这么走了。”

第十章

进禁区

江城紫看似乐天,但事情发展到现在这份上,一人独处时感觉非常沮丧。与调查有关的人与事全部发生了翻天覆地的变化。这么大范围的人群记忆改变,令她有种卷入了惊天阴谋的感觉。谁有这么大的能力,将余彦辉的女儿变成儿子,令所有人都忘记了江城蓝的存在,令梁植忘记了来槐安的目的也忘记了她的存在?政府?不,普通外力根本做不到这一点。从这些人的目光中可以看出,他们是坚信着他们的记忆的,没有撒谎,没有掩饰。

唯有两种解释,一种超自然的力量改变了所有人的记忆,例如外星人……

另一种解释就是自己在做梦。庄周梦蝶?那么自己到底是庄周还是蝴蝶呢?

江城紫感觉自己已经被事态发展的诡异搞到神经错乱了,居然联想到外星人了。估计是入槐安市后多次听人谈到外星人,所以对于不可思议事件的解释,第一个就想到外星人。但宇宙中即使存在外星人,他们也不可能闲到跑这小城市来玩弄人类的记忆吧。但要说自己现在在做梦,江城紫狠狠掐了自己一把,剧痛证实自己不是在做梦。

她叹气，看来是没法解释这些事情了。

要不再去禁区走一趟吧，一切古怪都从那里开始。如果不是那座突然出现在马路中央的座钟，之后的怪异都不会发生了。

大白天在禁区内独自游荡的感觉，恐怕极少有人能体验到。就像是世界末日，这个世界只剩下自己一个人，满目疮痍，遍地荒凉，无遮无掩的阳光在柏油路上刺目的反光，腥咸的风沉寂地腐蚀着这死亡的区域，前途漫漫，似与地老天荒共终结，愈发显出江城紫的孤寂。

漫步于这死亡禁区中，江城紫心中有些慌乱，如果在这里也找不到任何线索，目前的困境要如何打破？

被人偷窥的感觉再度出现。江城紫镇定了许多，有人就有线索，无论对方目的何在。

她佯装没有察觉，走到一条商业街，似在浏览橱窗里的衣饰，借橱窗的玻璃反光，打量身后的跟踪者。跟踪者技术太嫩，居然连这最浅显的反跟踪术都不了解，在拐弯处探头探脑地张望。

江城紫冷笑，不紧不慢走向商业街末端，走过拐角处立刻停了下来，果然，没过多久，有轻盈的脚步声向拐角处走来。她一拳用力挥出，跟踪者尖叫了一声，后退一步摔倒在了地上。

江城紫没想到跟踪者个子这么矮，原想给对方喉咙来上猛力一击，这一下子从对方头顶扫过落了空。

双方各吃一惊。跟踪者只是个十四五岁的少年，一头半长不短的发丝胡乱扎着垂在肩头，容貌俊秀略带流气，身上衣衫整齐但略有污迹，此时正在恶狠狠瞪着江城紫。

倒像是个街头小混混。江城紫诧异，低头问道："你是谁？为什么跟踪我？你还敢在这禁区内逗留，不想活了？"

少年不客气地反问："你又是谁？为什么在禁区里逗留？不想活了？"

江城紫虽然满腹心事，也禁不住笑了，她向少年伸出手。

她灿如阳光的笑容，平息了少年的怒火。他迷迷糊糊握住了她的手，被她用力提了起来，圈在自己怀中。

乍与异性这么近距离接触，手中年轻女性的肌肤温软滑腻，少年虽然桀骜也禁不住脸红了，想后退，被江城紫牢牢圈住。“别动，我身上带的电子设备可以保护一米范围内的人不受电磁波辐射。”

感觉到她的善意，少年安静下来，嗫嗫道：“没事，这里的电磁波对我们没有什么危险。”

江城紫垂目注视比自己矮一头的少年，和蔼地询问：“你是谁？为什么要跟踪我？”

“我叫吴欢，只是好奇，因为我极少见有人敢这么闯进禁区。”少年吴欢狡黠地笑。

“你为什么没有随禁区内的居民一起离开这里？”

吴欢又笑，歪着头说：“你肯定不是政府派来的科学家和搜索队员，你是私闯进来的，要我回答问题也行，给我钱。情报不能白给。”

江城紫无奈：“你要多少钱？”

“一个问题50元。”

“成交。”

“那你问吧。”

这简直是菜市场讨价还价呢。江城紫心中苦笑，身上没带多少零钱，这问题可真是得悠着点问。

“这里究竟发生什么事了？”江城紫提出第一个问题。

吴欢笑：“政府不是说得很明白吗？变电站故障导致电磁辐射污染严重，大家待不下去了，只能全部撤出去，把这里划为禁区，等污染消除后再回来。”

得，这50块算白扔了。江城紫暗骂这小鬼狡猾，只得提出第二个问题。

“你为什么还在这里逗留？不怕电磁污染吗？”

吴欢摇头，垂着眼皮看自己的鞋：“死了很多人，但都是大人，我们小孩没事。我无家可归，出去也要被送去收容站，不如留在这里，没人管，多自在。”他的声音微微发抖，想来是由此回忆起事发那天禁区内发狂互殴的大人们的惨状。

恻隐之心油然而起，江城紫可以想象得到那日的情形，无形的袭击在瞬时横扫整片区域，人们还在做早饭、送孩子上学、等公交车、在上班的路上，瞬间，人们的大脑沸腾起来，肢体如焚，情绪失控。他们双目赤红，暴力地攻击身边的人或是自己，血肉横飞，无处可逃。一如南柯号上海军官兵的遭遇，仅仅一张舰艇的照片就令人毛骨悚然，可以想象最初进入禁区的那些救援人员遭受到了什么样的心理冲击，也可以想象到亲眼目睹了这一切的年仅十四五岁的孩子心理又会受到什么样的创伤。

吴欢极其聪颖，见江城紫的目光忽而惊惧，忽而怜悯，重重哼了一声："不用你同情，快给我钱！两个问题一共100块！"

江城紫无奈地掏出钱，正打算给吴欢，心中一动，把手缩回："吴欢，你独自生活在禁区内，要钱干什么？我相信这里现在没人管，你可以为所欲为，钱已经没有用了，不是吗？"她也狡黠地笑望吴欢。

吴欢无言以对，闭上了嘴再不肯吭声，似乎隐藏了什么秘密。

江城紫故意皮笑肉不笑："你不说话，没关系。我把你带出禁区，有的是办法让你说话。"为了增加威胁的力度，她把自己的警官证在吴欢面前晃了一晃。

吴欢自小在街上流浪，自然知道这些警察的厉害，于是脸露急色："别带我走，尤伯还需要我照顾！"

"尤伯是谁？成年人？他怎么还可能待在禁区里？"江城紫惊讶极了。

吴欢恨恨地瞥了她一眼："走，我带你去见尤伯。"

吴欢的"家"在一个废弃已久的烂尾楼地下二层处。地上部分虽然断壁残垣，但地下二层却是钢筋混凝土，坚固异常，就是海边潮湿，地下也免不了水汽多，水泥墙面上到处长着青苔。吴欢不知从哪儿摸出支蜡烛点燃，总算避免摸黑下楼。越往下走，江城紫越是担心，这样的环境怎么住人？听吴欢的意思，这个尤伯可能行动不便或是病人还需要照顾。

到了地下二层，吴欢指着正中间一个被铁皮掩实的房间说："这里就是了。"他掀开铁皮让江城紫进去，自己进去后又把铁皮严严实实地盖回原处。

地下室面积不小，约有三四十平方，只有一支蜡烛带来微弱的光亮。一张有些年头的木头床上躺着一个人，见吴欢带了一个女人回来，对方急忙坐起来，语气紧张："小欢，这是谁？"

尤伯大概有五六十岁吧，头发白得厉害，最可怕的是右脸颊上有一块很大的伤疤，浮肿紫红，颇有些吓人。

最奇怪的是，这个地下室的天花板、墙面、地面上全部钉有金属板材，有铁皮也有铝皮铅皮，密密麻麻，层层叠叠，但是受湿发暗，起不到反光作用了。

吴欢说："这就是尤伯，他的腿不好，我要钱就是为了治好尤伯的腿疾。"

尤伯有些严厉："小欢，我说过多少次了，你尽量不要往外跑，残余的电磁辐射同样有害，你在外面待久了会诱发许多疾病。你为什么总不听？而且你为什么要带陌生人来？我要求过你一定要保密的！"

江城紫抢道："尤伯，你别怪吴欢，是我逼他带我来的。你为什么不带着他一起跟这里的居民撤离？政府会妥善安排好你们的生活。你明知电磁辐射的危害，为什么还要带着吴欢不肯走呢？"

尤伯警惕地望着她："你到底是谁？别以为小欢这个孩子不懂事，就能一样糊弄到我。"

江城紫苦笑。

吴欢立刻辩解："尤伯，她是警察。"

尤伯语气更重："警察又怎么样？还不一样是他们的走狗！"

江城紫恼了，好心来帮忙，反倒被骂，于是跨前一步，声音比尤伯还响亮："尤伯，我不知道你的过去，也不知你与警察有什么仇恨，会把所有警察都一起仇恨上。我从西成市过来，也是无意中知道禁区的事，因为遇到吴欢，所以想帮助你们。你如果不喜欢接受帮助，起码也要劝告让吴欢离开这里。"

吴欢不高兴地叫起来："尤伯在哪儿我就在哪儿，我决不自己离开！"

听到江城紫是从西成市来的，尤伯脸色缓和了许多："你来槐安多久了？"

江城紫有点莫名其妙，算了算，说："我 6 日到槐安市，今天 12 日，整六天了。”

尤伯叹了口气，低语：“估计晚了。”

江城紫没听清：“你说什么？”

尤伯摇头：“算了，你走吧，这里你帮不上什么忙。”

江城紫哪肯就这么走，这屋子里的奇特装饰令她好奇心大起，见尤伯敌意消除，立刻问：“屋子里为什么要钉这么多金属板？”

尤伯重新躺下，声音淡淡的，有些疲倦：“当然是为了尽量抵挡电磁辐射。”

吴欢偷笑：“这些都是我从附近船厂偷来的。反正都是废品要当垃圾卖的，被我废物利用了。”

江城紫奇道：“你们怎么知道金属可防电磁波？”

吴欢正待回答，尤伯抢在他前面说：“听救援队一个科学家说的。”

见尤伯不喜自己逗留，江城紫对吴欢使了个眼色：“吴欢，我对这地形不熟，你能不能送我出去？”

吴欢极聪明，立刻点头。

回到地上，江城紫问道：“9日晚上，我和我朋友夜入禁区，你是不是在暗中偷看到我们？”

吴欢点头：“要私自进入禁区，从海上走是唯一的通道。我经常没事就躲在那附近偷看闯进来的人。只见有人进，从不见有人出。你和那个很酷的男人进来时我看到了，因为你进了一户人家搜索，我就跟着那个男人去了。”

江城紫睁大了眼睛：“后来呢？”没想到吴欢竟然是关键的目击证人，真是柳暗花明啊。

吴欢撅了撅嘴：“那男人很警觉的样子，我不敢离他太近。他在走到一家酒楼院外时似乎听到了什么冲了进去，我听到有很大的动静，再过了一会儿，他被两个男人抬了出来，送到了海边，上了一艘快艇。等我回来时，你也不见了。”

江城紫不能说不郁闷，梁植显然也遭到了暗算，但也由此肯定了她的一个猜测，梁植的记忆被篡改过了，还有余彦辉一家和弟弟的同事们都是如此。但人的记忆怎么能被篡改呢？人脑又不是电脑，可以输入资料更新或是覆盖原有。

尤伯和吴欢都不肯离开禁区,吴欢又可以从禁区被遗弃的店铺里取得二人日常生活物资,所以江城紫只能自己离开禁区。

回到熙熙攘攘的城市中心,恍然隔世。江城紫站在川流不息的人群中,沐浴在下午最灿烂最炎热的阳光下,身上终于感觉到了暖意。

人果然是群居动物,她虽然平时不喜欢人多热闹的地方,讨厌身边冷漠的人心,对世态炎凉早已看透。但在此刻,看到同类,那些鲜活的生命,生动、真实,还是令她热泪盈眶,有种充实的感慨,自己不是孤单的生命。

打起手机,按下梁植的号码,她只简单的一句话:“你不用把滤波器拿去研究吗?”

梁植应约而来,在接过滤波器时,听到江城紫平淡的话语:“我先前说的都是真的,我刚才见过了目击证人,9 日晚上我们俩夜探禁区时曾分开过,你被人引到了一个院子里弄昏,然后被送上快艇带走。我则被带到了一家疗养院。对方的势力惊人,有庞大的财力和人力,还有莫大的力量可以篡改人的记忆,封锁信息。你可以研究滤波器,再回忆这段时间你做了些什么,等你想起什么时,打我的电话找我吧。”同时扔过来的还有梁植的名片,背后写有江城紫的手机号码。

说完决然地转身离开。事已如此,除非梁植相信她,否则江城紫也无计可施了。

江城蓝的谋杀案因江城蓝本人的不存在,调查陷入了僵局。南柯号舰艇以及禁区的事故调查,当事人梁植也予以否认,凭江城紫自身力量根本无法调查这种涉及到党政军全方位的特大案。

什么孤胆英雄勇破阴谋大案的全是电影里才有的,以国家机器的力量,要阻止一个个体的行动简直易如反掌。江城紫还没天真到以为不借助梁植的力量就能再继续调查下去,所以现在可以说所有的希望都寄托在梁植是否能早点恢复记忆这个有点缥缈的愿望上了。

第十一章

意识控制

回到江城蓝的宿舍，江城紫百无聊赖，坐立不安，为了不至于闲到发慌，于是上网打发时间。她随手在搜索引擎中输入了“电磁波”，在网上查看关于电磁辐射对于人体的危害。

关于电磁波的危害，搜索结果中前几页的内容都是大同小异，梁植曾经对江城紫讲过。而且禁区事故中伤亡及精神崩溃的居民产生的症状的确反常，成年人大量伤亡，未成年人反而无事更是奇怪。无论江城紫如何搜索，都找不到哪怕能扯上一丝关系的解释。

严密无缝隙的金属的确可以反射电磁波，但尤伯和吴欢所住的地方，那种交错层叠的有缝隙金属能反射多少电磁波就不好说了，那屋子里需要专业的电磁辐射测量仪进行测试，才能知道里面的电磁波对他们是否会产生危害，不过好在是地下，钢筋混凝土倒是能起到一定的屏障作用。

从这个金属防护屋，江城紫突然又想到了那个“梦中”疗养院里遇到的疯女人“孟姐”，她当时突袭自己，把一个铁皮桶套在自己头上，似乎说过什么别拿下它，否则他们会测出你的脑电波之类的话。

现在想想，这个头上套铁皮桶的模式，与屋里四处钉上金属板材有异曲同工之妙啊。

可是“孟姐”为什么要自己套上铁皮桶呢?

江城紫在搜索引擎里输入了“脑电波”这个关键词。

第一个搜索结果是关于脑电波的解释:人脑中有许多神经细胞在活动着,成电器性的变动。也就是说,有电器性的摆动存在。而这种摆动呈现在科学仪器上,看起来就像波动一样。脑中的电器性振动我们称之为脑电波。

这个,其实不用解释江城紫也明白,毕竟在车祸后,脑部的检查做了一大堆,脑电图是最直观的表示,就是在头顶上戴上铁帽子一样的东西,连着许多线,不能乱动,情绪尽量平稳,然后就看指针在专用纸上刷刷刷画出波形的图案。

可这跟戴铁皮桶有什么关系呢?

搜索结果的第二条,是一个关于脑电波的贴吧,里面乱七八糟上万个帖子,排在前列的,全是些关于“脑控”的帖子。不外乎介绍某某某是如何被脑控武器控制了思想,身不由己,痛苦万分什么的。

一群妖言惑众的被害妄想症患者。这就是江城紫在看过几个帖子后下的结论。这些帖子的内容太过荒诞,逻辑混乱,混淆事实。

看得头昏脑涨,满脑子都是这么些废话连篇的信息,江城紫有些吃不消了,在打算关闭网页时突然看到了这么一段话,大意是说:脑电波是一种自发的有节律的生物电现象,属于电磁波,其频率在1—30Hz之间,属于电磁波中的甚低频。

人类创史以来就致力于发展各种毁灭人类自身的武器,从冷兵器到火器到核武器乃至生化武器,现在又在竭力研究可以毁灭人类文明的电磁武器。

电磁武器理论上是可以发射出至高到可以烧穿大气臭氧层导致地球毁灭的极高频率电磁波,也可以发射至低到可以与人类脑电波频率相近的极低频率电磁波,从而起到对人类意识的控制,甚至可以达到60频率,破坏人类的DNA,减弱人的免疫能力,从而达到破坏敌方的有生力量,不战而胜。

江城紫的数理化是弱项,但并不难理解这段话的含义。对人类意识的控制,自然也包括篡改记忆,可以令人忘记一些事情,或者增加许多莫须有的记忆。

可这是多么高端的技术啊!江城紫站在窗前,遥望着夕阳西沉,心思因这个发现而翻江倒海地沸腾着。

如果真有人发明了这种技术,可以控制人的思想,可以让余彦辉夫妇忘女认子,可以让弟弟的同事遗忘他的存在,可以让梁植记忆中来槐安公干的目的改变,一切都是为了让调查终止,那么为什么不同样施加于自己的身上呢?现在只有自己和梁植在调查这些事情。直接抹去自己和梁植的记忆不就万事大吉了?为什么要大费周章去改变余彦辉等人的记忆呢?

江城紫完全想不通,理不清头绪,在脸被夕阳残热烤得发热时终于发觉自己简直是看科幻小说多了,居然胡思乱想了这么多。与其归因到思想控制,还真不如说外星人降临地球更让易令人接受。

她叹了口气,用凉水拍了拍脸,让发热的头脑冷静下来。显然把无法解决的事情都归类为科幻或者超自然理由是无济于事的。

手机突然响了,江城紫接通,听到了梁植坚定有力的声音:"我在上午我们见面的茶室等你,马上来!"

梁植指间旋转着金属牌,默默发愣。他能找到的最好的电磁专家鉴定这的确是非常先进的电磁干扰滤波器,因为时间短促,还没有研究出它所具有的所有功能,但可测出它的最基本功能是保护直径一米内电子设备电磁波不向外泄漏,同时防止外部电磁波进入内部。

也就是说,佩戴此滤波器的人或设备可以双向隔离电磁波了。这么高科技的设备,江城紫一名小小的警察怎么会得到?莫非她的话有几分真实性?梁植苦思冥想,还是无法确定江城紫这番话的真实性,只是他也不能否认,在乍见到江城紫时,他对她的感觉并不陌生。

他闭着眼,想理清头绪。

在一片黑暗中,突然出现了一道灰扑扑的墙,墙上耸着利刺,向水中延伸的部分是铁丝网。梁植像在看默声电影一样,看到自己和一个女人慢慢游入水中,待二人一起转到墙的另一面,透过铁丝网,可以看到那个女人的脸,是江城紫!

梁植悚然一惊,猛地睁开眼。黄昏的最后一缕残光明晃晃地映在茶室的窗上,这是在茶室,而他刚才闭目看到的,应该是禁区的围墙吧……

再次闭上眼睛,梁植调整呼吸,进入冥想状态。

仍然是黑暗的背景,空气中可以嗅到潮湿腥咸的气息,脚下的地面轻轻起伏着,不,不是地面,是一艘舰艇的甲板。梁植看到自己从甲板上猛地跃入了水中,奋力划动几下,浮出水面,看到船头上白色的舷号:820,紧接着,一个身着深色潜水衣的女人也从船上跃了下来,月光赫赫照在她的脸上,又是江城紫……

脑中的画面一转,这次是白天,在一辆大巴里面,挡风玻璃和侧窗上溅满了泥水,像是摄像镜头疯狂摇晃似的,画面晃得令人发晕。梁植惊愕地发现自己掌握着方向盘,手上青筋暴起。车突然向后一仰,猛从高处坠落的失重感令他身体一沉……

蓦然睁眼。白日梦?梁植有些狐疑,为什么自己明明从没见过江城紫,三个画面中都有她的存在?而且自己什么时候开过大巴了?难道听了江城紫的故事,自己的大脑就开始随之编造记忆了?

"不好意思,我来晚了。"江城紫微微气喘,人一到先道歉,似乎是接了电话马不停蹄赶来了。

梁植把电磁干扰滤波器轻轻放到桌上:"这的确是高尖端的设备,据专家说达到国际领先的水平,我们A国目前还没有研发出这样的设备。你究竟从哪儿弄来的?"

江城紫讪笑:"我说过,是你给我的,是你们总装下某个集团公司秘密研发出的新设备,与闵夕朝和刘凯博士的HEPG测试一起进行的实验,曾放在小竹岛上,你亲自取来送给我,为闯入禁区防身用的。"

梁植不置可否,看了看自己的手腕,那上面一圈较淡的肤色还没有变化,说明上面的手表才摘下不久。"你是说,我手腕上也曾戴过表式的电磁干扰滤波器吗?"

江城紫点头:"正因为你有了表式的,所以才把牌式的送给我。而且一再嘱咐我这是机密和高科技,要我小心保管。"

梁植轻抚着手腕,颇有些不自在。江城紫的故事虽然漏洞很多,但合理的地方也很多。难道自己真的遗忘了这段记忆？他不太确定起来。

“你带了那三张卫星照片吗？”在江城紫刻意留出让他回忆的静默后，梁植再次提问。

江城紫从背包中取出照片，一一摊放在梁植面前。

梁植重新审视这些照片，将第三张照片放到一边，只将第一和二张照片并列放在一起，对江城紫说：“据你所说，且从照片中可得出结论，南柯号事故导致了禁区事故，第二、三张照片存在因果关系，可是第一、二张照片呢？给你照片的人既然将这三张照片给你，而且还标明了顺序，似乎说明这三张照片之间存在必然的联系，既然如此，也可以推断前两张照片之间也存在因果关系。”

江城紫点头：“我们原来也是这么想的，而且我们也一起去过这条春辉路。除了发现有大范围人群短暂失去过两分钟记忆外，我们再没找到任何线索。不知道这些人为什么会做这种奇异的动作，也不知道他们为什么会失去两分钟的记忆。”

说到这里，江城紫心中突然一动。记忆……似乎到目前为止，涉及到记忆的事件已经越来越多了。许多人失去了两分钟的记忆，余彦辉、梁植等人的记忆产生了错误，涉及人员范围之广，记忆错误之多，这绝非生病或是什么正常原因可解释的了。

梁植对于江城紫的疑虑也没有更好的解释，而且他内心深处也越来越开始怀疑自己的记忆是否出现问题。即使没有这些外来证据，职业的敏感性也令他开始怀疑，以自己的身份，为什么会来槐安市搞什么装备调研。在带来的行李里，有不少电磁理论及应用的机密资料，还有许多自己也说不上名堂的高科技设备，来搞装备调研，用得着这么刻苦研究吗？

他沉声道：“这个滤波器能再借给我几天让我好好研究一下吗？”

江城紫点头，她巴不得他产生更多兴趣，或许会尽早恢复记忆。

梁植是行动派，不再废话，打了声招呼，二人各奔东西。

在路边小摊上匆匆解决了晚饭，江城紫回到宿舍，进门后不久，手机再次响起。这次不是梁植打来的，也未显示来电号码。

“江城紫，不要再与梁植接触了，他现在不可靠。”电话里传来女人的声音。

江城紫打断了她的话：“为什么是‘现在’不可靠？你的意思他以前是很可靠的？因为记忆被篡改而变得不可靠了？”江城紫的问题很尖锐，也大胆提出了自己的猜测，因为她猜到这个语气笃定的女人可能与整件事都有关联。

女人没有回答这个问题。

江城紫又问：“你是谁？”

“你可以叫我α，我就是给你三张卫星照片的人。”

“你给我照片到底是什么意思？还有，我弟弟江城蓝的自杀与这些事到底有什么关联？”

女人叹息：“你的直觉很敏锐，在第一时间就查到了戴门电子科学研究中心头上。实话告诉你，整座槐安城都在中心的控制下，唯有你目前是唯一的例外，所以我才把希望寄托在你身上，希望你能继续调查下去。你弟弟的自杀的确与戴门中心有关，因为他调查案件涉及到了中心的秘密所以被灭口。他调查的那些失踪者都被中心用来做实验品了。实际上全城人现在都是中心的实验品。因为中心目前致力于发展人类大脑联网技术，目前世界最领先的技术也只能达到人脑与电脑初步联网，中心的计划更深远，对人类脑电波的研究已经进入了实际应用阶段，目前中心已能做到采集人类脑电波，并利用电脑翻译脑电波携带的信息，也可以利用电脑模拟脑电波频率对目标人群发出简短的指令，从而在某种程度上做到控制人的思想。目前这项技术还不成熟，无法脱离电脑这个媒介，并且常出纰漏。但不管怎么说，你和你弟弟的调查已经触及了中心机密的边缘。你如果不是还有利用价值，早就像你弟弟一样被灭口了。你要小心！”

任何正常人听了这一通话都会认为对方精神有问题，江城紫深吸了一口气，正想有礼貌地询问对方今天是否没吃药，想了一想，还是忍住了，强压着怒意说：“我完全不明白你在说什么！”

女人有些急促地说：“江城紫，你真不明白吗？你要怎么解释江城蓝是自愿跳楼的？又要怎么解释你今天醒来后，所有人关于你和江城蓝的记忆都发生了变化？中心的控制还不成熟，你会找到漏洞的。我时间不多，长话短说，梁植在你们夜闯禁区后被抓获，身上的设备被取走，所以他的脑电波现在全部都被中心捕获，你们今天上午的见面中心都知道了，你调查的一切信息都不要告诉他，否则中心都会知晓。切记！”

江城紫头疼：“我说，你在讲科幻小说呢？够科幻了，我真的听不懂！我本来调查得好好的，让你这一讲，我反而糊涂了。这个中心是从未来时代来的吗？居然厉害成这样？难道把全城人都当成实验品，居然无人察觉？还有，为什么我是唯一的例外呢？难道因为我是超人？”

女人声音尖厉起来：“江城紫，难道你心中对于这些事真的一点怀疑都没有？何必口是心非？疗养院里那段你遗失的时间你莫非真以为只是梦？相信你的直觉吧，槐安城里发生的一切都远非表面上那么简单。中心对你的忍耐也是有限度的，你自己保重吧！”

女人挂断了电话。

江城紫保持着听电话的姿势，发起了呆。她的确有些口是心非，如果按这女人所说对所有不可思议之事进行解释，都能说得过去，可现实中怎么会有这么离谱的事发生？

人脑联网？每个人的大脑都通过脑电波无线连接起来，你可以知道我的心思，我也能知道你的想法？人脑就像所有连接在互联网上的电脑一样可以互通信息？

这个理论倒不算是匪夷所思，毕竟有太多科幻小说提到过类似的技术，这也是对于未来科技与人类进化的一种展望，但对目前人类的科技水平来说，还是超现实了。

要知道人类的脑电波太过微弱，只有在头皮表面才能采集到，而且对于测量仪器有着非常精密的标准要求，否则仪器自身产生的噪声会影响到脑电波的采集。国外的尖端技术目前仅能达到人脑与电脑联机，利用人脑指示机器做出简单的动作，并且还需要在被实验者头上贴上精确度极高的电极方便采集人类太过微弱的脑电波。那么这个戴门中心哪来的超时代技术可以凭空采集到槐安城里居民的脑电波加以分析，又怎么对他们下达简短的指令呢？

第十二章

再次合作

与江城紫分手后，梁植坐在水警区的码头上，眺望海天交际。夜幕下，湾岬的另一端闪烁着明亮的灯光，凝望久了，有种催眠的效果。

午夜空旷寂静的长街……姿势暧昧地压制江城紫……独自潜入巡逻艇上发现到处都是被清理过的血迹……水警区接待军官无可奉告的表情……

越来越多的记忆碎片在脑中走马灯般地闪过，头脑似乎放不下这么多从天而降的信息而胀痛起来。

梁植倏地睁开眼，越来越迷惑不解了。为什么在江城紫出现之后，不，确切说是在自己得到了这个牌式的滤波器后，脑中就出现了这么多似乎从没有经历过的画面……

滤波器的作用是双向隔断电磁波的进出，难道自己的记忆真的如江城紫所说被篡改过？因为这个滤波器有防护功能，所以自己以前的记忆慢慢恢复了？他还是觉得太不可思议了。

突然响起的手机铃声打断了梁植的思考。一见是江城紫的号码，他皱了皱眉头。

江城紫上来就问："梁植，你有没有恢复一些记忆？"

梁植眉头皱得更紧了,江城紫的话似乎另含深意:"你什么意思?"

江城紫的语调好像有些不确定:"你应该还把我的那个滤波器带在身上的吧?你有没有恢复一些记忆呢?我猜应该是有了。如果真恢复了一些记忆,那说明这个滤波器能隔断中心对你的控制。梁植,你如果确定要再次跟我合作调查,那你要答应我,无论发生任何事情,都不要取下这个滤波器。"

"为什么?"江城紫没头脑的话令梁植心生不妙预感。

"你先答应我,我再解释。"

"我答应你,无论发生什么事情都不取下身上的滤波器。"

江城紫把刚与α之间的谈话简要告诉了他:"梁植,虽然这女人的话匪夷所思,但不知怎么着,我居然有点相信她。她明知这话任何人听了都不会相信还要告诉我,又说得有理有据,更奇特的是所有不合常理的事都有与之对应的理论体系对应。所以我考虑再三,把这些话也告诉你,让你判断一下,毕竟你的记忆虽然被篡改,但你的智商还没有变。你对电磁有研究,你能猜到中心是怎么实现这一超时代的技术吗?"

梁植有些哭笑不得。不过江城紫提供的信息虽然惊人,仔细想想,也并非是天方夜谭。

他组织着语言,缓慢地分析:"理论上来讲,能实现人机联网,就能实现人脑联网。人脑与电脑在本质上其实没什么区别。目前还实现不了这种技术的原因有很多,第一,要实现人脑联网,传播途径最常见的是通过脑电波,但脑电波频率太低,空间中充斥了太多的电磁波,从其长波、中波到短波、微波甚至丝米波,人的脑电波就如小水花一样会被淹没在电磁波的海洋中。除非加以辅助设备,例如在脑中植入芯片或者在头颅表面戴有高敏感采集器,否则无法进行有效传播。第二,即使有效增强了脑电波的频率使之能像无线电一样在空间传播,人脑也没有接收装备,而且这其中还涉及到了调频调幅等问题。每个人的脑电波频率都不一样,每个人的大脑内部都存在细微差别,要具体到每个人的接收及调整,这是完全不可能的浩大工程。第三,即使人脑能发射增强脑电波也能接收别人的脑电波,人脑毕竟不是电脑,骤然接收到大量的外来信息,如何保护自己的大脑不至于因此而崩溃这也是个研究课题。”

江城紫狐疑:“你为什么会知道这么多关于脑电波的知识?你是军人,又不是脑电波专家。”

梁植轻笑:“我虽然是职业军人,但我也拥有应用物理学本科学位及电子科学与技术的硕士学位,否则按你所说,总装会派一个门外汉去当电磁专家与总部之间的联络官吗?在我的行李中有电磁波对于生物影响的资料,我也是翻看资料时记下的这些知识。”

江城紫叹气:“那么,α 果然是在骗人,戴门中心根本不可能研究出这么先进的技术了。”

梁植凝神思考了一会儿,不太确定地回答:“也不一定。如果能解决我说的这三个难题,那么这个戴门中心有一定可能会达到 α 所说的程度。只要能发射并接收到脑电波,利用电脑将脑电波翻译成语言或者视频、音频,这都是现在技术就能达到的。至于人脑能不能接收到中心发出的简短指令,这个不太好说,只听说过电脑接收人发出的指令,至今还没听说过人脑接收电脑发出的指令。但凡事没听说过不代表是不存在的。例如说人们常说的‘心灵感应’、‘他心通’之类的,一般都被归类于玄学范畴。人们总会把不了解甚至目前科技解释不清的事情都归类到超自然范畴中。可是‘心灵感应’从科学角度上来讲,又何尝不是你我现在正在讨论的话题?”

“你是说两个人的脑电波不知怎么着相互发射并接收到了,所以知道对方在想什么,从而产生了传说中的‘心灵感应’?”江城紫有些震惊,也恍然大悟。

梁植点头:“对,每个人的脑电波频率都不一样,但假设在某种情况下频率一致,而且由于脑电波非常强大,以至于在对方那里接收到,这种例子古往今来比比皆是。最常见是在同卵双胞胎之间,心灵感应的比例超乎异常的高。一个人受伤,另一个人在相同位置会感觉疼痛;一个人去做某件事,另一个人即使相隔千里之遥也可能会做同样的事情。又或者是在感情深厚的两个人之间,或者在一方处于爱恋、思念等情绪波动极为厉害的前提下,一方或双方都可能会感觉到对方的思想。”

江城紫奇道:“难道你随身带的书中会有这么多关于脑电波的资料?以至你现在随口就能讲出这么多知识?”

梁植嘴角抽搐了一下,无可奈何地说:“我记起了一些东西。如果我刚恢复的记忆没错,这个单兵用的电磁干扰滤波器就是用来防止士兵受到电磁波影响导致精神和肉体的伤害。有的国家正在研究超低频攻击武器,如果频率能达到与人脑频率一致就会控制士兵的意识,所以我们才会现在就着手研究防护低频和高频两种电磁武器的护具。”

江城紫在网上看到过类似的新闻,各国军方都将射频武器作为信息时代作战的重要组成部分来研究,如果能用高频电磁波直接瘫痪敌方的通讯、电子、雷达等各种军事设施,或者用低频电磁波伤害敌方军队,这仗还用打吗?

她低叹了一口气:“不管怎么说,看来这个滤波器还是有用的。它可以隔断你的脑电波被中心接收到。既然α说我是唯一的例外,那我是用不着了。你的表被中心取走了,你就一直戴着这个牌子吧。如果真像α所说,我告诉你的每件事戴门中心都能通过监控你的脑电波而得知,那为了保密起见,我们再次合作的前提就只有你随时都要戴着滤波器了。虽然我还是搞不明白这个戴门中心怎么可能把科幻变成事实。现在只能走一步算一步了。我这里现在真是无能为力,希望你戴着这个滤波器能恢复更多的记忆。保持联系吧。”

这个夜晚,温度凉爽宜人,习习凉风温柔地包裹着每个人熟睡的身体。江城紫应该是少数辗转反侧不能入眠的人了。梁植倒是沉沉睡去。

他做了一个长长的梦,梦里有山中遭遇泥石流,有被刻意隐瞒电磁专家下落的经历,有潜入南柯号并在江城紫宿舍中与之正面交锋的片段,也有夜探禁区时的全过程。

右侧酒店的院里传来细碎的响声,梁植警惕地靠近,刚进院子就被人从侧面袭击,似非一人,有人兜面一拳袭来,有人向他喷来有强烈刺激性味道的气体,头痛……

梁植猛地睁开眼，额上冷汗涔涔。他的记忆从没有丢失过，只是隐藏在潜意识中。潜意识最终以梦的形式将他所有的记忆都还了回来。只是还不知道为什么会有他来槐安市时进行军用装备调研这样错误的记忆。

梁植给所有人的感觉都是镇定自若胸有成竹的，可此时他兴奋得忘乎所以，也不看看是什么时候，立刻拨打江城紫的电话。等到电话接通了，他才想起现在是半夜一点多，会影响江城紫的休息。

江城紫似乎猜到他在想什么，声音略含笑意，毫无困意："怎么，你想起什么了？"

梁植略带羞赧："不好意思，吵到你了。我刚恢复了所有的记忆，一时兴奋，忘了时间就打给你了。我们闯入禁区后我被人袭击迷晕，之后确切的记忆是在第二天中午招待所醒来，中间遗失了差不多有半天的时间。"

江城紫"嗯"了一声："我还遗失了两天半的时间呢。我们很有可能遭到了同一批人的袭击，我被弄昏后送进了那家神秘的疗养院。你不知去了哪里，手上的滤波器被人取走倒是真的。"

"我们的合作中断了三天，现在是时候再次合作了。"梁植感叹，难道就是戴门中心在背后搞鬼？

"你有没有想过下一步要怎么做？"他们俩同时发问，又同时失笑。

梁植说："我们应该调查戴门中心。但这种侦查工作是你的强项，我只能给予技术支持了。"

江城紫明知梁植看不到自己的动作，仍然猛点头："我刚才一直在想这个问题。戴门中心现在是唯一的嫌疑者。一家名不见经传的小研究中心要研究这么超前的技术，应该需要天文数字一样的研究资金。从我先前调查结果来看，它只是挂靠在槐安科委下，是自收自支的单位，也就是说国家不可能给它提供资金，所有的资金都来源于一家私人基金会。以我的能力，不可能查出这家私人基金会的背景，你能不能查到？"

"嗯，可以，我再托人去调查吧。"梁植记下了私人基金会的名称和负责人姓名，礼貌地道了晚安。至于这一晚剩下的时间他们俩是否能平静入睡，只有他们自己知道了。

第二天中午，江城紫终于等到了梁植的电话。据梁植从某处弄来的可靠情报所述，这家私人基金会的负责人并无其人，完全是虚构的人物，实权掌握在戴门研究中心的副主任高岭手中。基金会资金雄厚，仅最近三年就收到过多笔巨额资金，以慈善捐款的名义，数额从百万美元到千万美元不等，以各种名义分流汇入，最后都以科研经费的名义汇集到戴门中心。通过实际调查，这多笔巨款实际上是从三个银行账户打出的，分别是美国一家IT巨企、欧洲一所著名的科研院，还有一家匿名公司，通过瑞士银行或开曼群岛的银行操作，化整为零，匿名汇入。无据可查，流程完全符合法律规定。要不是被委托调查，有关部门还真不知道这家私人基金会是如此的隐匿。真可谓内幕深厚，实情惊人。

江城紫咋舌，有这么多科研基金，戴门中心财大气粗，当然是可以为所欲为了。“可是这些外国公司为什么要赞助戴门中心的研究呢？”

梁植低笑：“你怎知他们不是私下交易？外国公司岂会好心到赞助中国的科研部门搞研究？”

江城紫暗骂自己笨，戴门中心有技术，外国公司有钱，各取所需呗。

只是这越发增加了戴门中心的神秘感了。“你能想象得到吗？这么一家小研究所，居然能暗中搞这么多鬼。他们绝对有不可告人的秘密，我从中嗅到了阴谋的味道，而且是非常非常大的。”

江城紫这孩子气的话令梁植笑意更浓，她接下来的话又令梁植收敛了笑容：“梁植，你说这戴门中心把自己保护得滴水不漏，我们要怎么继续调查下去呢？硬闯的话肯定不行，我去实地考查过，那里保安措施非常严，就凭我们两个，进去估计还没碰到大门就被发现了。”

梁植深思：“嗯，我们需要内应和支援……说起来，那个打电话的α极有可能就是中心的人，而且是能接触到核心机密的高层人物。要是能联系到她，取得她的支持就好了。”

江城紫一愣，她总感觉那个α的声音有些熟悉，而且心里有种怪怪的感觉，是种很模糊的印象，说不出是什么，在梁植此时提到α可能是中心的高层人物时，她如醍醐灌顶恍然大悟，猛地一拍掌，一副自己怎么早没想到的神气。

“α的声音跟疗养院里的曾医生一样，因为人在电话中的声音与现实中听来不太一样，所以我没有立即听出是她的声音。至于这个曾医生嘛，戴门中心的副主任中唯一的女性叫曾宝萼，二人年龄相符，而且曾宝萼是脑科专家，对脑神经研究极为深入。我愿意拿我的午餐打赌，这个曾医生就是曾宝萼！疗养院的院长郭院长恐怕就是戴门中心的主任郭中昌。”她欣喜地大叫，“梁植，这个疗养院绝对与戴门中心有着非常深的关系。我们可以从这个疗养院入手！”

想到疗养院，江城紫又想到了在里面发生的事情，于是兴奋地继续说：“我们找到这个疗养院，把余淼淼救出来，还给余队长。而且我在院里还见到过一个疯女人，提到过脑电波被测的事情，她应该也是了解一些内情的人。而且……”她想到了那个被单独关在后院里的男人，“这么说，疗养院里的人都应该与中心或是我们的调查案有关。我们再捎带着把后院里单独被关的那个年轻男人也弄出来，看看他身上有什么线索。”

“什么单独被关的男人？”梁植随口问了一句。

江城紫把那个男人的容貌大略描述了一下，突然听到梁植高亢的声音：“他是不是嘴角一边高一边低，总是一副哭相？”

江城紫奇怪地回答：“是啊，你认识他？”

梁植惊喜：“如果你所说是真，他就是刘凯博士，南柯号上唯一的幸存者！能找到他，或许我们就能知道南柯号上发生了什么事。如果他真在这家疗养院，那说明南柯号的事故与中心脱不了干系！”

二人见面，梁植突恨自己不会催眠术，否则就可以催眠问出江城紫对疗养院位置的印象了。江城紫哭笑不得，自己醒来后就在那里，怎么可能知道疗养院在哪里？那对冒牌父母说了个地名，她在网上搜索，中国根本不存在这样一座城市，显然是欺骗她的。

梁植耐心地启发她：“你闭上眼，努力回忆你在疗养院里听到的、闻到的、看到的事情，任何一个细节都可能很有帮助。”

江城紫闭上眼，喃喃着：“那里风景非常优美，背后的小山非常漂亮，满目苍翠……空气中腥咸的味道很重，有海鸥飞过……应该靠近海边……疗养院里建筑物都是淡紫色的漆，造型特别，到处都是树……占地面积不大……没有围墙和门牌……有条水泥路通向外面……”

她突然睁开眼睛，吃惊地说：“我为什么到现在才发现离开疗养院‘回家’的途中我睡着了，又在昏迷中返回疗养院，前后都丝毫没有注意到路况？我完全不知道疗养院到底在哪里，只有根据时间判断，那个‘家’与疗养院之间的距离有半个小时，前提还是那个‘爸爸’没有兜圈子，说不定那个‘家’就在疗养院里呢，反正我睡着了，他们怎么折腾都有可能。”

梁植皱眉：“那在你清醒的时候，有没有注意到路边有什么路标路牌之类的标志？”

江城紫摇头，猜想可能车上有什么安眠的东西，令自己陷入了昏迷中。这更说明疗养院和那个“家”的位置有鬼，他们才不敢让自己全程清醒。

“我在那里没有见到任何外人和车！周围环境安静得简直像是世外桃源！”江城紫想起那个仿造的“家”门前明明有条公路，可一个人或者车都没有见到，现在想来是很不正常的。

“似乎不像是槐安市的海边，沿海都开发过，不可能这么安静。莫非……你是在岛上？”梁植讶然。槐安附近的海域有几十座大大小小的岛屿，如果将江城紫弄到岛上，倒是蛮符合她提到的这些线索。

梁植从 GPS 上找到槐安地图，在海上岛屿中搜索面积足够大到可以建造一座疗养院，而且岛上有圆锥形山峰的目标。

有两座有人居住的岛大小面积比较合适，而且岛上有山峰。梁植打了个电话询问水警区，然后告诉江城紫：“有一座岛——大竹岛，在小竹岛西北约七海里处，被那家私人基金会长期租用。这应该就是我们要找的岛了。”

第十三章

真相小白

第二天是个很适合海上出游的好天气，被薄云滤过的阳光恰到好处，海上风平浪静，海水清澈碧蓝，可以看到水下海草摇曳，游鱼穿梭。

可惜江城紫无暇享受这美景。为了保密，梁植从水警区借来小快艇自己亲自驾驶，这可不比上次有海军士兵驾驶的巡逻艇稳当。小型快艇速度快，令人晕船的不适指数也自然大幅度上升。当快艇停靠在大竹岛码头时，江城紫已经脸色发青，再经停靠时艇身这么一晃，她忍不住趴在艇舷探出头大吐特吐起来。

吐干净了，人总算舒服多了。她恨恨地说："晕船已经去了半条命了，一会儿要是发现了疗养院，起了冲突，你就冲上前去开打吧，反正我是不行了。"

梁植好笑，递给她一个对讲机："通话范围在岛上足矣，我们分头行动吧，有发现或每半小时联系一次。"

江城紫抬头，发现了岛中央锥形的山峰，与印象中疗养院背后的山一模一样，不由得欣喜："是这里，没错！"

梁植环顾四周，唯见草丰林茂，葱茏葳蕤，只闻鸟鸣虫啾，轻涛拍岸，哪见一丝人气？更不要说诸多的建筑物了。心下暗疑，不动声色，与江城紫分头搜索。

因山形圆润，江城紫也没注意过疗养院在山脚下的方位，心想反正山不高，不如直接登顶，居高临下自可一目了然。

因是夏季，山上草木繁盛，登顶无路，江城紫唯有咬牙直线攀登。其间与梁植三次通话，都一无所获。

过了一个半小时才登上了这海拔可能只有二三百米的山峰顶部，江城紫性急，立刻极目远眺，满目苍翠，再无他色，一时气馁，瘫倒在青草上，气喘吁吁。

“那场车祸对你的健康状况影响很大啊。”一个熟悉的女声突然响起，把江城紫惊得猛抬头。

不到十平方米的峰顶长满了青草，所以江城紫在刚上来时竟然没有注意到隐藏在另一头的中年女人。

“曾医生？曾宝葶？”江城紫站了起来，戒备地瞪着那姿态悠闲一脸讽意的女人。

“你们也别白费力气寻找疗养院了。能找到这里，算你有点小聪明，不过疗养院不在这个岛上，我也不会告诉你疗养院在哪里。”曾宝葶去掉了温柔和蔼的医生伪装，优雅，同时尖锐。

“你既然就是α，那为什么不能再透露给我更多的内幕呢？”江城紫此时见到真人，心中大定，反而不急于寻找疗养院，好整以暇地询问。

曾宝葶是个很美丽知性的女人，在抛掉伪装后一举一动都潇洒自如，可惜她的话却冷峻尖锐凉寒刺骨。

“江城紫，我们本无交集，如果不是因为你的特殊性，我也不必大费周章把你弄到疗养院来，还要把你过去的经历伪装成梦境。实话告诉你，目前槐安城10万居民，唯有你的脑电波是中心监控不到的。郭主任想知道你的脑部在那场车祸后产生了什么变化，所以我才和高主任联手制造了这场骗局。把你弄到疗养院就是为了研究你的脑电波异常状况，所谓的父母和家什么的，都是为了让你安心，情绪能尽量平和，以利于我们的各项检查。我不讨厌你，所以才在测试完你的身体状况后又把你弄回槐安市。高主任本想除掉你，在我的劝阻下他才决定篡改所有相关人员的记忆，并将无法篡改记忆的小女孩偷龙换凤带到这里，就是不希望你再继续调查此事。不过，你果然不是那么好打发的，倒也正合我意。否则我在他检查你身边东西时提前隐藏了你的私人物品就毫无意义了，之所以把你放回去并把那些东西还给你，我就是打算让你再继续调查下去，有些行为只不过与高主任虚与委蛇罢了。”

曾宝葶很爽快，直接将事情前因后果干脆利落地讲了出来。

江城紫有许多不明白的地方，她忍了下来，提出了最关键也是最令她和梁植百思不得其解的问题：“戴门中心到底是怎么控制人的思维意识的？”

曾宝葶解释，这并非是真正意义上的控制人的思维意识，只是在研究过程中暂时出现的一种过渡手段而已。

戴门中心的成立，是郭中昌的一个梦想而引发的。他认为人脑开发的程度远远不够，人类的潜意识是一种存在却未被开发利用的潜能，它聚集了人类进化几百万年来的遗传基因层次的信息，囊括了人类生存的所有重要本能，如果能开发利用人的潜能，每个人都可以进化为超人。但绝大部分人都不懂得善用潜意识，浪费了这个人类与生俱来的超级能力。

郭中昌主要研究生物电子学。在最初也研究过一段时间的人脑与电脑联网，在人机联网方面取得了很超前的成就，但郭中昌很快就对这种循序渐进的方式感到了厌倦。

为什么不能直接让人脑相互联网呢？人脑里具备了硬盘、CPU、内存等所有电脑都具备的硬件，还具有电脑无法完成的模糊思维的能力，也有脑电波这种无线信号可以进行联网，作为一个信息储存库，人脑里的网络系统远比互联网要复杂，既然软硬件一个也不缺，不将这个构想变为现实，郭中昌认为是对科技的一种亵渎。

郭中昌的构想就是利用人类的潜意识进行联网，可以在不影响人当下行动与思维的前提下，后台的潜意识可以发送与接收大量信息，甚至可以进行高层次的运算，起到最先进的超级计算机也无法媲美的计算作用。

这个计划实在太过超前，所需用的理论和技术涉及到生物和物理这两大类专业下众多的新兴技术，所以郭中昌多年来陆续接触了不少有可能合作的科学家,最终与电磁专家高岭和脑科专家曾宝莩一拍即合,后来高岭又联络了电磁专家孙建会,最终形成了这个完整的研究团队。

郭中昌是首席研发专家,负责整个研究计划的总规划与构造,高岭在研发工作之外还负责研究中心的行政与后勤保障工作,孙建会和曾宝莩则负责计划中涉及到各自领域的规划工作并带领手下的专业人才进行具体研究。

在计划初始,郭中昌就知道人脑联网是个极其遥远的目标,要实现这个长期目标,第一步就是要解决人类脑电波发送和接收问题。显然不可能在每个人头上都贴上电极并与仪器相连,也不可能在每个人脑中通过手术植入芯片以放大脑电波。

最初开始时他们纠结于采用哪种方式进行脑电波的传播。是他们聘请的一位电磁专家无意中提道:“要是能通过不被察觉的方法,将微型芯片无接触式植入人的脑中就好了。”

郭中昌被这句话点醒,他只需要考虑如何将微型的芯片植入人脑就可以了。高岭因此请来了在纳米材料领域独树一帜的孙建会。孙建会研制出30纳米大小的柱形机器人,其内核就是带有核心指令的超微型脑电波处理器,具有放大和接收功能,外包有胚胎干细胞。微处理器中包含的核心指令会在环境适合时刺激干细胞分化成大量神经元,微电流会刺激人脑中所有神经元产生去同步化,神经元活跃度增高,导致脑波自身频率增高。而且神经元接受到外部刺激后会与其他脑细胞结合联络,形成新的神经网络,开启更多的信息线路。因此经由处理器运作后,人类脑电波会从自身和芯片两方面同时得到改变,波长缩短,频率大幅度增高。

这种纳米机器人体积够小,在载体上中心也有过分歧,一说投入饮用水中,一说运用气体。后来郭中昌选用了后者,制造一场大雾并加以控制方向并不难,以雾做载体,可以避免大量浪费纳米机器人,而且人类吸入的数量会比较均匀。

在脑电波放大的同时,中心在全市各处均设置了数以万计的脑电波采集器,安装在电线杆上、路灯上等不显眼的地方,采集器只有拳头大小，四四方方，将附近一切可利用的导电体连成天线，可以说整座城市所有裸露在外的导电体都被当成了总长度不可估量的天线群使用。这些采集器都被设计成与当地环境协调一致的形状。再加上普通市民根本不了解也不关心这些公用设施的状态及作用，所以无人注意到这些采集器的异常。

选择槐安市作为中心地址也是有过充分考虑的，槐安市从地理位置上来讲基本处于完全孤立状态，东有开阔海域，西有高山屏障，而且人口偏少，又有军事驻地，可以在紧急时态下进行封闭管理，居民们多一事不如少一事，作为实验地也是极为方便的。两年前，中心开始将这一技术投入进行实验，将槐安市整个变成了一个大实验场。

事实证明这些被吸入的微处理器在人类大脑中工作良好。

人类脑电波属于极长波，吸入后72小时内，遍布全城的脑电波采集器就可以接收到或强或弱的被放大成甚长波的脑电波信号，采集器收集后再放大转成短波发射回中心，由中心的天线接收，再由电脑分析脑电波，转化为相应的关键词及短句。

这种吸入的微处理器经血液循环进入大脑后，会覆盖在丘脑上，直接介入丘脑与大脑皮层之间脑电波连接过程，但也留下后遗症，会有很大几率影响到杏仁体和海马体，导致吸入者情绪以及记忆衰退，人们会失去对情绪的控制，变得冷漠，甚至极端化的暴力，结果令槐安城变成了冰冷之城。

江城紫因为车祸导致头部受到重创，所以即使在入城时同样吸入了芯片，但中心一直无法通过这种方式测到她的脑电波。人脑是如此精密又复杂的器官，虽然将江城紫留在疗养院进行了各项检查，中心还是无从得知江城紫的特别之处。这是10万例中唯一的例外，所以高岭才留下了江城紫的性命，以备不时之需。至于梁植，他当时脑电波未被测出是因为身上的滤波器作用的结果，在他被中心抓到后，滤波器被取走，现在他与普通人无异，一样处于中心的监控之下了。

一年前，中心突破了只能接收人类脑电波的局限。利用庞大的天线阵进行极长波通讯，将简短的信息按一定规则分成若干个部分，然后通过多束不同波长的超长波同时发送至遍布全城的脑电波采集器，接收端再通过预定的规则重新拼接组合，将指令信息的频率调整为21赫兹，主要针对成年人清醒时的脑电波β波频率14—30赫兹。

采集器可针对单一目标的特定脑电波频率进行传输指令，也可针对指定区域内所有目标进行指令传输，从而起到较简单的意识控制。这也就是曾宝萼给江城紫的第一张卫星照片上——春辉路上“群魔乱舞”的景象的来源，是中心初次进行全范围内指令传输的结果。

只是这种大范围的指令输入有很大局限性，发电机的动力无法长时期支持这种令人难以想象的能量输出，再加上人脑会下意识地排斥这种外界强行输入的信息，所以任何指令如果想在较长时间内控制或篡改人的意识，必须反复或者说定时对对方进行输入，相当于不停地巩固人脑对此指令的记忆。

例如对江城蓝输入“自杀”的指令，江城蓝潜意识中产生了自杀的念头，就不再需要别的外力介入，毫无疑问地自杀。对余彦辉发出“儿子、余向阳”的指令，他就会一直以为余向阳是自己的儿子。

一旦中心对被控者发出的信息停滞或被外力干扰，被控者大脑会逐渐恢复原有记忆。这也是接受了指令后遗忘南柯号、军事实验以及江城紫的梁植在处于滤波器范围后，摆脱了中心的控制，又恢复了记忆的原因。

听曾宝萼条理清晰地讲完这么复杂的事情，江城紫虽然有些技术细节还没搞明白，但大致搞清楚戴门中心已经解决了最关键的技术难题，可以收集和分析槐安所有人的思想，还可以对他们进行简单的意识控制。

这是真的吗？在倾听曾宝萼的解释时，她心中反复询问自己这个问题。但每次脑海深处都有一个声音在回答她：“真的……真的……”

“既然中心已经强大到这种程度，我一个个体的力量的确殊为有限，你为什么要向我泄露这些内幕？”

曾宝萼低叹：“因为高岭已经越界了。为了对新技术进行临床测试，他多年来绑架了许多人当实验品，尽管这些人都是死有余辜的恶人，但我们是科学家，不是罪犯。高岭为了掩饰这些绑架，又做了不少坏事，收买证人、毁灭证据、杀人灭口。

“你弟弟的死，我们事先都毫不知情，是你介入调查后，高岭见瞒不过我们，才含糊地告知我们他私下进行了信息传输之事。要知道控制人的意识，即使只是传输很简单的信息，在中心也是大事，需要四位正副主任全部同意才能进行。高岭不但私自进行信息传输，而且这几年对于可能威胁到中心的许多槐安人都进行了处理。我虽然不知道详情，但也听到过一些风声。

“我怕高岭的路越走越歪，中心有精英保安50多人，全部都受高岭控制，我没有任何势力，心有余而力不足，所以想借你的力量纠正这个错误。我们的出发点是为了促进人类的进化，让未来更美好，我们不是绑架犯，不是杀人犯！”

对于曾宝萼的慷慨陈词，江城紫面无表情。还有不少疑点没有解释：“南柯号的事故到底是怎么回事？”

“我们知道南柯号在海外进行测试时为时已晚，从水警区高级军官那里得不到关于这个实验的详细情况，刚到本市的电磁专家脑中芯片还没开始发挥作用，我们只知道是关于电磁波的测试，而此时槐安市到处遍布着我们的电磁设备，我们害怕南柯号的实验意外损害或者暴露我们的设备，所以在来不及阻止的情况下发射了高频的电磁干扰，没想到我们发射的干扰导致了军用武器的失控，结果艇上所有官兵遇难，还连带着陆上6平方公里的区域人员伤亡，财产损失。”

曾宝萼长叹了一口气，中心的这个决定草率极了，而且引发的后果极其严重。如果不是南柯号事故，所有会导致梁植与江城紫联手调查的因素都不存在。至于江城蓝的死因，中心完全有可能掩盖过去。不过那样也许就不会发现江城紫这个脑电波异常的唯一例外了。

江城紫冷冰冰地看着曾宝萼：“你并不是想要帮我，你只是想要我帮你，是吧？你为什么不报警？我们毕竟只有两个人进行调查，而且在某些方面的调查还是各自进行的。”

曾宝萼苦笑：“槐安城10万居民都沦为我们的实验品，你以为槐安城里现在还有可靠的人吗？他们或许没人知道中心在做什么，但中心做了什么我很清楚。

“中心可以窥探到每个人的内心，你能想象到掌握了这种力量会有多可怕吗？槐安市的每个要害部门的负责人、每个重要岗位的工作者心中在想什么都在我们掌握之中。每个人都有弱点，有着财、权、情等各种欲望，有的人已经触及了法律但还未被发现，有的人虽然清正廉洁但是内心黑暗有着不可告人的欲望，还有人自身没有问题但有着牵挂的亲人。任何一个弱点都可以被中心利用，来威胁这些人。否则你以为为什么槐安出了这么多事还没被上级部门调查？每个相关者都在极力隐瞒这些事，否则事件失控，没有人会好过。”

“那你不向上级部门反映的原因，就是你不想让别人知道你们在槐安做的这场超级实验了，是吧？”江城紫唇角扬起，语气极尽讽刺。

曾宝萼神色黯然：“是，我知道你瞧不起我们的做法。任何技术进步都会付出一定的代价。我们从不后悔我们的研究。”

“那你直接暗杀高岭就是了，以暴制暴多省事。”

曾宝萼摇头：“我说过，我没有这个能力。中心内安保严密，我没机会下手，出外的话，高岭身边总有保安队长章华陪伴，我更没机会。”

江城紫仰头大笑：“曾宝萼，你可真是矛盾啊。又想除掉高岭，又不想让我破坏到你们的计划。你的如意算盘打得也太好了，可你有没有想过，你们的实验把槐安市这无辜的十万居民当成了什么？小白鼠吗？我如果答应了你，就是这场阴谋的帮凶，那与谋杀了我弟弟的你们有什么区别？”

曾宝萼凝视着江城紫的脸，慢慢地，收敛起了脸上的悲戚与渴望，恢复了优雅淡然的表情：“看来，我们是合作不成了。”

她在站起来的同时，将一个东西从草丛中取了出来，放在江城紫面前。

那居然是一个电子节拍器，刚被曾宝萼打开开关，在江城紫面前有节奏地振荡起来。

左、右、左、右……

江城紫的目光情不自禁地被节拍器吸引住，目光随之忽左忽右。

整个世界也跟着振荡起来，左、右、左、右……

不好，这种熟悉的感觉又来了……

江城紫惊恐万分，但身体不由自主，砰然倒地。

第十四章

混乱之岛

“咔、嚓、咔、嚓……”还没睁开眼，江城紫就依稀听到了耳熟的声音。

睁开眼，一只俏皮夸张的招财猫闹钟正向她滑稽地不断招手，那熟悉的声音正是充当钟摆的猫爪发出。周围环境与初次在疗养院中醒来时一模一样。

江城紫心头怒火蹭地燃起，禁不住想骂脏话，不带这么玩人的吧，这个死女人。

“曾宝萼你这个变态女人，为什么又把我关进疗养院!”她猛地坐起来怒骂，身体有些虚弱，眼前一黑，身子晃了几下，撑住床沿才稳住。

她抓起招财猫座钟用力砸向病房门，一声巨响，座钟摔了个稀巴烂。

“曾宝萼，你给我滚出来！你个道德败坏的大妈，把人玩弄于股掌中很有趣吗？你有胆就站在我面前，我撕烂你那层伪装的皮儿!”

结果江城紫怎么大喊大叫都没人理，想必大家都知道这时候来招惹一肚子“起床气”的江城紫是不理智的。

江城紫待身上力气恢复了一些，准备跳下床出去大闹一场，病房门突然开了。江城紫正伸手指过去准备怒骂,一见来人,顿时把怒火吞了回去。

是余淼淼。女孩眼神呆滞,脸上微带害怕的表情,看来是被江城紫刚才的凶悍吓到了。

江城紫心中隐痛,可怜的余淼淼被从家中带走,不知服了什么药变成这副模样。她的父母还不知道女儿的遭遇,现在认贼作子,早就遗忘了这个昔日的掌上明珠。回想起她神志正常时的俏皮可爱,江城紫眼圈微红,跳下床搂住了余淼淼。

余淼淼开始还有些挣扎,见江城紫紧紧搂着自己,又发出哭泣声,就放松了下来,轻轻触碰江城紫的肩:"姐姐,你为什么哭?"

江城紫胡乱擦掉眼泪,用手指轻轻理顺余淼淼凌乱的发丝,柔声说:"淼淼,你知不知道自己是怎么到这里来的?"

女孩瞪着大眼睛,痴痴地望着江城紫。

"那你爸爸妈妈呢?他们来看过你吗?"

女孩摇了摇头。

病房门被静静地推开,穿着白大褂的曾宝萼走了进来,表情平静,似从未做过这等卑鄙无耻之事。

见到江城紫搂着余淼淼,曾宝萼微笑:"江小姐,你醒了?感觉怎么样?"

江城紫轻轻推开女孩,低声说:"淼淼,你先出去,姐姐有话要跟这个医生说。"

女孩出去后,江城紫斜倚着病床,睨视曾宝萼:"我感觉怎么样?"她夸张地冷笑两声,"不跟你合作就是这下场——被重新当做病人送到这里疗养?"

曾宝萼露出非常吃惊的表情:"江小姐,你在说什么?你可知三天前我为你做催眠治疗时你再次昏迷?我们对你做了大量检查,还是没有搞清楚你反复昏迷的原因。我们怀疑你的大脑损伤情况要比我们估计的严重些。"

她翻看着手中的病历,话中颇多安慰:"你别太担心。毕竟那场车祸非常严重。你枕骨骨折,双侧额叶、左侧颞叶脑挫裂伤,硬脑膜下血肿，蛛网膜下腔出血。能恢复到现在这种程度已经很不错了，慢慢来，我猜你的反复昏迷是大脑为了进行自我修复的一种保护措施，就像是人受了强烈刺激可能会休克一样。”

见江城紫一脸愤怒，曾宝莩急急地说：“江小姐，请你尽量克制自己的情绪，这样对你的恢复没有任何好处。”她说完推门离开。

江城紫还没来得及追出去，一个壮实的男护士端着盘子进来，盘中有药及水。他示意江城紫服药。

江城紫警惕地望着他：“我没有病，不需要吃药。而且，这些药是治什么？”

护士说：“安定、维生素、氯丙嗪，都是治病用的。”

江城紫一惊，安定是镇静作用的，维生素也吃不死人，氯丙嗪却是抗精神病药物，主治精神分裂症，可控制兴奋、幻觉、妄想、情绪冲动等症状。她以前办过一案，长期吸毒者滥用药品中有这一例药，作中枢多巴胺受体的阻断剂使用，所以她知道这药的功效。难道曾宝莩把她当成精神分裂症病人对待了。

她更由此联想到，正常人如果服用一些药物可能会导致智力下降及记忆力衰退，莫非余淼淼就是这样被强制变成弱智儿童的？她握紧了拳，脸上露出狰狞的表情，他们这么残忍地对待一个孩子吗？

男护士被江城紫的表情惊得后退了一步，嗫嚅道：“你需要做头部CT检查，请跟我走吧。”

江城紫怒视他：“我没病，不需要检查。”

护士为难地说：“江小姐，这都是医生的安排，我们没有权利去质疑，无论你是否有病，都请跟我去一趟吧。否则医生来了，强制你吃药，再逼迫你去检查就不好了。”

江城紫转念一想，好汉不吃眼前亏，眼见这是中心的地盘，自己又不是超人，肯定明着斗不过这么多人，被逼吃药的话还不知留下什么后遗症，还是老实去一趟吧。

离开病房，江城紫在去CT室的路上经过一条走廊，靠山位置皆开有很小的玻璃窗，玻璃很脏，与整座疗养院的整洁自然看起来非常不和谐。

她走过去，推开一扇窗，想呼吸一下新鲜空气。护士急忙过来阻止她，把窗重新关上："江小姐，现在室内都开有中央空调，开窗会导致冷气的流失，造成浪费。"

江城紫轻笑。她开窗只是随意而为，从玻璃窗可以看到后面的山峰，正是她先前攀登过的那座无名山。她现在注意到方位，发现自己攀登处正位于山峰的另一侧，与疗养院完全对立。

曾宝萼在撒谎，这个疗养院就在大竹岛上！

曾宝萼弄晕自己后就地将自己送进了疗养院，也不会惊动到梁植。

就是不知道他现在身在何处，怎么样了？

江城紫做完检查后回到病房，苦苦思索，为什么自己数次无故昏迷，第一次见到了钟摆，第二、三次见到了电子节拍器。难道自己曾经被催眠，被人下过暗示，一见到有规矩摆动的东西就昏迷？可为什么自己也见到过表针的走动或者其他会产生振荡的东西，都没有昏迷呢？

没有人限制江城紫的自由，但她只要一踏出病房，身边必有两名以上护士陪伴，美其名曰保护，实则监视吧。

到了下午，曾医生拿来报告，讲了一通江城紫根本听不懂的医学术语，然后下结论说她现在是颅脑外伤后期精神障碍。江城紫描述的槐安城内一切事情，曾医生原以为她只是在做梦，但显然江城紫已经将这个梦上升到现实的境界，这就不单纯是精神障碍，现在可能转为脑外伤性精神症。通俗来说，就是精神分裂症，以偏执幻觉妄想为主，具有被害观念。

曾医生说得很直白，江城紫听了冷笑连连："怎么，现在拿我没办法了，就开始给我扣精神病的大帽子了？"

曾医生皱眉，将CT片子对准亮处，指着说："这是你的脑部CT片，你可以看到这里……"

江城紫打断了她的话："普通人谁看得懂这些黑白图像？你别白费力气了，你就算指鹿为马或是拿别人的CT片来骗我，我也看不懂，何必呢。"

曾医生涵养很好地收起了片子，默默看着江城紫，脸上有些悲伤的表情，似乎不知道要说什么好。

江城紫继续冷笑："真是奇怪，这个疗养院明明就在大竹岛上，为什么我登顶时却丝毫看不到疗养院的踪影呢？哪怕是一角屋檐或者一抹墙灰。"

曾医生当然不会回答这个问题。

江城紫歪着头不怀好意地看着曾宝萼："你们应该不会弄个超大的三维立体投影仪覆盖全岛，那么就是让疗养院'隐形'了。是使用了隐匿色吗？"她紧盯着曾宝萼，观察着她的表情，"我第一次来疗养院就觉得这些房间的淡紫色外漆颜色很古怪，建筑物的形状也很奇特……"

曾医生脸色微变，被江城紫敏锐地捕捉到。

江城紫得意地笑："一般疗养院的漆都会用冷色调来控制病人的情绪，例如白、浅蓝、灰绿，但淡紫色没人会用，因为这种颜色会给人带来负面的情绪影响，看来你们用的这种淡紫色漆有古怪啊，是不是变色漆呢？"

曾医生勉强挤出微笑："在建院时，郭院长妻子恰好去世，他心情非常压抑，所以采用了紫色漆。这种颜色非常不适合疗养院，我们也都建议过多次，但郭院长就是不听。这间疗养院完全在郭院长名下，他说了算。"

江城紫讽笑："哦？那么这次我来怎么没有见到郭院长呢？"

"他正在研究一个医学课题，你有什么事找我也一样，我才是你的主治医生。"

江城紫"哦"了一声，拉长了语调，然后语气一转："那我要怎么联系你呢？"

"找护士叫我就行了。"

她狡黠一笑："如果我出院了呢？你总得给我一个联系方式吧。"

曾医生犹豫了一下，在拍纸簿上写下自己的手机号码递给她。

江城紫仔细看了看纸条，把这个手机号码记熟，冷笑："曾医生，你还有什么话要对我说吗？"

这真有点交代遗言的味道，涵养好如曾医生也有些受不了，强自镇定地嘱咐她要好好休息，安心养病，会慢慢康复云云。

江城紫突然对着她诡异地一笑。

曾医生还不明所以，已静养多时恢复了力气的江城紫快如闪电般出手，由于痛恨曾宝萼的反复无常，江城紫出手没有留情，一拳捣向曾医生的腹部。

这一拳令曾医生尖叫，她腿一弯，坐倒在地，泪水哗哗流下。

江城紫把在去做CT检查的路上顺来的一次性针管斜架在曾医生颈部，粗鲁地拉起她，恶声恶气地说："你是医生，你应该知道针头一歪打进去空气会有什么后果，所以麻烦你老实点，把我护送出去！"

曾医生痛得连眼角的鱼尾纹都挤出来了，再也保持不住优雅的姿态，死命地瞪了她一眼，但无奈，只得微弓着身子，被江城紫拖出了病房。

病房外早有戒备，四五个护士警惕地展开包围圈，虎视眈眈地望着挟持人质的江城紫，有人大喊："快放开曾医生！"

江城紫大笑："这台词真烂俗，我凭什么要放开她呢？"

她手腕一转，针头轻轻刺着曾医生的颈部，触点微微发红，拇指按在已拔出一半的活塞上。她还未用力，曾医生身躯已开始发抖。

二人一拖一拉地穿越走廊，走出病房大门，门外的花园里围聚了更多医护人员。江城紫大喝："都退后五十米，否则我就要把空气打进她血管里了！"

每个人脸上都流露出愤怒与紧张的神气，但都老实地退开，远远窥视着江城紫和曾医生。

在这开阔的地带，什么事都可能发生。江城紫急于带曾医生躲进绿荫中，但曾医生受惊吓过度，身体僵硬，完全不配合她的行动。

正焦急中，江城紫突感背后刺痛，她伸手一探，拔下了一枝麻醉标。

她看到不远处躲在树上手持弓弩的男人，她极其愤怒，但脸上却出现了一丝苦笑，自己果然不是做绑匪的料啊……

五光十色、碎片迷离，仿佛幼年最喜欢玩的万花筒……

“醒醒，江城紫！”有人在拼命摇晃万花筒，把美丽的图案都破坏了。江城紫不满地睁开眼，一张放大的脸竖在自己面前，吓人一跳。

床前正弯着腰看她的男人急忙捂住她的嘴，小声说：“是我，梁植。”

江城紫点了点头表示明白，头还有点晕，是麻醉后遗症。她头重脚轻坐起来，抓过桌上杯子，喝下满满一杯凉开水，这才清醒了许多，同样低声问：“你怎么找到这里的？”

梁植低声说：“离开这里再给你解释，快，跟我走！”

“外面没有人把守？”江城紫深表怀疑。

“当然有，而且人不少，都隐藏在暗处，很严密。我已经在偏僻无人的建筑里设置了定时点火装置，再有十分钟左右就会着火，我们趁乱离开，船离这里不远。”

江城紫急忙说：“带上余淼淼，余队长的女儿，我不能再让她独自留在这里了。”

梁植点头：“我们分头行动，你去找女孩，我要去寻找刘凯，十分钟后在白天上岸的码头见。”

江城紫兴奋地点头。她已知余淼淼的病房就在自己斜对门，此时二人在走廊分开，她立刻潜入余淼淼的病房。

用力摇醒了熟睡的余淼淼，她捂住女孩的嘴，在她耳边低声说：“淼淼，姐姐带你去找爸爸妈妈，你跟着姐姐走，一点声音也别发出来，好不好？”

女孩点了点头。江城紫给她套上连衣裙，拉着她的手出了病房。

刚走到走廊头，迎面就遇到了巡房的一男一女两护士。其中的女护士尖叫：“你们在干什么？”

江城紫笑嘻嘻地说：“我带小妹妹去花园散步啊。”

两人被她的笑容迷惑，还没反应过来哪有人半夜三更去逛花园的，江城紫已经松开抓着女孩的手，猛地把女护士推向男护士，两人惊叫着倒地滚成一团，江城紫又抓着余淼淼的手狂奔出去。

护士的尖叫引来了暗处的保安，江城紫把余淼淼推进灌木丛中，三拳两脚打发掉一个保安，被另一个保安一掌横扫肩头，火辣辣地痛，她咬着牙，侧身闪开持警棍扑过来的第三个保安，一掌劈下，保安痛呼，右臂几欲骨折，手一松，警棍被江城紫夺去。拿到了称手武器，江城紫把在警校学到的招式也不按什么套路，劈头盖脸对着这两个保安打去。

见三个保安都倒在地上瘫软如泥，江城紫总算出了一口被曾宝萼欺骗二次入院的恶气。她拍了拍手上的灰，拉起余森森向大门跑去。

相对于前院打得热火朝天，后院此时还是安静如昔。梁植对疗养院地形并不熟悉，虽经江城紫指点，还是兜了点路才找到最后一座独立的院子。

院里左厢房有两名保安，总有一人目光炯炯注视着院口。右厢房门窗紧闭看不清有什么，梁植猜刘凯在正屋。

他捡起一个石子，中指一弹，石子砸在左厢房的玻璃上，清脆的声音在寂静的夜里不啻于炸弹爆炸。

保安一惊，其中一个手持警棍警惕地走了出来，院子里一目了然，月下树影婆娑，发出细碎的沙沙声，于是又走出大门。

保安东张西望却见不到人影，正奇怪时，藏匿于门梁上的梁植翻身而下，手臂似铁箍，紧紧勒住保安的颈部……

屋内的保安把杂志扔到一边，感觉有些不正常，出外巡逻的同伴出去两三分钟了也没回来，他刚起身准备出去看看，就看到同伴回来，于是笑骂："大晚上的，你把个帽子扣那么严实也不怕看不清路……"正说着，突然感觉到不对劲，同伴可没这么高这么瘦。

对方猛地抬头，锐利的眼神刺得保安一个激灵，还没等保安摸上挂在腰间的警棍，梁植踏前一步，手中警棍已击向保安咽喉。一点声响也没有发出，手抓喉咙脸庞扭曲的保安也颓然倒地。

梁植把外面陷入昏迷的保安也拖了进来，这才查看刚才保安面前的监控屏幕。四个监控画面，一个在门外，一个在院内，这两个摄像头梁植早就发现，一直躲在死角里，所以才没被保安发现，另两个监控，一个似乎是在西厢房，里面有微光，没人，只有大量看不懂作用的仪器，另一个应该是在正屋，三个房间被打通成一个大间，一个男人正躺在东角的床上，缩成虾米状，背靠外，看不清脸庞。

梁植脱掉罩在外面的保安制服，以免吓到刘凯，同时露出下面的海军迷彩服以表明自己的身份，这才轻轻推开正屋的门。

屋里安安静静，一盏落地灯在东角发出幽幽的光，祥和得就像任何一个普通人家夜间的卧室，没有预想中的埋伏和袭击，可梁植更加警惕。

“刘凯，刘博士……”他站在五米开外，以床上人能明显听到的声音低声呼叫。

床上人纹丝不动，呼吸声还是那么絮乱沉重，绝非睡着时的呼吸。

莫非刘凯已被转移，这是个圈套？梁植脚步轻轻向前挪移，心中有些不安。这如果是个圈套，那么前面的江城紫也危险了。到底要怎么样才能更加有把握？如果床上人是敌人，他靠近过去很有可能会被突袭。

梁植还没制订好最稳妥的作战方案，床上人就突然坐了起来，转身望向他。

梁植猝不及防，紧张得向后退了一步，摆出了战斗的姿态。

那人突然嘿嘿一笑，张口便说：“怎么没人说话了？”

借着落地灯的微光，梁植看清这人的脸，是刘凯博士，闵夕朝博士的助手。

这名前途广大的电磁博士此时居然如智障儿童一般咧着嘴傻笑，令梁植大惊，刘凯这是怎么了？他快步向前，想搭上刘凯的手腕检查他的健康状况。谁料刚才还笑吟吟的刘凯一见到梁植身上的海军迷彩服，突然脸色大变，像一只被人掐着脖子的鸡一样尖叫起来：“滚开！滚开！不要靠近我！”

他十指成钩疯狂挥舞着，似要抓烂胆敢靠近自己的人，同时踢开了被子，身子在床上用力扭曲着。他的双腿脚踝被带着铁链的铁环固定在床上，虽然转身自由，却下不了床，脚踝处的铁环上虽然包着绒布，但在他这么疯狂挣扎下也把皮肤磨得发红。

梁植急忙脱掉迷彩服，露出里面的白背心和大短裤。刘凯喘着粗气，动作缓和下来，但脸上的表情仍然是惊恐万分的，似乎站在面前的不是英朗阳刚的梁植，而是个青面獠牙的魔鬼。

天知道刘凯这么一闹会引来多少守卫，所以梁植心中暗恨，不知刘凯这是在发什么疯。他踏前一步，柔声道："刘博士，我是梁植，我来……"

刘凯一颤，脚上的铁链又发出哗啦哗啦的声音。

眼见刘凯又要尖叫，梁植可没工夫甜言蜜语哄他，随手把迷彩服一抖一罩，整个盖住了刘凯的头。趁刘凯惊慌失措摆脱迷彩服时，准确地一手刀砍下，把刘凯打晕。

刘凯的活动范围只能在床上，附近没有任何地方可以放下一把钥匙，梁植返回东厢房，在保安身上一搜，果然发现钥匙。为了伪装潜逃，他重新捡起保安的帽子扣到头上，又套了条保安制服裤，蹦蹦跳跳边穿边返回去，把刘凯脚上的铁环打开，把刘凯像个破麻袋一样背上身，转身就走。

在这里面折腾了一阵，他一看表，离点火时间还剩下不到半分钟，于是急忙向集合点跑去。

才走到前院时间已到，被梁植放置定时点火装置的那栋房子已经冒出了黑烟。四处响起了警报，开始有更多的人在进进出出。

一个保安迎头撞上了扛着刘凯的梁植。梁植一惊，身上顿时冷汗如刺，他压低了帽檐，对保安说："快去救人，着火的屋里还有人！"

保安哪里料到入侵者居然大摇大摆站在自己面前，见梁植下面穿着保安制服裤，上身光穿着一个白背心，头上又戴着保安帽，背上扛着一个看不清容貌的病号，还以为这位同僚在半夜惊闻火警，衣服都顾不得穿就奋不顾身冲进火海里救人，所以不疑有他，立刻匆匆冲向着火建筑。

梁植越发理直气壮走大道。越向门口方向走遇到的人越多，但即使有人注意到他也没有上前去盘查他。人的心理就是这样：入侵者是不会这么旁若无人在敌营里行走的，前面的同伴放行的人是安全的，满院子里这样打扮的人太多了，临时抱或背或扶出转移的病号的人也太多了。于是众多急于救火的人没有顾上盘查梁植，而负责保卫的保安们则被众多无头苍蝇般救火的医护人员和急于逃命的病患们缠得团团转，竟被梁植这么浑水摸鱼瞒天过海了。

到了疗养院门口，梁植刚想松口气，阴影处突然跳出两名保安："什么人?"

这些保安倒也不全是笨蛋，知道要进出疗养院只有这一条路，只要把守好门口守株待兔就行了，可这无疑给梁植增添了麻烦。这两人要是振臂高叫，这院里估计不下二十个的保安都包围过来，他可没那能力带着昏迷的刘凯这个累赘一起逃出去。

"连我都认不出来，笨蛋!"梁植突然低吼，同时把背上的刘凯扔进了离自己较近的那个保安怀中。

这声充满了威严的斥责外加突然扔进自己怀中的沉重的躯体，把这个保安震得呆住了。

梁植要的就是这个时间差，他快步上前，一拳砸倒另一个保安，以迅雷不及掩耳之速又跳回来，抓过刘凯，又一个重重的扫荡腿过去，还没来得及反应的保安摔倒在地。

在保安的"哎哟"声还没喊完，梁植又飞起一腿，把保安踢得头破血流昏迷过去，这才把任人摆弄的刘凯像破布娃娃一样重新扛在肩上，向快艇泊处赶去。

江城紫已经发动了快艇引擎，此时正抱着余森森焦急地望向黑暗中。

乍见到梁植的身影，江城紫没认出来，呆了一呆，不知是迎战还是逃走，幸好梁植一声低呼"快过来帮忙"，这才让江城紫放松下来。她急忙跳上岸，过去与梁植一人一边把刘凯半拖半拉弄上快艇，然后由梁植驾驶，四人逃离了大竹岛。

第十五章

全城通缉

午夜海上的风与白天截然不同,冻得江城紫紧紧抱着同样衣衫单薄的余森森二人一起牙齿打战。梁植一手操纵方向盘,一手从艇舷边的包裹里取出一件迷彩服扔给江城紫。

又冷又晕船的江城紫披上迷彩服,把自己和余森森都紧紧包裹起来,脸色这才好了一些。回头望向渐去渐远的大竹岛,即使在夜幕中也能看到扶摇其上的黑烟,不由得有些担心:“那火,没事吧?”

梁植也看了一眼大竹岛,沉声道:“没事,那房子是平房,与周围建筑都较远,里面放的全是杂物,烧不起来。”

江城紫吁了一口气:“对了,今天几号?”

“6 月 14 日。”

江城紫顿了一下,扬眉:“6 月 14 日,这么说我在岛上待了还不到 20 小时。你来得很及时嘛。啊!你是怎么发现疗养院的?我登到峰顶也没发现,结果却被曾宝荨那个阴险的女人又暗算进了里面。”

虽然没转身,从这恨恨的语气中也能想象出江城紫现在恼羞成怒的样子,梁植暗笑,见大竹岛已无追兵,放松了下来,换成了自动驾驶,坐到江城紫身边。白天二人分别后他那一方的情形远比江城紫的经历要复杂,更是掺和进了幸运和巧合。

话说梁植与江城紫在山下分手,江城紫自登顶而去,梁植却是打算直接横穿岛中央。按江城紫所说,疗养院里设备很现代化,那么在这原始的荒岛上,这么现代化的疗养院不可能完全封闭到不露出一点蛛丝马迹。一个烟头、一条电线或者一堆生活垃圾都会被训练有素的梁植当成有利用价值的线索。

前三次每半小时通过对讲机的联系,二人均无发现。梁植能听到对讲机里江城紫呼哧呼哧的喘气声,爬山对于刚晕船呕吐的江城紫来说有点吃力。

第四次也就是二人分手后两小时再联系时,江城紫的对讲机居然处于关闭状态。当时江城紫关闭对讲机的本意是怕梁植发来的声音会惊扰到曾宝萼揭露真相,可没想到曾宝萼一讲就讲了半天,惊人的真相震得江城紫早忘了应该打开对讲机让梁植也听听。

不过误打正着,因谈判失败,曾宝萼也很激动,所以把江城紫催眠昏迷后亲自搜身,也没把关闭的对讲机当回事,跟其他东西一起打包扔给了手下,否则以她平时的精明,怎么会想不到单身行动的人会随身携带这种近距离才能使用的对讲机吗?她没料到梁植会恢复原有记忆从而与江城紫再度联手,所以她没想过江城紫会带同伴一起上岛,才没派人在岛上大规模搜索,否则敌在暗我在明,梁植也被抓到的可能性非常大。

与江城紫失去联系后,梁植立感不妙,迅速转向锥形山,在茂密的丛林中劈开一条路,直线攀登。可惜因他们靠岸位置在岛东,所以江城紫登顶方向是峰东,梁植攀登方向是峰北,都与位于峰南的疗养院差了方位。

等梁植登到峰顶,平地上已无人影,唯有芳草萋萋,野花烂漫。要是长发飘飘的江城紫此时倚花丛嫣然一笑,那这就是唯美浪漫的言情大片。可惜,在梁植看来,佳人一去无踪,此地云诡波谲,杀机暗伏,倒似个惊悚恐怖的悬疑大片。

他与江城紫真可谓错之交臂。带走她的人刚离去不到五分钟,梁植终是晚了一步。

峰顶的草丛被人踩踏总会留下痕迹，梁植根据野草倒折的痕迹和汁液判断峰上曾有四人出现，鞋印里有一双半高跟鞋和三双平底鞋，根据平底鞋鞋印大小可辨认出其中一双属于江城紫，另两双属于无名男性，那双半高跟鞋不知属于哪个女性。他们刚离开山顶不久，向峰南方向离开。

可惜山林茂密，离开峰顶向南而下不过十几米，草丛就被灌木取代，再向下不远则多的是松林与竹林，落叶成层，多年累积，从上面根本看不出痕迹，找不到任何指向人类居住地的线索。

梁植倒也不气馁，毕竟来时已有心理准备，如果疗养院那么好找，就不至于多年来从未被人发现，以致无线索可查。所以他也准备了一些高科技的工具，例如军用红外热像仪。

温度在绝对零度（－273℃）以上所有的物体都会不停地发出热红外线，而且物体热辐射能量的大小与物体表面的温度有关。这种红外热像仪的测量距离可达两公里。以疗养院占地之广，梁植只需向岛南直线前进即可。

重新站在峰顶，梁植极目远眺，峰南植被更加茂密，正值夏季，枝繁叶茂，那种浓重的绿甚至令人感觉此时如果下场雨，被树叶过滤下来的水都会是深绿色的。这样的绿从山顶磅礴而下，逶迤至海岸线处方才被碧蓝裁断，岸南是悬崖峭壁，既无沙滩也无良港，崖旁唯有海鸟盘旋，哪像有疗养院的样子？

人的目力看来是发现不了了，梁植正准备借助仪器的力量，突然一道刺目的闪光一掠而过。那种唯有被平滑镜体反光才有的尖锐白光，一下子打破了浓绿的气势，也点亮了梁植心中的明灯。

他轻笑，眸中闪过志在必得的犀利。

这道光，正是江城紫在疗养院中醒来，去检查身体时经过走廊开窗产生的反光。她只想呼吸新鲜空气，没想到窗上的玻璃被推开时产生了反光。梁植下山搜索痕迹耽误了一段时间，此时在峰顶，正好看到了反光。可以说是巧合，也可以说是运气，这个小小的提示，节省了梁植不少时间。否则他从峰南笔直地用红外热像仪搜索，总也得浪费一两小时时间。

一见到这道光,梁植立刻明白发光之处必是疗养院。疗养院仿生物拟色技术做得非常好,以至于在高处看,院外表的颜色与周围丛林一致,毫无破绽。

找到了疗养院所在,剩下的事情就好办多了。以梁植的身手,自是潜伏在疗养院附近,勘察地形,寻找防守松懈的薄弱点,在夜黑人静时潜入,找到昏睡的江城紫,把刘凯带走。

江城紫恍然大悟:“这么说,院里建筑物上涂的果然都是变色漆了。怪不得这里的建筑外形古怪,遍布植被,我起初还以为是太过追求自然的结果。”

梁植点头:“有的变色漆,在高于某种角度时看是一种颜色,在低处看又是一种颜色。这家疗养院的设计者也真是狡猾,知道来者要搜索他们必会登高,所以用的漆在平地看是紫色,在高处看就是绿色。”

江城紫把分手后的遭遇事无巨细全部告诉梁植,把梁植惊得瞠目结舌,普通人是不会相信戴门中心拥有这种超越目前已知人类科技极限的先进技术。但梁植却未必不相信。

首先,普通人已知的人类技术不代表目前人类实际拥有的科学技术,有一些先进的技术被研发出后当局是秘而不宣的;其次,官方机构研发不出的技术不一定民间也研发不出来。

梁植讲到这里停了下来,江城紫追问:“没有第三了?”

梁植微微一笑:“在槐安市遇到的这么多古怪,这个解释不是最合理的吗?既然不能用常理解释,那么所有的不合理中,最能解释一切的就最有可能是事实。”

回到槐安市,江城蓝的宿舍是不能去了,否则余淼淼与余彦辉这么糊里糊涂见面还不知会发生什么事,所以梁植带他们到自己所住的部队招待所住下,又另开了一个房间,梁植和刘凯一间,江城紫和余淼淼一间。

一番折腾下来已近凌晨,除了余淼淼是儿童觉多、刘凯索性连昏带睡一直没有醒来,江城紫和梁植也紧张了一天,尽管白天的经历惊险刺激,也抵不过周公的诱惑,各自与他老人家相会去也。

早上九点多,江城紫并没睡足就被吵醒。余淼淼仍是痴痴呆呆的样子,但会自己打开电视看节目。此时似乎在播报新闻,播音员声音呆板,配上乱七八糟的现场画面,生生把江城紫吵醒。

眼见是睡不着了,而且现在也不是睡懒觉的时候,江城紫叹着气起床。她还没完全睡醒,所以根本没有注意电视上在讲什么。余淼淼突然重重抓了抓她的手臂,指向电视,言简意赅地说:“你!”

你什么?江城紫莫名其妙地望向电视,屏幕上竟然有自己和梁植的照片,自己穿着病号服,一脸凶神恶煞的表情,脸侧偏,由于只有小半身照,感觉姿势很别扭,她呆了一呆。再看梁植,戴着顶保安帽,脸偏得更厉害,肩背上经过处理打着马赛克,但在江城紫看来,很明显上面扛着刘凯。这难道是在他们分别逃出疗养院时拍的?

“昨晚23点18分,我市大竹岛上一家私人疗养院起火,火势已于今天早上2点得到控制,火灾导致11人死亡,17人受伤,造成经济损失一百多万元。经过警方初步调查,此次火灾原因为人工纵火,根据疗养院监控录像判断,犯罪嫌疑人有两名:江城紫(女),梁植。目前市公安局已下达通缉令,全市通缉这两名犯罪嫌疑人,请市民踊跃提供线索,警方热线:××××……”

后面紧接着播放了一段录像,明显是经过剪辑的,不过梁植在装配简易点火装置、江城紫带着余淼淼拳打脚踢保安等等“犯罪行为”片段一目了然。

江城紫傻傻地瞪着电视,这刺激,说是五雷轰顶一点儿不夸张,现在恐怕有人指着窗外说“UFO来了”,她也不会感到更惊讶了。堂堂人民警察,现在居然变成通缉犯了?还有一名年轻有为的少校军官做伴?滑稽,滑天下之大稽啊!!!

也不知发了多久呆,江城紫才想起这不是发呆愤怒的时候,她立刻火烧屁股般冲出去,冲到对门刚想踹门,突然想起不能惊动外人,于是收腿出指,轻叩房门。

敲了三声,里面就传来梁植半睡半醒的迷糊声:“谁?”

江城紫声音不高不低,不敢说出自己的大名生怕引人注意,强作镇定:“我,阿紫。”

梁植开了门,表情古怪地望向刚才用言情腔称呼自己的江城紫,刚想张口询问,注意到了江城紫的表情,立刻严肃起来,也清醒了许多。

“进去说!”

刘凯居然已经醒了,老老实实坐在床上,见江城紫进来,笑嘻嘻地说:“杀人犯,嘿!”

江城紫顾不得考虑刘凯怎么这副德行,立刻用遥控器打开电视。新闻播报还没结束,但已转播到别条新闻,下方字幕上还在滚动刚才这条火灾的新闻。

“火灾死伤惨重!我们被全城通缉了!”江城紫沉痛、愤怒、紧张、狐疑、恐惧地望向梁植。

还没等江城紫再开口,梁植斩钉截铁地说:“绝对不可能!那建筑是孤房,里面没人,我只泼了十升左右汽油,就算整间烧着,离最近的房子也有十几米远,昨晚又没有大风,房子附近只有几棵树,夏季潮湿,这火怎么也不可能蔓延开来。他们如果不是在撒谎,就是故意放任火势蔓延,可再怎么烧也不可能死这么多人啊,建筑那么分散……”

凭梁植的经验,说不可能就是不可能。江城紫也相信以他的身份,不可能做出这么极端的事,他一再保证火情不会扩大就是不会扩大。想到这里,她和语气迟缓下来的梁植惊愕地对视一眼,难道中心这么恶毒,竟然敢加重火势,故意造成重大火灾以陷害他们俩?

“不……不会吧?”江城紫声音都颤了,腿一软,坐到了床上。

先前她半信半疑地认为中心不会对她下毒手,如果曾宝葶的话是真的,那么她还有利用价值,起码不必担心安危。如果中心真的以如此大的代价来陷害她和梁植,这只能说明曾宝葶彻底投向高岭那一面,全心全意与江城紫、梁植的调查作对了。以两个人的力量对抗戴门中心以及被中心控制的整座城市,这是怎样悬殊的力量?

江城紫的发散思维已经想到了未来,梁植也未必想不到这些。二人越想越发现前路艰难,与中心的对抗由此转折,双方关系由我正敌邪转成了我邪敌正。

江城紫还在想着刚才电视上放的那段录像,考虑要怎么向槐安警方解释这个误会,梁植却在考虑目前的形势。他猛地站起身,急促地说:“我们快点结账离开这里,照片已经在电视上发布,谁知这家招待所是否有人看到这条新闻?随着通缉令的发布,会有越来越多的人认识我们,不赶快隐藏起来,我们寸步难行!”

“江城紫,杀人犯,报警,嘿嘿嘿嘿!”刘凯手舞足蹈地胡言乱语。

江城紫皱眉:“他这是怎么了?”

梁植叹气:“估计是受刺激大了。南柯号上惨状我们想想就觉得可怕,他身处其境……”

现在事情一团糟,江城紫也懒得再管这个痴痴呆呆的电磁专家了,反正他已经是过去式,与案子无关了。真是可惜,由于事态紧急,江城紫没有考虑过中心要把刘凯单独关起来并进行测试这个因素,竟因此错过了一个重大线索。

四人在五分钟后就相继离开了房间,梁植退房时作好了随时开打的准备,不过居然顺利退房,想来招待所的工作人员还没看到这个新闻,不过江城紫估计也快了,公安局在通缉令下发后,必会通知市内各大宾馆酒店招待所,也会封锁机场、车站等进出要道,四处盘查也是免不了的。槐安市就这么大,要隐藏起来也不是件容易事,尤其是纵火烧死病人这样的事非常容易引起民愤,要知道群众的力量是惊人的,如果真成了过街老鼠,这一行四人有儿童又有病人的,可真是难躲了。

趁通缉令影响还没扩大,暴露外貌较轻的梁植被江城紫派出采购了不少伪装用品。躲进一栋烂尾楼里,二人一伪装,梁植比原来丑了不少,气质大变,整个一刚进城打工的农民工兄弟,江城紫老了不下十岁,脸色蜡黄,盘起的长发一头油腻,衣着俗气,再给余森森换上身碎花衣服,四人看起来就是一对农民工夫妻外加女儿和傻兄弟。

ZHENDANG
KONGJIAN

第十六章

分道扬镳

接下来再做什么，梁植和江城紫起了分歧。梁植要先解决目前的麻烦，江城紫却怕余淼淼跟着自己受到伤害，坚决要把她送回她父母身边，管他们认不认这个女儿，就算当成暂时寄养的孤儿也罢，以余彦辉的为人，不会不照顾一个可怜的孩子。

梁植见江城紫老母鸡护小鸡般护着余淼淼的神气，摇了摇头："算了，你去试一下也好。"说完带着刘凯离开。他俩约定的聚合地点在禁区尤伯那里，现在估计那里是全市最安全的地方了，就算还有电磁辐射也比落入中心手中要好。

街上人来人往，可没人会去关注一个城市里很常见的农民工妇女和她的女儿。江城紫故意装出卑微的样子，紧紧拉着余淼淼贴着墙边行走，力求不引起别人的注意，否则如果有人认出她来，举臂高呼："她就是通缉犯江城紫"，那娄子可就大了。

今天是周日，余彦辉应该在家中，所以江城紫直奔宿舍楼而去。没想到刚到楼下就看到余彦辉的车停在楼前，他和余向阳两个从车里下来，余向阳手里还捧着一个篮球，一身臭汗还在兴高采烈大声跟余彦辉讲着什么，不知内情的人看过去，真能从这对父子身上感觉到温馨的亲情,可惜江城紫见此情形反而心寒。她附在余淼淼耳边低声说:“那是爸爸,快过去叫爸爸!”

余淼淼愣了几秒,这才跌跌撞撞跑过去,声音绝没有以前那么清脆地叫道:“爸爸！爸爸!”

江城紫躲在一边,偷偷观察余彦辉的反应。

余彦辉一愣,看看余淼淼,一脸莫名其妙的表情,刚说了一句:“这是谁家的孩子啊?”余向阳突然大步跨前,一把拦住余淼淼,用貌似善良的表情搂住了小女孩,对余彦辉笑道:“爸,这是前面街那个炸油条的老板娘的女儿,有点傻,到处喊人叫爸呢。我把她送回去吧。”

余彦辉又瞅了一眼安安静静的余淼淼,目光游移,最终点了点头:“你要把她安全送回家啊。”然后转身上楼。

余向阳见余彦辉身影转过楼梯消失后,立刻像碰到毒蛇一样猛地推开余淼淼,就像在看着一堆恶心的垃圾一样看着余淼淼摔倒在地。

江城紫更加心寒,这余向阳小小年纪,目光中流露出的恶毒竟只在一些穷凶极恶的犯人身上才见到过,更不要提他的两面三刀和随机应变,简直不是一个孩子应有的表现。她现在确定余向阳是中心找来的傀儡,或许是一个在街头流浪已久的孤儿,才会如此不择手段去争夺本不属于自己的父爱吧。

她快步走了出来,把正在抽噎的余淼淼从地上抱了起来,拍净她身上的尘土,冷冷地看着余向阳。

余向阳年龄虽小,眼睛甚毒,立刻认出了江城紫,怪腔怪调地说:“哟,这不是江‘阿姨’吗?”他在“阿姨”二字上加重了语气,不过江城紫对他这套小孩子的把戏可不感兴趣,只是冷冷瞪着他:“戴门中心派你来到底有什么目的?”

余向阳没想到江城紫不但不生气,反而一口拆穿自己的来历,他不过是个孩子,哪有江城紫这么沉得住气,立刻慌了,脸色大变,指着江城紫骂道:“你是杀人犯,还敢跑出来欺负人,我要报警!”

江城紫先是好笑,还报什么警呢,他家里一个现成的警察呢。再一想,又暗惊,余向阳的话怎么听着跟刘凯的话差不多呢?都是“杀人犯、报警”这样的词语,可作为被通缉者来说,她和梁植的罪名应该是纵火犯,为什么余向阳和刘凯都异口同声叫自己是杀人犯呢?

她脸上带着狞笑,声音却很温柔:“你为什么要叫我杀人犯呢?你怎么知道要报警?”

这种带着狞笑的温柔,在余向阳眼中看来整个就是一狼外婆,吓得他不禁后退了一步,颤声道:“我爸,做梦的时候喊的,‘江城紫!杀人犯!报警!’我刚才在车载收音机里听到火灾的新闻,所以就这么说了。”

江城紫立刻拉过余淼淼转身就走。这事要说没鬼,鬼都不信。午夜时的火灾,凌晨才出结果,余彦辉睡梦中说梦话就未卜先知江城紫是杀人犯了?

在去禁区的路上,江城紫更是小心翼翼。余向阳一句话泄露了天机,看来中心又开始使用意识控制,在自导自演火灾后,向全城人发出关键词为“江城紫、杀人犯、报警”的脑电波指令,无论市民对此指令如何理解或者理解多少,有这三个关键词在人的潜意识中不断提示,恐怕99%的人都会认出江城紫就要报警了。

在禁区尤伯藏身的烂尾楼里,江城紫带着余淼淼与带着刘凯的梁植顺利会师,再加上尤伯和吴欢,整个槐安市的边缘人物都聚齐了。

听江城紫讲完此事前后,梁植吐了一口气:“幸好你没要淼淼强认爸爸,余彦辉绝对已处于中心的监控之下,单这一个照面,如果余彦辉没有想太多,中心可能从他的脑电波中提取不到什么有效内容。至于余向阳,既然中心无法对未成年人的脑电波进行探测和控制,那么他的反应无关紧要。当时如果你当着余彦辉面现身了,事情会变得复杂,中心就可能从余彦辉的脑电波中发现余淼淼的下落,很有可能为了不破坏他们的计划,会对余彦辉或者余淼淼不利,例如让淼淼彻底消失,或者让记忆出现纰漏的余彦辉消失。”

江城紫惊出一身冷汗,自己先前果然是考虑不周,光顾着让他们父女团聚,减少余淼淼的危险,可就没想到中心是可以随时掌握余彦辉的脑电波知道他在想什么的,中心绝对不会冒让余彦辉恢复正常记忆的危险。把余淼淼送回她父亲身边反而是一着臭棋。

“中心真可怕,嘿嘿,静初。”本来安静坐在一边摆弄蜡烛头的刘凯突然又笑了起来。

尤伯蓦地望向刘凯，脸上的肌肉微颤，他指着刘凯说："你怎么知道我女儿的名字?"

刘凯笑："你说的，你说的，我知道。"

尤伯颤抖："我没说，我从来都没对你们任何人说过静初的名字，我……我刚才在想她……"

江城紫睨视刘凯，尤伯这半天一句话没说，刘凯不可能会知道尤伯亲人的名字。他怎么会说出尤伯刚才心中所想？再加上先前那句"江城紫、杀人犯、报警"的话，江城紫心头突然冒出一个念头，这家伙，不会是能知道别人在想什么吧？换成比较科学的说法是：刘凯能自由接收别人的脑电波?

她走过去抓住刘凯的肩膀，郑重地问道："刘博士，你知道我现在在想什么吗?"

刘凯似乎鼻孔痒，手臂被抓，只能挤眉弄眼，鼻孔朝天，就是不理会江城紫的问话。

"让我看看他!"坐在床上的尤伯突然出声。

江城紫疑惑地把刘凯推向尤伯。尤伯拿起一支蜡烛，扒开刘凯眼皮，在他眼前晃了晃，又很专业地望闻问切了一番，把刘凯推还给江城紫，闷闷道："这就是个傻子。"

江城紫没想到他会说出这么粗俗的一句话，颇有些惊讶："尤伯，你是医生?"

尤伯怔怔地望着一角的铁皮，没有回答这个问题。

"傻子不代表他不知道别人的思维。"梁植突然开口，可他的话比江城紫刚才认为一个人能知道别人的思维这个观点更诡异。

"想想'雨人'吧。"梁植一句话成功让江城紫闭上了正准备反驳的嘴。

一转念，江城紫猛地跳了起来，指着梁植鼻子大喊："不对，你这是建立在假设论点上的论点。你要能证明一个人可以知道别人的思维才能推测一个傻子是否能知道别人的思维。"

吴欢在一边闷闷地说："你们俩到底在争什么?"

江城紫决定不在这个论点论据与结果的问题上再争辩下去了。她低头想了想，突然有所发现，拍掌道："我的脑电波不可测，梁植你戴有滤波器，吴欢和森森未成年，这房间又能隔绝大部分电磁波，所以在这个环境中，只有尤伯的脑电波能被测到，所以刘博士如果真能接收到别人的思维，就只能是尤伯的了！"

梁植哼了一声，也在考虑这个问题，半晌后，还是不太确定："说实话，中心能放大人的脑电波并翻译掌握人的思维，还能反向发出简单指令已经很不可思议了，刘博士要是能自由接收到别人的脑电波就更是天方夜谭了。理论上是可以这么理论，但这么一个活生生的人在这，说这事……"他搓着下巴，像在打量怪物一样打量着刘凯。

听到梁植的话，尤伯身子一震，可惜大家都在思索梁植的话，没人注意到尤伯表情的怪异。

"是骡子是马，拉出去遛遛不就知道了。"江城紫嘿嘿奸笑，这时候也没人追究她这不恭的言谈了。

这实验说难不难，说简单也不简单。随便上街指个人让刘凯猜就是了，可猜得对不对就不好验证了，总不能问被测试者：你刚才在想什么？我们这位特异功能大师刚才猜你在想前面那个美女长得真性感啊。

江城紫胸有成竹："我倒有个法子，正是一石二鸟。我要带刘凯去见余彦辉！"

站在宿舍楼旁的偏僻处，江城紫在手机上按下一串数字，待对方接通后，对刘凯低声说："别忘了我教你的话。"

刘凯不管三七二十一，上来就对着手机说："余队长，我有江城紫的线索，我在你楼下，快下来。"

说完得意扬扬看着江城紫。

话倒是说得一字不差，刘凯毕竟不是天生的智障，堂堂一电磁专家，好歹博士都拿下了，智商不会差，就是受刺激大了，变得像个孩子。

江城紫挂了电话，好整以暇地等着余彦辉下楼。

果然，两分钟后，随着快速下楼的"噔噔"声，余彦辉从楼上跑下来，东张西望。

江城紫推了一把刘凯，又躲在他身后。刘凯从阴影处探出半个身子，傻兮兮对余彦辉招了招手："这里这里！"

余彦辉可不傻，慢慢地走了过来，绕了个大圈，以最大的角度站在最远的距离与刘凯遥遥相对。

刘凯站在墙角处嘴咧得老大，谁都能看出他精神不太正常。余彦辉皱眉，反而更加警惕，刚想转身，背后顶上一个硬邦邦的东西，还有一个压低的声音："向前走！别回头！"

余彦辉好汉不吃眼前亏，只能走到刘凯身边。身后的硬物缩回，一个人闪到余彦辉面前，笑嘻嘻地说："余队长，又见面了。"

余彦辉见到嬉皮笑脸的江城紫，脸色更是冷得像块冰，低吼："你还敢来见我！"

江城紫收敛起笑容，很认真地凝视余彦辉："余队长，虽然我们相识不久，但好歹你也应该能看出我的一些为人处世的态度，你觉得我是那种冷血无情的杀人狂吗？"

余彦辉冷哼："知人知面不知心，江城紫，证据确凿，我再不相信也只能相信了。"

江城紫有些着急："余队长，就凭那盘录像带，你就认定我们是凶手？"

"上面有梁植亲手启动定时点火装置，有你跟疗养院保安打斗的镜头，这证据还不能让人认定，难道你还想要那些死伤者在火中翻滚嘶喊被烧成焦炭的镜头才肯认罪？"即使杏仁体受损，失去产生大部分情绪的能力，余彦辉目光中还是流露出不屑与愤怒。

江城紫激动得身子微颤，头也有些隐隐疼痛："余队长，你听我解释，梁植是做了那个点火装置，但那个平房离附近建筑都很远，里面盛放杂物，根本不可能引起那么大的火灾。那火是疗养院蓄意扩大，意图栽赃嫁祸我们！"

余彦辉语气冰冷："疗养院为什么要以这么惨重的代价去嫁祸你们？你们有什么可值得用十一条人命来嫁祸的？"

江城紫急得团团转，这三言两语解释不清，也不能跟余彦辉解释为什么疗养院要嫁祸他们。

“余队长,你不觉得奇怪,一家普通的疗养院会安装这么多监控,还会在一间放杂物的平房里安装那么隐蔽的摄像头,似乎就在等着拍下放火过程,这不是太巧合了吗?”

刘凯在一边突然鹦鹉学舌般说:“骗子!警界败类!花言巧语!队里的人怎么还不来……”

江城紫大惊,条件反射地跳离余彦辉身边:“余队长,你刚才通知局里了吗?”

余彦辉哼了一声:“别把别人想得跟你一样傻,我上午回家后就想起那个叫我爸爸的女童就是你从疗养院里绑架走的孩子,应疗养院要求我们没有声张这个孩子的信息,你给她换了打扮,也只是骗了我一小会儿而已。从我意识到那女童的出现时,就知道你在我附近又不知在搞什么花样了。警车快来了,江城紫,你如果现在放弃对抗,我还可以认为你是自首,可以减轻刑罚……”

江城紫一扬手:“看刀!”一个闪着光的东西飞向余彦辉,他急忙躲开,那东西落地,只是一块白铁皮。

趁余彦辉躲闪的工夫,江城紫已拉着刘凯逃走。她早就准备好逃路,在十米开外就是来时乘坐并一直候在这里等他们的出租汽车。

两人一上车,车就一溜烟离去,气得余彦辉直跺脚。半个小时后警方找到这辆出租车时,江城紫和刘凯早就在繁华街区下车并不知转了几次车,逃得无影可寻了。

当余彦辉率队大规模搜寻江城紫时,她已经和刘凯安全回到禁区。

“这家伙果然能接收到别人的脑电波,我们不能离开槐安范围,所以不知道他是只能收到槐安市民经过微型芯片放大的脑电波,还是能接收到所有人的脑电波。”她指着刘凯说。

梁植有些郁闷,这要放在平时,刘凯就是个绝佳的武器,能知道对方思维,做什么事都是无往而不利啊。可现在的情况,双方已经撕破脸,开始真刀真枪明着对干了,刘凯毫无用处。

“我们下一步要做什么?”他和江城紫几乎同时问出了同样的问题,又几乎同时回答对方的问题。

“我们需要后援!”这是梁植说的。

“我们需要证据!”江城紫回答。

二人很有默契,再度说:“同时进行吧!”

禁区尤伯这里成为最佳的根据地。由于槐安市内的一切人与机构都不可信,而且谁也不知他们的电话有没有被监听,所以梁植需要的后援必须从市外寻找,而且还要离开槐安亲自去搬救兵。

作为各交通要道盘查的重点对象,梁植举步维艰。槐安没有机场,不通火车,正式的交通工具唯有长途客车与轮船。离开本市也只有两条通道,一是从港口乘船离开,一是从唯一的陆上通道——也就是塌方过刚抢修通车的西(成)槐(安)一级公路。不用说,现在警察肯定严密监控着公路收费站口和港口客运站,有中心在背后捣鬼,梁植绝对不可能从此二处脱身。

梁植在详细察看过槐安地图后,指着昆云山说:“这是我最好的出市通道。昆云山脉地形复杂,千沟万壑,警方就算会在山下布控,也不可能完全监控在槐安市内这座绵延几十公里长,最窄处也有近一公里,平均海拔在900米的巨大山脉。只要翻越这座山脉就到了西成市,脱离了中心的控制,再联系上级就好办多了。”

江城紫有些担心:“昆云山地形这么复杂,你人生地不熟的,如果在山里迷路或是遇到了危险怎么办?”

梁植轻笑:“我当过三年特种兵,野外生存是必须掌握的技巧,你与其担心我的安危,不如好好计划一下你的事吧。要留在这里寻找证据,有10万视你为敌的市民和已知未知的先进技术与你作对,你拥有的同盟唯有尤伯、吴欢和刘凯,你肩负的压力远比我重得多。我只需与自然斗,你却要与人斗。所以你要谨慎行事,步步为营,要知错一步就满盘皆输了。”

江城紫也微笑:“我有计划了,你不用担心。现在我们终于要分道扬镳了,保重!”

“保重!”

第十七章

当面对质

海洋与天空竞相争夺落日最后的绚丽，云霞与碎浪平分秋色，各争得满目的流光溢彩，华丽无匹，那种摄人心魄的亮丽甚至令巍峨耸立浓绿苍翠的山峦也为之臣服。但最终，金与翠对抗割据的争斗被笼罩一切的黑暗覆灭，大地沉寂，盘坐在海边礁石上的女子脸庞也隐入了黑暗中，失去一切光彩。

手机上早就输入了曾宝萼的手机号码，在疗养院苏醒后江城紫就早有准备，此时终于按下了通话键。当手机里传来优雅的女声时，江城紫精神一振，真正的战争终于要开始了。

"曾宝萼，我是江城紫。"平平淡淡的开场白。

优雅的声音突然拔高了数度，变得尖锐刺耳："江城紫，你这个狠毒的女人，你居然还有脸来找我？你就算再恨中心，也不能一把火把那些无辜的病人烧死，你怎么能变得这么可怕！"

江城紫扬眉："你这算不算是贼喊捉贼呢？曾宝萼，你当时没在岛上吗？你怎么能睁着眼说瞎话？梁植点的那把火，连你的洗澡水都烧不开，怎么可能造成那么严重的火灾？你的精明劲都哪儿去了？"

曾宝萼怒喝："你还要狡辩！"

江城紫打断她的话:“我有没有狡辩,你心里应该很清楚。我不相信你心里一点怀疑都没有。着火的建筑离附近建筑那么远,屋旁的树木潮湿不易燃,房屋本身也不易燃,梁植只泼了十升的汽油,那火难道会从地下蔓延出去?而且在无风潮湿的环境中,就算火势大,当时你们院里那么多保安还有医护人员先前都被我们的逃走惊动,满院走动,难道见火起竟会坐等蔓延?”

曾宝萼的呼吸逐渐平缓下来,声音也低沉了下来:“你想说什么?这火灾是我们自己造成的?这绝对不可能!”

江城紫讽笑:“这么说,看来你也被蒙在鼓里。这事不是我们做的,你又不知道,那么会不会是你们的高岭高主任做的呢?似乎,他特别喜欢做这种瞒天过海阴险狡猾的勾当啊。促使我弟弟自杀这件事,他也没有向你提前通报吧?你猜,如果我第一次入院时,如果不是郭中昌要研究我的脑电波,高岭会不会也瞒过你,直接在我身上玩什么花样呢?唔……我猜,你劝他留我一条命时,篡改所有人关于余森森、我弟弟和我的记忆,这种特别的花样也是高岭想出来的吧?加把火烧毁疗养院,这是多妙的一箭双雕之计啊。既能陷害我和梁植,引起全城人同仇敌忾,害我们变成全民公敌,又把已经被我们发现再无利用价值的疗养院毁灭,把对你们无甚用处的研究对象们借机一起除掉。这么一举两得的妙招,如果高岭想不出来,那我真的要怀疑这一切都是你在幕后主使,把高岭推出来当挡箭牌了。”

曾宝萼的呼吸声更弱了,此时电话里静悄悄的,甚至听不到一点声音。

江城紫毫不在意,只是静静等待曾宝萼的回答。

“我与此事无关!”曾宝萼沉默许久,最终交上了自己的答案。

江城紫如得胜利般无声欢笑。

曾宝萼声音更加低沉:“江城紫,你确定要与我合作了吗?”

江城紫轻哼:“你果然是聪明人,闻弦歌而知雅意。高岭的做法人神共愤,我相信你作为一名有良知的科学家也不会苟同他的做法。在我而言,我要洗清我的罪名,还想让整个调查得到一个合情合理的结果。我们可以在某种程度上合作,各取所需。”

“江城紫，你要小心高岭。他不是那么好对付的。郭主任虽然是整个计划的创始人，但高岭对于这个计划的热衷无人能比，为了维护计划的实施，他可以毫不犹豫地干掉任何拦路者。我虽然也不喜欢他的做法，但我不能不佩服他的决心和毅力，这个计划由他在主持，必会成功！”

江城紫叹气：“曾宝萼，那你这到底是在打算与我合作呢？还是打算跟他一起向我宣战呢？”

曾宝萼低笑：“说吧，你想怎么个合作法？”

江城紫轻轻扬起头，望向海天交界处无边无际的黑暗中，坚定地说：“我想先和郭中昌当面谈谈！”

黑暗也不是永恒的，在光明柔和坚定地前进中狼狈退让。黎明前一场小雨一扫空气中的沉闷，空气清爽得令人胃口大开。

江城紫坐在离中心直线距离不到一公里的小店里，慢条斯理吃着刚出锅的馄饨。

当斯文的中年人迈进店里时，江城紫正在稀里哗啦喝着飘着紫菜蛋花的汤汁，喝得光洁的额头上冒出了细细的汗珠。见中年人目光直射过来，她擦了擦汗，挥了挥手：“嗨，郭主任早！”

戴门电子科学研究中心的法人代表、首席研发专家郭中昌本是剑拔弩张地准备参加一场鸿门宴，没想到江城紫给他来了个没有最俗只有更俗的下里巴人式的招呼，一时反而愣在那里，不知所措了。

江城紫笑容可掬：“郭主任，吃早餐了没？”

郭中昌还没反应过来，傻傻地回了一句：“没有。”

江城紫对着厨房一声吆喝：“再来碗馄饨，多放点馄饨啊！”

后面一声应，立刻有一个戴着棒球帽的小伙子捧出一碗热乎乎的馄饨放在江城紫对面。

郭中昌坐在桌前，摘下了眼镜，平时隐藏在金丝眼镜下的双眸中厉色一闪而过，沉淀下来的是疲倦与深沉：“江小姐，给我一个不报警抓你的理由。”

真是一把好听的男低音，可惜陈述的是一句说者无奈听者好笑的废话。

江城紫皮笑肉不笑地望着他:“你确定想要吗?你想要我就给你一个,不过你真的确定你需要这个理由吗?你能坐在这里,就说明这个理由对你已经不重要了,曾宝葶不会没告诉你我要见你的原因,那么这个理由已经不成理由,所以你何必问出一句废话呢?”

郭中昌对江城紫唐僧式的连篇废话无动于衷,只是定定地凝视江城紫。

江城紫收起脸上的假笑,很认真地说:“我们的第一次见面,在疗养院那次,你应该知道那个场景是伪造的吧。”

郭中昌点头:“宝葶已经告诉我了,最初我不知道你的来历,也没有关心过你的来历,之后她和高岭篡改别人记忆,也是为了保密,模糊你的记忆,不想造成严重的后果。虽然因为你的心志坚定,你们两人最终还是恢复成原来与我们敌对的身份,但相对于灭口这个做法,我更赞成篡改记忆。我们是科学家,不是凶手。曾宝葶第二次把你弄进疗养院是她的错,她有时候做事不考虑后果,精明则矣,孩子气也未免太重。不过你们也有不对的地方,疗养院想困住你们也不是易事,何必要放火搞破坏?如果没有这把火,又怎么会最终导致死伤那么多人?大竹岛那么优美天然的风景也被破坏了。”

江城紫愕然,这才是唐僧,絮絮叨叨讲了一通,就像是在批评学生没准时交上作业的老教师。在郭中昌的思维中,高岭的做法似乎无甚紧要,曾宝葶的欺人太甚只是孩子气,擅自篡改别人的记忆只是为了他们好,这一把火的最严重结果是破坏了大竹岛的优美风景。

她气得柳眉倒竖,大口喘着粗气,努力控制住自己破口大骂的欲望。

郭中昌责难地看着她:“江小姐,你能不能告诉我,你想与我面谈,到底要谈什么?我的工作很紧张,时间有限。”

江城紫猛地一拍桌子,馄饨汤洒出不少,有几点溅在郭中昌的西服上,郭中昌抽了纸巾要轻轻擦试,被江城紫一把拽去纸巾,团成一团扔进了碗中。

“你知不知道你在拿 10 万人做一个极端危险的实验?”

郭中昌像在容忍一个无理取闹的孩子般叹了口气:“这个实验没

有什么危险性，只会刺激被实验者的大脑，令大脑发育更好，进化更完善，更加充分利用大脑的潜能。”

江城紫懒得跟他争辩这些自己完全不了解的技术细节，冷笑：“那么他们的隐私权呢？你有什么权利不经当事人的允许就窥测他们的思维？你在大规模实验前可有临床实验能证明这种吸入式的芯片不会对他们的大脑造成永久性局部的伤害？被实验者的记忆衰退和情绪缺少难道不是一种伤害？”

郭中昌神色有些激动：“任何先进的技术都会伴随着一定的伤害，甚至是由伤害中才能产生的，人类不可能不付出任何代价就获得美好的硕果。你还用得着我给你列举那些改变人类发展进程的重大科技是人类付出了多大的代价才得到的吗？你可知道万物生来都在不断进化，而人类数万年来的进化几乎停滞不前，在可预见的未来，人类也不可能靠自然进化成更优越的物种，我们如果不加以人工进化，人类必将走向衰落甚至灭亡！

“你可以想象，如果现在太阳爆发出一场超前惊人的电磁风暴横扫地球，完全依赖高科技电气化的整个人类文明会倒退多少年；你再可以想象一下，人类科技进步的速度远不如人类发展自身数量的速度，如果到了科技也无法喂饱整个人类的时候，人类要如何继续生存下去？你甚至可以想象一个终极场景，人类一切活动都由机器代劳，人类好吃懒做，衣来伸手饭来张口，不需要动脑，不需要创造，醉生梦死，如行尸走肉，你觉得这样的人类还有继续存在的价值吗？”

江城紫吃惊地发现慷慨陈词的郭中昌一扫先前的疲惫与无奈，脸上焕发出惊人的光彩，如果说先前的郭中昌看起来只是一名儒雅的科学家，现在则像是在作战前总动员的大将，铿锵激昂，大义凛然。

郭中昌换了口气又继续说：“你能想象出这样一个太平盛世吗——没有谎言、欺骗、尔虞我诈、钩心斗角、暴力、凶杀、政治、战争，因为每个人都能知道别人在想什么，每个人都被动地光明正大，长久下去，任何虚假都不可能存在，人类从本性上会变得善良起来。具有这样强大力量的人脑联合起来，运算功能与速度是任何电脑都无法媲美的，超强的反应与基于人性化的思维能力也是任何电脑无法做到的，人脑潜意识的开发甚至可能增强人类体质，开拓人类思维。届时，从个体来讲，人类个个都是超人，从集体来讲，几十亿大脑的智慧联合起来会是世间最无敌的力量。一个人人资源共享的社会，无浪费，无重复，会是最先进的人类生存模式……”

江城紫龇牙，插了一句：“例如蜂巢和蚁穴？”

被骤然打断话，郭中昌并无不悦，反而点头，欣然道：“你也可以说那样的人类社会就是一个先进了亿万倍的大蜂巢和蚁穴，只不过里面的蜂和蚁都拥有超人的力量！”

江城紫叹了一口气，用不甚恭敬的调腔调侃：“大叔，您可真能侃，简直差点把我都忽悠过去了。多么美好的乌托邦啊，多么海市蜃楼虚无缥缈的未来啊。我只问您一个问题，这个美好的未来，是整个人类选的，还是您自己选的？”

郭中昌没明白过来她的意思，睁大眼睛望着她。

“简单说，你有没有给这些人知情权，让他们自由选择是否需要这种美好的未来？”江城紫突然脸一变，附在郭中昌耳边大吼。

郭中昌吓得向后一倒，被后面的桌子顶住，总算没有摔到地上。

江城紫愤然：“汝之蜜糖彼之砒霜，你怎知你想象中的美好未来就是别人也喜欢的？你有什么权利将自己的观念强加在不知情者的身上，由你来选择什么是最好的？你怎知这十万槐安市民就很乐意像小白鼠一样当你的实验品？你又怎么知道别人的思想会最终改变人性？”

她猛地站了起来，居高临下瞪着郭中昌：“你什么都不知道！你就是在想当然地自以为是！你这是在逼人精神裸奔！”

她越说越怒，揪住郭中昌的衣襟愤怒吼道：“谁说这实验不危险？南柯号的事故难道是飞来横祸？还有那些被你们绑架去做人体实验的罪犯，他们是罪犯，但也是人，你没有权利判断谁对谁错，草菅人命！还有我弟弟，还有疗养院里被烧死的病人，他们都是你们这狗屁实验的牺牲品，天知道这几年里你们的实验还祸害了多少人！最重要的是10 万人的思维赤裸裸暴露在你们面前，被你们操纵、威胁，失去尊严！你凭什么认为你是上帝，可以决定整个人类的未来？”

江城紫口沫横飞，郭中昌苦笑连连。他此时用力挣脱了江城紫，整了整衣襟，正色道："高岭犯下的错误，我都承认。他也是为了整个实验，我愿意承担这一切后果！"

江城紫神色冷峻："冷血谋杀我弟弟江城蓝，非法绑架多人，绑架余彦辉队长的女儿，篡改多人记忆，烧死 11 人，导致南柯号事故，连带舰上 17 条生命以及禁区内死亡的 352 人以及由此产生的众多的精神病患者。这责任，你担得起来吗？就凭你？"

郭中昌被江城紫的咄咄逼人镇住，也被这血淋淋的事实镇住，他脸色惨淡，低着头不知在想什么，许久，他才抬起头，惨笑："我知道，你现在很希望我能大公无私地将高岭犯罪的证据交出来，将整个中心的不法行为都揭露出来。但站在法律的天平前来讲，我和高岭，谁也不比谁高尚，我们一样都是凶手，唯一的差别只在于一个是主观杀人一个是客观杀人，所以我有什么资格去指责高岭去检举高岭？"

他站了起来，虽然表情疲倦无奈，腰却挺得笔直，从他的眸光中，江城紫竟然看到大义凛然，看到了坚守信念。

"对不起，我还有重要的实验要做，我希望在这个我人生中最重要的实验做完后，能和高岭一起去自首。"他沉声道。

江城紫怒视："你还没忘记你的实验！"

郭中昌低叹，老态毕露："如果现在放手，一切就前功尽弃，这 10 万市民才真是白白牺牲了。不管怎么说，高岭的罪证我会尽量搜集，一切都等……"

"……实验结束吧。"中心保安室里，高岭静静地听着窃听器里传来的声音，郭中昌果然动摇了。

他默然地注视着窗外的天空，脸色无喜无悲，但熟悉他的保安主管章华却看到他的嘴角抿了起来，高主任果然是动怒了啊。

章华正感叹着，见高岭疲倦地摆了摆手，立刻警醒，拨了一个电话，发出简单的指令："动手！"

高岭缓缓站了起来，走到一角的办公桌上，拨通一个内线电话："建会，实验进行得怎么样了？"

对于郭中昌的坚持，江城紫也有些无可奈何。不怕软，不怕硬，就怕这种坚守信念者的固执,显然郭中昌在这个重要的实验完成之前是不会再与自己合作了。她微低着头,盘算还有什么可以说的,尽管可能白费力气了,但没有中心的内援,想取得高岭的罪证可没那么容易。

“噗”的一声轻响。

江城紫还不知是怎么回事,身子已条件反射地后仰,然后只觉身前光线突然变暗,“轰”一声,又是“咣”一声,一个人扑倒过来,再度安静下来。她不敢起身,直接从条凳上向后滑出,平躺在地上,方才看到郭中昌扑倒在桌上,把馄饨碗撞到地上。

血从不宽的桌上一滴滴落下,滴在江城紫的小腿上,温热的感觉灼得她猛地颤了一下。她没抬头,伸手揪住郭中昌的双肩用力向自己这里拉。

“啪”,这次的声音由于没有遮挡变得清脆许多,擦着郭中昌的身体飞到了墙上。

“外面有狙击手!”江城紫突然大喊了一句,猛用力,把沉重的身体拉了下来。

郭中昌的灰色西服背面洇满了血,前面却没有穿透。江城紫奇怪地拉开他的西服,发现他里面穿了一件防弹背心,尽管没有阻挡住大口径的狙击步枪子弹的射入,却挡住了子弹的透出,间接救了江城紫一命。

她顿时了然,郭中昌恐怕早就知道高岭的不择手段,也猜到这次单刀赴会瞒不过高岭的耳目,可惜他就算早有准备,也没料到高岭会这么狠。

江城紫心凉了半截,没想到竟因此害了郭中昌的性命。但此时也由不得她悲伤和愤怒了,外面传来纷沓的脚步声,再不走就来不及了。

她顺手在郭中昌衣兜里摸索了几下,把东西全部掏了出来,牢牢抓在手中,迅速起身,猫腰向后面的厨房跑去。

穿越油腻的厨房时,她对被堵着嘴绑在床上的胖女人低声说了句:“抱歉!”然后一路狂奔,打开后门,后面小巷里一辆半新的轿车已经启动,刚才充当厨师送上馄饨的少年正坐在驾驶座上,焦急地喊道:“快!快!”

江城紫拉开车门猛地扑了进去，少年一低头，一颗子弹穿过他这边敞开的车窗擦着车厢顶从副驾驶那侧的车窗飞了出去，他急踩油门冲了出去，后面的车门也没有关，在车子的曲曲折折路线中左扑右闪，伴随着排气管里冒出的黑烟，扑朔迷离，有种黑色的滑稽感。

四个一脸杀气的男人站在后门口，望烟兴叹，只能听到前方江城紫留下了一句剽悍之极的狠话："吴欢你这小浑蛋会不会开车……哎呀……"

第十八章

深入虎穴

黎明时分，天空似亮未亮，一辆厢式货车驶到戴门电子科学研究中心的门口，经过三重检查，终于开到了生活区厨房后门口。

年轻的司机跳下车，打开车后门，露出里面一箱箱新鲜的果菜鱼肉，然后迅速跑了两步，在车厢旁拦住了要过来接收的厨房工作人员，顺口闲扯。

此时车厢内，一个人从菜箱中爬了出来，附在车门口小心观察了一下外面，迅速如蛇般滑了出来，借着车体的掩蔽快步向车头方向走去。

"早啊！"两个正准备过来搬蔬菜的工作人员愣了一下，看到擦身而过的长发女孩，不饰脂粉的素颜，一身运动短装，青春靓丽，充满了朝气，正快步跑开。

江城紫笃定生活区的工作人员不可能认识中心所有的400多名职员，所以大大方方地登上了中心这个舞台。

按记忆中地图的方位，江城紫找到了生活区2号楼二楼的女卫生间，半小时后再出来，又从运动少女摇身一变成为职场熟女，眼线、唇膏、腮红一样不少，妆浓淡得恰到好处，保守的盘发，黑框眼镜，合体的深蓝色职业套装，半高跟鞋，外罩白大褂，手提大公文包，此时恐怕就算江城蓝在这里，也不一定能在几分钟内认出她是谁。

此行之前，江城紫已得到了关于戴门电子科学研究中心的所有相关资料。

中心共分两大区域：生活区、工作区。工作区又分为相控阵天线区、操作区、实验区。

其中操作区又包括中转区和分析区。遍布全城的脑电波采集器将所有人的脑电波转为短波发射回中心，由相控阵天线区接收，转入位于中心中段的中转区，短波在这里中转并被电脑过滤掉噪音及各种与脑电波无关的垃圾短波信息，然后转到分析区。

分析区是整个中心的中枢大脑，中心制定了大量关键词，根据与此相对应的脑电波频率，由电脑智能判断筛选过滤噪音后的所有脑电波，对再次筛选后的脑电波进行翻译及汇总，然后根据重要程度进行分类，对于涉及重要关键词或是反复涉及多个关键词的脑电波提出警告，由工作人员根据分类及警告进行监控。这种监控又分为个体监控及区域监控两种。

中心共有工作人员429人，其中后勤保障人员107人，包括保安50人。为防止泄密及干扰实验，所有工作人员脑中都没有吸入式芯片。

根据中心各区域的重要性，职员所拥有的通行安全等级也划分为五种：最基础的职员即普通的后勤工作人员无级，不需要通行证，因为他们只可以在生活区内活动；D级是各种技术及行政助理和技术维护工，C级是监控人员，B级是电磁及脑神经各类科研人员，A级是研究专家共20人左右。拥有最高权限可无限制通行的A⁺级就只有四个正副主任。保安平时只拥有C级权限，但在紧急事件中可由拥有A⁺级权限的正副主任中任意一名授予他们A级权限。

其中各区域的进入权限：天线区只要拥有通行证就可进入，操作区需C级以上、实验区需B级以上方可通行。但分析区与实验区各有几个独立部门是需要A级甚至A⁺级权限才能进入的。

江城紫拥有从郭中昌身上摸到的A⁺级通行证，轻而易举就从生活区进入工作区。

位于操作区里的保安室可以监控中心内所有需要刷通行证才能进入的电子门，而且通行证上 IC 卡信息还会在刷卡的同时显示在屏幕上。这是郭中昌死后第三天，中心不可能不知道他的死讯。虽然进出电子门的人非常多，保安不可能逐个看屏幕上显示出的刷卡者信息，但如果哪个负责的保安往监控屏幕上瞅一眼，发现江城紫这个年轻的职员居然拥有 A^+ 级通行权限就会立刻拉响警报，所以江城紫必须速战速决。

在进入实验区后，江城紫经电梯直达高岭的副主任室。四位正副主任的办公室都必须刷卡进入，而且只能刷自己的卡或者从内部打开。在走廊拐角处有一盆龟背竹，江城紫用力掀起花盆一边，伸手进去摸索，摸出一张通行证。高岭的办公室独占了这一层楼，而且为了保密，本层没有监控摄像头，所以江城紫顺利地刷卡进入了高岭的办公室。

高岭的电脑同样需要刷这张通行证才能开机，江城紫熟练地开机，在电脑里寻找一组 24 位的数字加大小写英文字母的文档……

此时高岭正站在工作区的入口，他刚无甚胃口地吃了点早餐，站在电子门前习惯性地往白大褂里一摸，却摸了个空，顿时惊出一身冷汗。他立刻转回刚用过餐的小食堂，又一路走回自己的单人宿舍，一无所获。他记得最后一次使用自己的通行证是午夜一点多时自己离开工作区回生活区的宿舍，在回去的路上还碰到了失眠的曾宝萼，两人谈了一会工作上的事，曾宝萼又因为郭中昌的死而伤感，自己安慰了几句后离开，通行证可能在此后五六个小时中遗失在任何一个地方。而这张通行证可以说在整个中心中，除了另三位主任的办公室外所有地方都可以通行，如果……

高岭立刻给保安室打电话查询这张卡最近在哪里使用过，保安室几秒后就给出了答案："九分钟前，您的卡在您的办公室电子门上使用过。"

高岭毫不犹豫地说："拉响警报，有人入侵中心！"

刺耳的警报顿时在中心回荡起来，所有的电子门一律封闭，唯有保安主管章华手中的应急卡才能开启电子门，在章华的带领下，十多名保安直奔高岭的办公室而去。

警报拉响时，江城紫被惊得颤抖了一下，她刚找到了那组关键的密码，输入自己的手机中，她一再提醒自己不要慌，十指如飞，在手机键盘上一字不差地输进了24位密码，然后输入一个手机号发送过去。

待手机提示短信已经发送成功时，她松了一口气，手机立刻收到一条彩信，是刚才收信人发来的。她以为是关于逃走路线的指示，但一打开，手机屏幕上出现的却是一段视频，一个似曾相识的钟摆以似曾相识的频率在摆动着。

左、右、左、右……整个世界都振荡起来了……

那种熟悉的感觉又来了，江城紫喃喃："哦……不……"

天地旋转，她软软地趴倒在电脑桌上……

似乎在拼命挤进一个狭小的洞里，挤啊挤啊挤……

江城紫睁开眼，发现自己不是在挤洞，只是因为坐姿不正，身子被绳索绑得发紧而已。

面前端端正正坐着一个中年男人，约莫四十来岁，肤如白玉，双目炯炯有神，身材保持得非常好，想必年轻时是个万人迷的美男，即使现在也是无形中流露着成熟男人的魅力，会是许多大叔控理想的白马王爷。

此时这男人正在盯着江城紫看，似乎想从她初醒时的表情中打量出些许端倪来。

江城紫瞪大了眼睛，与男人大眼瞪小眼互瞪了一阵，突然叫了起来："这是什么地方？你为什么绑着我？"

她歪了歪头，双眉轻颦，突然不太确定地说："我好像遇到车祸了……车翻了……头上流下了血……眼睛看什么都发红……"

她喃喃自语着，似乎在回忆过去，边回忆边自言自语，沉浸在自己的世界中，完全无视面前的男人了。

男人唇角微扬，走过来，很温柔地解开了江城紫身上的绳索。

江城紫纳闷地看着他的举动："你是谁？为什么要绑着我？"

男人把绳索随手扔到一边，脸上的表情高深莫测："江小姐，你还记得你昏迷前发生的事情吗？”

江城紫活动着手脚，努力回忆：“当时我正在追捕一个飞车党……刚下过雪路滑……在一个拐弯处有两个小孩子在奔跑打闹……我刹车不及……只能右打方向盘冲到了沟里……天旋地转……头上流下的血糊住了视线……挡风玻璃前的招财猫玩偶左右摇晃着……再然后……我就在这里了……”

她突然抬头，警惕地望着男人说：“你还没有告诉我你是谁？”她抬手摸摸头，在印象中伤口的位置摸到了一个疤，顿时奇怪起来，“我的伤好了？这是怎么回事？”

男人更觉有趣了，把椅子拉到她身边，坐下，直视她的眼睛：“我是高岭，戴门电子科学研究中心的副主任，你还记得我吗？”

江城紫迷惑地摇了摇头。

高岭又提示道：“你还记得槐安市吗？南柯号？江城蓝？你父母？你还记得梁植吗？”

江城紫奇怪地瞥了他一眼：“你到底是什么意思？为什么一个研究中心的副主任要问我这么多奇怪的问题？南柯号是什么东西？江城蓝是我弟弟，在童年就夭折了。我父母？啊，我要见他们，我出了车祸他们肯定要担心死了！”

江城紫的目光极为清澈，脸上焦急的表情也不似作伪，他想出手按住她的肩膀，但被江城紫敏捷地避开。

江城紫猛地站了起来，刚苏醒时的迷糊不见了，身为警察的警惕性占据了上风，她摆出既可应战又可逃跑的姿势，郑重地对高岭说：“给我个解释！”

高岭双手微举，做出和平的姿态：“江小姐，你遭遇车祸，头部受到重创，目前正在我们中心接受治疗，请少安毋躁！”

江城紫狐疑：“你们是电子科学研究中心，我头部重创与你们何干？你们拿什么治疗我？”

高岭微笑：“你陷入昏迷长达四个月，变成俗称的‘植物人’，全靠我们中心的仪器刺激，这才逐渐恢复，终于苏醒。这其中的科学和医学原理我就不详细解释了，简单说就是靠电极发出的微电流刺激你的大脑,最终催醒了你。”

江城紫半信半疑。

高岭不待她再说,立刻挥手引起她的注意:“江小姐,鉴于你头部创伤严重,我们需要对你进行多项检查,在此期间请尽量保持情绪平和,勿与外界联系,可以吗?我们怕你见到亲人会情绪激动,对你的病情不利。”

“我要被隔离多久?”江城紫的问题一针见血。

高岭微笑:“几天吧。”

第一项测试居然是测谎?

江城紫虽然没有试过,却见过测谎仪。惊讶之下起疑:“为什么要对我测谎?”

高岭不慌不忙地指示工作人员给江城紫联上设备,解释道:“你的头部受到重创,很有可能某些关于记忆、情绪及运动区的脑结构受到损伤,我们要每项功能都予以测试,与你原来的反应进行对比。测谎只是第一步,后面还有更多测试。”

拿到测谎结果,高岭微惊:“她说的居然都是真的?”

工作人员婉转地说:“是她认为她说的都是真的。”

整个中心都是研究大脑与电磁关联的,高岭虽然不是脑部专家,好歹也学过不少相关知识,立刻明白工作人员的意思。人有许多办法可以骗过测谎仪。不过高岭不认为江城紫这么一个普通的警察会学过面对测谎仪面不改色心不跳的专业技术,但除了这种特工必学技巧外,还有好几种方法可以欺骗测谎仪,所以这个结果毫无意义。

站在单面镜前,高岭端详着另一面神态安详的江城紫,她正在接受心理测试,此时正在仔细观察手中的一张图片。她做得很认真,一点都没有抵触或是紧张不安等情绪。

章华站在他身边,悻悻然:“高主任,这女人狡猾得很,可别被她骗了,我才不信她会突然失忆,居然接受了曾主任编的那套鬼话。”

高岭轻笑:“章华,她有没有真正失忆我不知道。但如果她真的失去了关于槐安的一切记忆,那么她脑中只剩下车祸那段经历也不是不可能的。只不过她的确狡猾得很,不可轻信。”

章华又说:“高主任,根据电脑记录,你的通行证最后一次使用就是在你的办公室,在此之前最后一次使用是今天早上1点16分时工作区与生活区交界的C1号门。”

高岭点了点头,这张通行证遗失的时间就是在自己午夜离开工作区到清晨去工作区这五六个小时内。是自己不小心遗失的吗?还是有人窃取的呢?他以前从没有怀疑过中心内部的安全工作,毕竟没有人注意过中心,中心内每名员工的调入都是经过重重审查,再加上严密的安保措施以及严格的安全权限划分,内奸这个概念真是很陌生啊。不过……曾宝葶……

高岭本没有在中心工作人员身上安装窃听器的习惯,但最近江城紫与梁植的调查频频直捣黄龙令他察觉到内奸存在的可能,尤其内奸似乎能接触到许多高端机密,绝非拥有普通安全权限的职员,所以经他授权,中心门口的保安在所有离开中心的人身上都装有窃听器,没想到郭中昌竟与江城紫私下见面,还扯出了曾宝葶,所以在初听到他们谈话时高岭就派出了枪法精准的保安潜伏在郭江二人见面之处,等候他的命令。

郭中昌死了,但从他的话中不难听出曾宝葶的心是向着他的。高岭从不在乎曾宝葶这个女人喜欢还是不喜欢谁。但如果曾宝葶和郭中昌结党,那么郭中昌的死会令曾宝葶彻底倒向江城紫那面,充当一个叛徒吗?尤其她是自己通行证丢失期间见到的第一个人。

曾宝葶会是内奸吗?高岭沉沉地思考着。

章华其实还有话要说,见高岭一直在思考,也静静地站在一边,显示出一名优秀下属的素质。

高岭一抬头,见章华还在,瞥了他一眼,章华立刻说:“高主任,江城紫身上的手机我已调查过,在她昏迷前发出的那条短信接收方是那种预付费的一次性手机,没有实名登记,目前已关机,查不到任何有效信息。江城紫接收到的短信是一张动态图片,是一个不停摇晃的钟摆,找不到有用的线索。”

高岭嘴角一抿,冷笑:“摇晃的钟摆吗?呵呵,看来曾宝葶真的抓到了她的弱点,我说怎么让人在禁区摆上一个座钟,原来是情景还原催眠啊。江城紫果然没有失忆!”

章华也是聪明人:“高主任,如果江城紫是被催眠忘记了这段记忆,那么不能用反催眠将她唤醒吗?”

高岭摇头:“无论是不是曾宝萼所为,对方都精于催眠,且不说我们仓促间去哪寻找高明的催眠师,就算找到了,用来催眠江城紫进入失忆状态的暗号我们不知道,就无法唤醒她。那个暗号可能是一句话,可能是一个动作,也可能是一个场景,甚至可能是一个物体。我们不可能唤醒她。”

“那就杀了这个女人,一了百了,省得我们还要这么麻烦盯着她!”章华恶狠狠地说。

高岭大笑,轻拍章华的肩膀:“你还是太年轻了,轻易解决不了的事情就想快刀斩乱麻。你要知道,有些事情存在才是乐趣。江城紫闯进来明显是想寻找我的犯罪证据,就把她放在我的眼皮底下,看她到底能耍出什么花样,岂不是有趣的事?何况作为唯一真正不能被我们监控脑电波的人,她的存在也很有研究价值。让她活着,没准还能揭出她背后的内奸,一举两得嘛。”

章华想到了不知下落的梁植,心中隐生忧虑,但见高岭兴致勃勃的样子,话到嘴边又吞了回去,只听到高岭低声道:“天赐良机,新芯片的实验者有着落了……”

第十九章

中心暗战

江城紫颈间挂着 A⁺级权限的通行证,以整个中心无人能比的悠闲姿态招摇过市。尽管人来人往,但在中心要谨记的首要原则就是:管好自己的眼、耳、嘴,所以江城紫横行她的,职员们工作自己的。

对于数理化都学不好的人来说,那些一排排一屋屋的机器令人望之生厌,工作区的氛围死气沉沉,远不如生活区来得自然生动。

被高岭自然"放养"拥有最高安全权限的江城紫闲得无聊,跑到了生活区的厨房去。这里有好吃的,虽然不能白吃,这里也有八卦可听,虽然不能白听,所以江城紫就卷起衣袖帮厨娘择菜,嘴里嚼着奶黄包,耳边听着小八卦,这日子过得美滋滋的。

有人的地方就有流言,有女人的地方就有八卦。要探听一个地方最好最妙最隐私的八卦,不要去冠冕堂皇的办公室,而要去厕所、茶水间乃至食堂厨房这样的地方听。

于是,不自觉充当了间谍的江城紫听到了各式各样的八卦,去掉例如高岭副主任至今未婚可能是同性恋或者中心闹鬼这样不靠谱的八卦,江城紫知道了:1.保安主管章华是高岭副主任的铁杆亲信;2.曾宝葶副主任暗恋郭中昌主任,而孙建会副主任明恋曾宝葶副主任;3.

高岭副主任性格难以琢磨(一半人说他很好,另一半人说他很坏,双方各列举N条实证进行证明);4.中心工作人员凝聚力很强,极少有离职者,新职员的背景审核非常严格;5.中心做事很神秘,而且聘请了这么多保安,每个看起来都很厉害,据说都是退役的特种兵或是精英警察什么的,保护这么个科研部门,似乎大材小用了云云;6.中心正在搞一个新的极度机密的实验。

第二天下午3点多,江城紫在再次做完某种耗时两个多小时的不知名身体检查后,睡眼惺忪,打着呵欠离开了实验区的某个房间。

实验区的主楼对面有座四层高的小楼,楼顶的天台绿化成了空中花园,草坪中热带植物高低错落,在一架蔷薇下居然还有石凳石桌,真是休息纳凉的绝妙场所。

这时还是工作时间,所以江城紫没想到天台上居然还有人。她踏上坪间莲花形的小径,步步生莲,穿过中央的莲花喷水池,看到一个男人背对着自己,手臂支在石桌上撑着下颌似在神游太虚。

莲花状水池里一条锦鲤突然跃出水面,“啪”的一声,惊扰了男人的冥思。他回过头,看见不知是进还是退更好的江城紫,淡雅一笑:“江小姐也喜欢这里吗?过来一起喝茶吧。”

江城紫这才看到他面前的石桌上有紫砂茶具还有四盘点心。

见江城紫微挑眉的神色,高岭脸上的笑容更盛:“我一般会在这里喝下午茶,英国留学时留下的习惯,所以工作人员习惯给我准备了茶点。”

江城紫点了点头,大大方方走过去,在高岭身边坐下。拿起一个干净茶杯,给自己倒了一杯茶,品了一口,入口清涩,后有余香,所以装模作样地说:“味道不错。”

高岭笑而不语,将一碟茶点推给她,自己又细细啜了一口茶,神思恍惚起来。

江城紫刚做完检查正好又饿又渴,于是左茶水右茶点,吃喝得不亦乐乎,肚子填得小半饱,桌上茶点剩下不足一半。江城紫嘿嘿一笑,将杯中茶一饮而尽,起身躺到旁边的草坪上。

进口的坪草柔韧整齐,散发着浓浓的青草香。满架蔷薇已是韶华胜极，花团锦簇，滤着西斜的阳光，浮光掠影，花香四溢，颇有偷得浮生半日闲的感觉。

二人默契地没有说话，沉浸在自己的精神世界中。

江城紫闭着眼睛，感觉到笼在脸上的余光逐渐西撤，暖意退散，浸着香气的风多了丝丝凉薄，浓郁的花香沉淀下来，幽幽的冷香，更是沁人心脾。

“你在想什么？”高岭突兀地打破了沉寂，将一直握在手中的茶杯放回桌上，侧脸饶有兴趣地望着江城紫。

江城紫摇头：“什么也没想，如此良辰美景，想什么都不合适，最合适的是什么也不想，神游太虚，魂飘九天之外也。”

高岭失笑：“你这人，真是有趣。”

江城紫得意地笑，笑得天真烂漫。

高岭突然正色道：“不如，你辞了警察工作，来我这里工作吧，我还缺一个保安副主管，给你待遇从优，别的不敢说，薪水保证比你当警察的工资要高个三五倍。”

江城紫想了想，摇头：“不了，还是当警察抓坏人更有成就感。”

这回答似乎并没出高岭意料之外，他摊了摊手表示遗憾，再没说话。

江城紫突然好奇地问道：“这中心到底是研究什么的？为什么需要这么多保安？”

高岭仰头望天，嘴角噙笑，目光迷离，过了很久，才低下头问江城紫：“如果我们之间的交流不用开口说话，只要脑子里轻轻一动念，对方就知道你想说什么，就像刚才那样，我们默不做声，但脑中却在交流大量的信息，你觉得这样的事是好还是坏呢？”

江城紫眸光一亮：“你是说心灵感应吗？科幻小说里的那种？”

高岭微笑：“算是吧。”

江城紫坐了起来，兴致勃勃地说：“这未尝不是件好事，可以节省时间和精力，而且是种很新奇的体验，不过要有一堵墙，墙里面的思想是受自己控制的，不能让外人知道的，墙外面的思想是可以让对方感应的。人总要有一定的隐私需要保护，不可能脑子里想什么都让对方知道,这必须是有选择的,否则如果脑子里想的都是些乱七八糟的无关的东西,也让对方全盘接收就不厚道了。”

“一堵墙?”高岭细细回味江城紫的话,无声地笑了起来,笑容越来越强烈,“你是说像电脑联网一样,需要有选择地将需要上传的内容上传到网络中,需要保护的隐私还留在自己的电脑中吗?”

他想了想,又摇了摇头:“不太好实现啊。”

江城紫迷惑地看着高岭。

高岭兴致来了,也坐到草坪上、江城紫的身边,对她解释道:“过去的信息传输,是电脑联网,通过人的手工操作,有选择地传播信息,一切工作都利用电脑来完成;现在的信息传输,是人脑与电脑初步联网,可以利用人脑对电脑发出简单的指令,可以预见到不久的未来会达到人机合体,动一动念头,车会自己开,电器会自行运转,电脑不需人的手动操作,只凭一个脑电波就会处理一切事宜,人类的科技会跳跃式发展;但我认为,未来最先进的信息传输会是人的大脑联网,形成一个脑网时代。郭主任只把这个理念当成一种梦想,一种超前的技术,但我却认为这是人类继续生存并且进化的唯一也是最佳的选择。”

江城紫虽然不太理解他的话,但看高岭神采飞扬的样子,知道他现在需要的是诉说,自己做好一名听众即可,所以放松了身体,准备听高岭讲讲这个很科幻的技术。

“即使人脑已开发利用的那 10% 的部分联网,也远远优越于电脑联网。电脑在初始被创造出来的目的就是模拟人类的大脑,尽管在运算速度上可能超过人脑,但电脑是按照人类预先设定的程序来进行逻辑运算,没有创造性思维功能,一切活动都摆脱不了原始程序的控制,不能创新,不能另辟蹊径。

“在同样必须服从命令的情况下,例如说我们命令一台普通的家用电脑飞起来,在输入指令后,显然这台电脑是不可能飞起来的,它会拒绝执行这个指令。但如果你对一个普通人发出这样的命令,他会想尽一切办法飞起来,例如他可以乘大型风筝、气球或是滑翔机借风力飞起来,或者更省事,去乘坐飞机。这个例子可能不太恰当,但你会立刻听懂我的意思,明白我举的这个例子是在证明一个什么问题。而如果这番话是对一台电脑说的,那么可能由于一些语句的错误或者小小的逻辑问题,电脑就会听不懂我的意思。具有发散性的思维能力,这是最简单的人脑与电脑的区别。

“再举第二个例子,你对一个由电脑控制的机器人发出让它自毁的命令,它会毫不犹豫地执行,但如果你命令一个正常人自杀,他会认为你疯了,不但会拒绝,甚至有可能会辱骂你或是用更严重的暴力袭击你,具有人性化或者说是情感,这是人脑与电脑的另一个区别。

“而且还有一点我要指出,在这里说的大脑,仅是指我们已经开发利用的这不到10%的大脑,我们最深层的目的,是开发人类处于休眠状态的那99%的神经元,也就是俗称的‘潜意识’。潜意识聚集了人类数百万年来积累的大量信息,即使是爱因斯坦这样的天才人物,也不过只使用了他的潜意识的2%还不到,你可以想象到如果人类能开发利用自身的潜意识会是多么惊人的飞跃。潜意识的力量是表层意识的数万倍,将这样惊人的力量进行联网,那样先进的技术会是现在的一千倍,不,一万倍甚至更多!”

高岭因激动而面色红润,声音也高亢了几分:“你可以想象这样的一个时代:人类的科技会突飞猛进,当你睡眠时,或是手头没有任何工作时,闲置的潜意识可以联入脑网中,与其他无数同样联网的人共同充当超级计算器进行高层次运算。可为生物医药研究、模拟工程系统、气象分析预报、空间技术、地质勘测、金融、信息等几乎所有专业服务。会比目前所有的超级电脑加起来功能更先进,运算速度更快,涉及专业更广,复杂度更强。由于具有人性这一电脑永远也无法替代的特征,脑网所拥有的力量更强大更灵活。届时人类会更加社会化、集体化,集群的力量更惊人,文明更发达。唯有这样的社会才能高度进化高度发展,才会保证人类种族更好地生存与继续下去,否则人类迟早会毁于思维停滞与发展惰性上。

“届时,儿童不必再辛苦上学。借由思维共享,他们可以轻而易举得到前辈苦读牢记几十年方能得到的知识和经验,学校可以取消,教师职业消失,而且由之产生的各类社会弊病例如上学难、学习负担大、高考挤独木桥、学术腐败等都会烟消云散。

“届时，成年人不用上班了，一切工作经由脑网进行最合理的安排输入他们的思维中，借由无处不在的机器充当他们的眼、耳、手、脚，可以坐在家中凭思维遥控指挥一切工作。真正的节省成本，没有了复杂的人际关系，一些社会弊病例如交通堵塞、腐败、公款消费、分配不公、贫富差距过大等都会消失。

“真正意义上的犯罪将不复存在。谋杀、抢劫、盗窃、纵火、强奸、贪污、受贿、渎职等等犯罪行为会在当事者动念时就被发觉，长此下去，没有人再敢以身试法，法院、检察院、公安局、监狱这些部门都可以取消了。

“战争将会成为历史名词了。再先进的武器和战术也经不住思维的泄密，仗打不起来，谈判的底牌也都在双方掌握之中，分歧只会在越来越多的融合中消失，最终达到统一。

“动乱、对抗、分裂、恐怖主义都失去了意义，一个人的痛苦，一个种族的痛苦，都会被无数人感同身受，这种思维的高度融合会产生‘老吾老以及人之老，幼吾幼以及人之幼’的理想境界，否则没有人能够长期忍受这种被迫接受的苦难的悲痛。

“谎、虚、假、空销声匿迹，切实有效的思想沟通令人与人之间不会再存在任何误解，邪恶与黑暗就像阳光下的雪，逐渐消融绝迹。只有真实才能存在。

“唯有这样的全民思想交流融合，人类才会更加理解他人，更加明白种族延续的关键性，更加爱护地球这个唯一的家园，在科技更发达的未来，人类的精神文明也会高度发达，唯有如此，地球才不会灭亡，人类才不会灭亡！”

江城紫迟钝地转着眼珠，要想一下子理解高岭这一大通高瞻远瞩的远景构思，对于一个目前生活在现有世界的普通人来说有些困难。她竖起右手食指，迟疑地问：“如果大家的大脑都联到一起，资源共享，思想共同，那么还存在个体吗？假如我联进了脑网，满脑子里都是别人的思想，那么我的思想还有存在的必要吗？如果我失去了我自己的思想，那我还是我吗？如果我不是我了，独立的个性失去了，思维集体共同化，那么人还是人吗？跟蚂蚁蜜蜂有什么区别吗？”

她竖起右手中指又问:“如果完全依赖脑网,那么作为个体就是完全无能了?假如哪一天与脑网断开连接,那么那些外来的思维还会不会保留下来?要是没有脑网支撑,会不会人连怎么吃饭穿衣都不会了?如果高度发达的脑网拥有了自己的意识,反过来控制人类怎么办?”

她竖起右手无名指再问:“互联网有病毒,那么脑网会不会也有病毒呢?例如一些有害的不健康的思想会随着大量信息输入好人的脑中,而且会大范围蔓延,这要怎么办呢?还有人脑会产生许多负面的情绪,例如愤怒、悲伤、恐惧,这些也会伴随着思维一起被别人接收到,接收者是否有义务要消化这些负面的情绪呢?”

她正准备竖起右手小指,被大惊失色的高岭急忙按下她的手指:“江小姐,你是第一次听说这个理论吗?”

江城紫迷惑地思虑了一下,缓缓点了点头。

其实这本在高岭意料之中,毕竟现在江城紫处于失忆状态,理论上来讲现在的她的确是第一次听说脑网技术,但他仍然极为惊讶:“你第一次听说这种理念,就会转瞬总结出这么多脑网的缺陷?”

江城紫眼神呆滞了片刻,含羞道:“也许吧。我也不知道为什么在听完了你的话后,脑中突然就出现了这么些观念。这个人脑联网的高科技,我总觉得就算有一天能实现,也是有利有弊的技术,要经过慎重考虑……”

高岭点头:“我们会考虑的,真的,即使是科学狂人也不会不考虑最严重的后果,何况我们是真心为了人类的生存而在努力着。”

江城紫突然认真地凝望他:“高主任,你认为人类真的需要大一统吗?”

这个问题令高岭轻轻皱眉,不知如何回答。

江城紫自问自答:“地球存在了46亿年,自然支配万物,生灭循环,优胜劣汰,适者生适,任何当年在地球上占统治地位的生物莫不遵守这个规律,为什么到了人类这里,就偏要强行干涉自然的调整,强行逆天,破坏地球和谐的脉动?你为什么不能认为如果人类有一天要灭亡,那是自然的选择,是地球的意愿,是生死的规律,是新物种起源的前提?”

高岭站了起来,面无表情地离开。

江城紫神色激动,终在清凉如水的夜幕下恢复了平静。

初升的星子不知疾苦,俏皮地眨着眼,俯视人间喜怒哀乐。

第二天一整天,江城紫都没有见到高岭,她很想在礼貌上向高岭道一声歉,关于昨天的冒犯,但在内心深处却有一个微弱的声音在不断提示着她:“高岭错了!”

傍晚站在工作区与生活区的交界处,江城紫踌躇起来,到底要不要找高岭?他为人其实很不错,虽然在观念上二人格格不入,但没人说私下不能交为朋友。

一只手突然从黑暗中伸出,猛地把江城紫拉进了拐角的阴暗处。

“是我,曾宝葶。”优雅但有些兴奋的声音及时响起,江城紫惊魂未定,迷惘地看着这个陌生的女人:“你是谁?”

女人拉着江城紫的手,把她带进了附近最近的一间女洗手间,锁上大门,又踢开了所有小间的门,确定无人后才用力拍了一个江城紫的头,在她大怒之前把自己的手机伸到江城紫面前,屏幕上是一张照片,一只招财猫座钟,同时又说了一句:“梁植还没回来,醒醒吧!”

江城紫身子一震,如梦初醒,目光呆滞了几秒才恢复正常,立刻环顾四周,见处境安全,低声问:“拿到手了吗?”

曾宝葶点头:“我早就有郭主任的密码,孙建会的也没瞒我,再加上你从高岭电脑里窃取来的密码,凑齐了我们四人的,我进入了服务器里,高岭对你弟弟发出的自杀指令以及篡改余队长那些人记忆的指令,都在系统中留有记录,还有他登录的记录,有这些证据足够了。”

江城紫伸手:“给我吧。”

曾宝葶摇头。

江城紫大怒:“怎么,你要反悔了?我们先前说好你要把证据交给我的!”

曾宝葶叹气:“我登入服务器的时间非常短,只下载了这一份记录。在非服务器主机系统内记录是不可被拷贝的,所以独此一份。我现在交给你,你如果逃不出中心被抓到,我们先前的努力不是全白费了？等你安全离开中心，我们再接头，到时把证据给你不就行了？”

江城紫勉强同意了。

曾宝莩交给她一个手机和一个U盘，并从她头上镶钻的发卡上取下最大的一颗水钻。“窃听器我收回了，这个U盘里是你这两天在中心内与所有人交谈的谈话记录。你现在根本不记得你在被催眠期间的行为，所以有空就听听，熟悉一下。至于如何逃离中心，这是你先前自己安排好的，我就不插手了，祝你成功！”

曾宝莩先行离去。江城紫拨了一个号码：“吴欢，照原计划行动。明早5点见！”

天未亮，厢式货车在相同的时间开到了中心生活区的厨房后门，司机跳下车指挥工作人员卸菜，现场忙碌，有小小的混乱。

一个头戴白帽身着厨师服装的女人快步走来，正打算爬进车里搬水果箱时，突然眼前强光骤闪，多个强力的安防探照灯全方位集中投向这里，以女人为中心，亮如白昼，刺眼之极。

女人抬手遮住眼，知道自己暴露了，僵立原地未动。

灯光逐渐暗了下来，女人视力恢复了正常，放下手，冷冷看着包围了自己的保安。

高岭从包围群外缓缓走了进来，在甫一接触到女人的眼神时微笑起来：“江小姐，你果然已经恢复记忆了。”

江城紫微敛眼皮，将愤怒、痛恨、惋惜、鄙夷统统收回到微笑的假面之后，她不慌不忙地回答：“这位先生，我好像不认识你吧？”

高岭笑容未改：“江警官好大的雅兴，一清早就扮了厨娘，准备为中心的员工素手熬羹汤吗？我代表中心全体员工表示非常荣幸，为了表达我的谢意，还请江警官到会客室，让我们好好招待一番吧。”

从被改称为“江警官”，江城紫就感觉到了高岭笑容中的杀气。她嘿嘿笑着，目光踌躇，由于预先没料到高岭会出动这么多人来围堵她，悄悄隐藏在车中撤退的计划宣告破产了。保安手中都是警棍，杀伤力不会太强，她眼睛溜溜转着，急切中还没想好要不要直接杀出重围。保安们也听说过她的剽悍作风，虎视眈眈地盯着她，双方僵持起来。

手机发出接收短信的提示音，江城紫一激灵，难道曾宝莩要出手了？她急忙挤出笑容，高举左手，声音清楚地说：“各位，少安毋躁，我接个短信，一会儿就跟你们走。”同时右手以不会令人误解的缓慢速度伸进衣兜。

陌生号码发来的彩信！江城紫眉头一皱，打开彩信，顿时目光僵直，又是同样的钟摆振荡图。她气得想将手机摔到地上，但眼不由己，随着钟摆左右左右晃动起来。

在熟悉的昏迷感降临时，江城紫心中无声地呐喊：“曾宝萼这贱人，居然出卖我……”

第二十章

新的人生

振荡、振荡、不停地振荡，整个世界就像是巨大的钟摆在不停振荡着，左、右、左、右……

“咚”……

巨大的钟摆似被彗星撞击，碎成千万银片，如流星般四散，露出了强烈的光线……

江城紫刚睁开的眼睛，又被灿烂的阳光刺得眯缝起来，她本能地捂着疼痛的额头，轻轻呻吟。

“小姐，到了。”男声有礼貌地提醒。

江城紫坐在出租车里，捂着因为刹车而撞到车厢壁的额头，迷迷糊糊地问道：“到哪儿了？”

司机回答：“您不是打车要到市公安局吗？”

江城紫迷迷糊糊交了车费，又迷迷糊糊下了车，站在槐安市公安局大门口，迷迷糊糊地发起呆来。自己到这里要干什么？她似没睡醒，糊涂起来。

一个表情严肃的中年男人经过她身边，瞥了她一眼，脚步缓下来，又瞥了一眼，不太确定地问：“请问，你是江城紫江警官吗？”

江城紫这个倒是记得,忙不迭点头。男人伸出手,无甚表情地说:“欢迎你调到槐安公安局刑警支队工作,我是刑警二大队队长余彦辉,你已经被分配到我们大队工作了,来,我带你参观一下周围环境。”

在余彦辉的陪同下,江城紫迷迷糊糊地把槐安市公安局逛了一圈。在交谈中,江城紫半听半猜,她本来在邻近的西成市公安局工作,因为在一次办案中遭遇车祸受了重伤,住在槐安市的父母不放心,所以把唯一的女儿托关系调回了槐安市工作,就近守着安心,今天就是她第一天报到。

江城紫这么迷迷糊糊地转念一想,可不就是这么回事?刚才难道把头撞傻了?居然把今天的正事给忘了,颇为汗颜,立刻精神抖擞起来,打算改正刚给直属上司留下的不好印象。

转了一圈,进了大队办公室,一个年轻人见到余彦辉,喊了一嗓子:“余队,肖局找你,要你带新人去他办公室!”

二人又转向局长办公室。肖局长是市公安局分管刑侦支队的副局长,头发花白,仪态威严。江城紫见了颇有些战战兢兢,不知为何局长要召见自己这样的新人。

不过局长大人倒没江城紫想象中那么严厉,如春风般和煦,代表槐安市公安局亲切地慰问了江城紫的健康状况,又热烈欢迎她加入槐安市公安局的大集体,同时殷切期望她能在新岗位上作出更大的贡献。

江城紫唯唯诺诺,等到肖局长说到“你如果在工作和生活上有什么困难,尽管来找我,不要客气”,余队长对她使了个眼色,江城紫明白领导的讲话告一段落了,立刻起身,心下松了一口气,对肖局长表示感谢,然后起身向门口走去。

“对了,小余你留一下,我有事找你,几句话工夫。”肖局长叫住了余彦辉。余彦辉对江城紫低声说:“你在门口等我一下,我就出来。”

江城紫轻手轻脚带上门,肖局长脸色阴沉了许多,怔怔地凝视着虚无的一点,在余彦辉无聊地数着窗外梧桐树叶到第59片时,肖局长才低声说:“不要给她安排外勤,她是独女又受过伤,你多关照一下吧。”

余彦辉有些纳闷地看了肖局长一眼。肖局长欲言又止，点上一根烟，脸庞沉浸在吐出的烟雾中看不清表情："就这样，你出去吧。"

余彦辉腹诽，二大队本就人手短缺，还托关系调进来个女的，还不让安排外勤，这是调来当公主养的吗？

把江城紫领回二大队办公室，余彦辉指着角落上一张蒙有薄尘的空办公桌说："你就坐那吧，你刚来，还不熟悉工作，所以先做内勤工作。小齐，把局里各项规章制度都整理出一份，给新来的小江同志学习一下。"

于是江城紫擦干净桌子，整理好个人物品，桌头上放着一叠规章制度工作手册之类的文件，开始认真学习起来。

二大队七个人，六个都是男人，除了余彦辉都是35岁以下的年轻人，所以江城紫的到来颇受欢迎，再加上又没什么正经的工作，第一天上班甚是轻松，到下班时，江城紫甚至都感觉余彦辉看起来顺眼多了。

下班后婉拒了队员聚餐的邀请，江城紫迫不急待地想回家，坐公交车回去，从包里掏出钥匙开锁，手指微颤地推开门，在看到正在厨房里忙碌的隐约身影时，激动地大喊："妈，我回来了！"

江母手里握着饭铲偏过身问："城紫啊，第一天上班，怎么样啊？"

江城紫点头："还行，队长比较严肃，同事对我挺好的，都是年轻人，好相处。"

江父戴着眼镜从书房出来："城紫，今天第一天上班，怎么没跟同事聚聚，联络一下感情？"

江城紫一愣，又笑道："他们是有邀请我，只不过我就是想早点回家陪爸妈嘛。聚会也不过是吃饭K歌，很无聊，我懒得应酬。"

江父脸一板："你刚回来，人生地不熟的，应酬一下也好有个照应，增加同事之间的默契，以后工作上也更得心应手，而且这种场合大家比较放松，有前辈的提点，你做事不就事半功倍了吗，真是任性！"批评归批评，他的语气里还是掩饰不住发自内心的疼爱。

江母打着圆场："咱们城紫是那种人吗？别强求了，她都敢不听领导劝告飞车追贼，还会搞这些花里胡哨的表面文章？你可真是看得起她了。你们爷儿俩也别在那儿搞什么公关了，快洗手帮我摆碗筷吧。"

日子过得波澜不惊，白天做内务，晚上回家陪父母，生活平静幸福，江城紫甚至认为这样的日子如果能永远过下去，自己会是天下最幸福的人。

上班的第三天，一早经父母提醒，江城紫去了市立医院复查。四个月前的车祸导致头部受到重创，在疗养了四个月后，江城紫这才恢复正常的生活，所以必须要定期复查。

挂号，放射科门诊，医生要江城紫拍 CT。躺进仪器里，江城紫闭目养神，反正这种检查也不是一次两次了，很是放松。

操作室的麦克风是开着的，方便医生与江城紫通话。机器很快启动，江城紫在里面平静得快睡着了。

半睡半醒中，江城紫似乎听到了弹簧门开关的吱嘎声，她睁开眼，听到麦克风里传来一个女孩子的低语声，然后是一声突然不算刺耳但也很吸引人注意的惊叫声。操作仪器的医生怒斥了一声："别在这里大呼小叫，出去！"

细碎的脚步声，颇有些慌乱地离去，又是弹簧门的嘎吱声。

结果要第二天中午才能拿到。江城紫穿好衣服，走出 CT 室。

在 CT 室的门口站着一个穿白大褂的年轻女孩，见江城紫出来，眼睛一亮。女孩看了一眼江城紫，目光在她脸上急切地搜寻着什么，见江城紫神色正常，欲言又止，咬了咬唇，转身离开了。江城紫在专心对付衣服上的一个钮扣，所以没注意到女孩的古怪表情。

第二天中午江城紫准时到放射科拿 CT 结果，医生说她的恢复情况良好，不排除还有一些小的后遗症，例如幻听幻觉或是头晕恶心什么的，只要按医嘱服药，多做运动，这么年轻健康的体质会很快恢复到原有水平的。

一出放射科的门，江城紫迎面差点撞上一个怀里抱着病历夹的年轻女孩。女孩显然是实习医生，白大褂胸前别着名牌：谈晓溪。

江城紫随口道歉："不好意思。"

女孩瞅着江城紫，心不在焉地回答："没关系，你没撞到我。"

这声音蛮熟悉的。

江城紫瞟了一眼实习医生，想了想："啊，你是不是昨天在 CT 室里尖叫的人啊？后来……”她识趣地没说下去，当着人家面说人家被高级的医师赶出CT室多让人难为情啊。

谈晓溪“嗯”了一声，又用热切的目光注视着江城紫，似在寻找什么。

听到好消息的江城紫本来很开心，现在终于注意到了谈晓溪的异状，于是问道：“你昨天为什么惊叫？”联想到谈晓溪现在的表情，她心一沉，“难道你当时是看到了我的CT片子而惊讶？我的伤没好？”

谈晓溪环顾四周，小声说：“跟我来。”把江城紫引到了楼梯拐角处僻静的地方，然后说，“能把你的CT片子给我看看吗？”

江城紫抽出塑料袋里的CT片子递给她。

谈晓溪将片子对光竖立，在看到第一眼时就眼神一变，上下左右一圈看下来，脸色发白，把CT片子还给了江城紫。

江城紫催问：“到底有什么问题？”

谈晓溪摇头，神色很窘迫：“没什么问题，对不起，是我看错了。你的大脑看起来很健康。对不起，我还有事，再见。”说完匆匆下楼了。

江城紫凝视着她的背影，暗中警觉，这女孩在撒谎，她肯定看出什么来了。如果刚才她说出些毛病，江城紫反而认为很正常。可是昨天在CT室的尖叫看来明显是针对江城紫而发，又提出要看CT片子，现在看了反而说没问题，这才是真正的有问题了。

下午一点，下起了淅淅沥沥的小雨，一扫白天的炎热。市立医院的门口车水马龙，道路泥泞，再加上撑伞者摩肩接踵，极为混乱。

谈晓溪撑着伞，灵巧地挑着较干净的地方下脚，准备回宿舍休息，肩头突然被人轻轻一拍，回头一望，脸色顿变。

江城紫微笑：“我问过护士站，你是一点下班，所以就在这里等你了。有空跟我聊聊吗？”

谈晓溪慌张起来：“你要做什么？”

江城紫手腕一翻，手心上平躺着自己的警官证，在谈晓溪面前一晃，就收了起来，笑言：“放心，我只是想跟你谈谈我的病情，没别的意思。”

谈晓溪瞧了瞧四周：“不能在这里说。”

二人走到附近的小公园里，在凉亭里站定。

谈晓溪低着头，犹豫了很久方才开口："昨天我进 CT 室时，看到电脑屏幕上你的大脑皮层处有大量白影，说明那一带物质密度非常高，我不知道那是什么东西，所以非常惊讶。在被主治医师斥责后我偷偷问过科里一位资深的护士是否见过这种片子。她人很好，所以悄悄告诉我，她以前也在别的病人的片子中见过大量古怪的白影，正常人此处的片子应该是黑色或者说是深灰色的，她也曾偷偷问过相熟的主治医生，但主治医生很严厉地要求她不要多嘴，不许再提此事。所以这种古怪的片子她也一直很纳闷。"

江城紫惊讶："这么说我不是第一个片子古怪的人？难道你们医护人员都没有一个人勇于站出来询问这是什么病症吗？"

谈晓溪摇头："听老护士讲，以前放射科效益非常好，因为医生开单有提成，做 MRI（核磁共振）一次收费就有上千块，提成很是可观，但在两年前开始严格控制，做脑部 MRI 和 CT 都要科室长——我们的主任医师下单，别的部位做 MRI 和 CT 却毫无影响。我一直以为这是为了病人着想，尽量减少辐射，控制治疗费用，现在想来不是这么回事了。昨天我被斥责后，比我来得早的住院医生告诉我，现在不允许主治医生以下的医护人员顺便进 CT 和 MRI 操作室，我是新分配来的实习医生，不知道这个规定，所以被训了。"

谈晓溪吸了吸鼻子，似乎有点伤心。

江城紫不太了解这些医院里的内幕，再问："你知不知道，别家医院是否也有这样的情况？"

谈晓溪摇头："槐安这么小，全市只有我们医院才有核磁共振的机器，CT 倒是另还有两家医院可以做。"

电脑屏幕上一个模样，拍出的成品片又是另一个模样，自己的 CT 片被调包了？江城紫若有所思。

与谈晓溪分手后，江城紫向余彦辉请假说是等复查结果，然后径直去了市里排名第二的综合医院。在放射科，江城紫简要描述了自己的病情，直接要求拍 CT，被医生拒绝了，说医院规定，必须要有主治医师的诊断证明，确须拍 CT 才能拍片。江城紫只得取出自己的病历，以病人特有的那种唠叨劲儿抱怨:“市立医院技术太差了,我觉得他们在乱收费,还不给我好好看,所以我希望在这里重新拍片,确定没事。大夫,你就重新给我拍张片子看看吧。”

医生拿过病历仔细一看,铁面无私地回答:“对不起,我认为市立医院的诊断没有错误,他们的治疗步骤都很正确,就算是让我们来诊断也是这样的结果。你不需要浪费钱和时间再拍片了。”

江城紫胡搅蛮缠起来:“哎,我就是乐意,多花钱没什么,求个心安。大夫,拜托啦!”

有钱赚,有美女软言相求,可医生就是不松口,坚决不给江城紫开单拍片,口口声声这是医院规定,本着为病患负责的原则,坚决不能破例。

江城紫悻悻离去。站在这家医院门口,紧接着给另一家可以拍CT的医院打去电话,直接询问是否可以拍脑部CT片。对方同样答复,必须有医生诊断书和病历方能确定是否需要拍CT。

现在要说这事没鬼,打死她也不信,这其中的蹊跷,江城紫虽然不清楚,但开始怀疑这其中必有黑幕。她返回市立医院,经护士站要到了谈晓溪的手机号,再次把她约了出来。

江城紫舌灿如莲,口若悬河,上至国家和党的方针政策,下到黎民百姓的看病疾苦,从医疗黑幕讲到贪污受贿,把小姑娘唬得一愣一愣的,最终答应了江城紫的要求,卧底调查放射科医生隐瞒CT片结果的真相。

第一步,江城紫要求谈晓溪偷出自己真正的CT片,她需要知道自己的脑子里到底有什么问题,严重到需要调包结果。谈晓溪满口答应。这并不难做到,据说拍过的CT结果会在电脑里保留三天,有江城紫拍片的确切时间,谈晓溪值夜班时偷偷从操作室电脑里调出记录不成问题,于是二人相约,谈晓溪拿到CT图像后给江城紫打电话。

一整夜过去,一上午又过去,江城紫在办公室里坐立不安,拿着手机翻来覆去查看,再不就是对着电脑屏幕发呆,好在队里正在外办案,只有她自己留守,所以无人发现她的异常。

下午约两点,手机铃声突起,江城紫被吓得一个高跳了起来,手忙脚乱拿起电话,发现是一个陌生号码,急忙接通。

来电者是一个男人,背景很是嘈杂:“你好,请问贵姓?”

江城紫奇怪起来:“你给我打电话,你居然不知道我是谁?你又是谁?”

男人回答:“我是城中派出所的民警,现在在市立医院,请问你认识谈晓溪医生吗?你的这个手机号码是最后一个打给她手机的,所以我打回过来询问一下。”

江城紫一颤,突然暗生不妙的预感:“是的,我是她的病人。她出什么事了吗?”

对方没有回答,又问:“哦,请问你最后一次见到她是什么时候?”

江城紫不耐烦地说:“警官,我也是警察,在市局刑警二大队工作,我叫江城紫,你可以找余彦辉队长查证,请问谈医生到底出了什么事?”

对方变得客气了一些:“谈医生刚才在 2 号病房楼坠楼身亡,初步调查是自杀。我们也是例行公事进行调查,请理解。”

“不可能!”惊叫脱口而出,江城紫头脑深处似有一根重要的神经猛地抽动,痛得双眼也酸涩起来,“我昨天还跟她见过面,她当时好好的,怎么可能跳楼自杀?”

民警回答得很干脆:“谈医生跳楼时有多个目击证人亲眼目睹,她流着泪,自己走上楼顶,当时还有两名护士见她神色不对,跟着她上了楼顶,并再三劝阻,但没来得及救下她。”

江城紫眼一眨,泪水夺眶而出:“为什么?她有什么理由要自杀?”

民警犹豫了一下:“据她同事说,她这人自尊心很强,昨天被领导不客气地斥责,想必是年纪轻想不开,就……”

江城紫挂了电话,从椅子上滑到地上,紧搂着双肩,头涨得似下一刻就要炸开,许多嘈杂的声音如一千台收音机在同时播放,吵得她心慌意乱。

“你们……”“不会的……”“明天下午……”“去……”“啊……”“怎么……”无数腔调不同、性别不同、年龄不同、零碎的声音片段旋涡般旋转起来,将江城紫的神志拖进了无底的深渊。

“不!!!”江城紫脸庞扭曲地尖叫起来……

ZHENDANG KONGJIAN

第二十一章

思维同步

在无人的办公室里，办公桌下传出粗重的喘息声，如受伤的野兽般散发出浓重的压抑感。许久后，喘息声才逐渐缓和下来，最终变成细碎的啜泣声。

江城紫也不知道为什么会这么悲哀，内心深处似乎有什么压抑已久的悲伤，因为谈晓溪的死而迸发出来，瞬间失控崩溃。

“有人在吗？”清脆的童音，如清晨的小雨、春日的暖风，听着令人心中安宁。

江城紫擦干泪痕，随手抓了一张纸，从桌子下拱了出来，佯作钻到桌下捡东西的样子，望向站在门口的小女孩。

小女孩背着书包，八九岁的样子，白衣红裙，长得极为清秀可爱，此时见到江城紫竟后退了一步，声音颤抖地说：“江……”

江城紫不认识这女孩，柔声问道：“小朋友，你找谁？”

小女孩神色激动，但在江城紫的这一句话后立刻恢复了平静，摇头晃脑道：“我刚背会了《将进酒》，正打算背给我爸爸听呢。我爸爸是余彦辉，姐姐，你是谁？”

这是顶头上司的千金啊。江城紫深深吐了一口郁气，从受伤的野兽变成了纤纤淑女:“我是江城紫,你爸爸的下属,新来的,你好。”

小女孩跑过来,握住江城紫的手使劲摇了摇:“江姐姐你好,我是余淼淼,第一次见到爸爸有女同事,欢迎你常来我家作客。”

余淼淼这么热情,要是在平时会令江城紫受宠若惊,可惜她此时受刺激太大,心不在焉地应着,根本没有注意到女孩的热情超乎常理了。

“对了,余队长出外办案了,可能下班前回不来了。”

余淼淼应了,礼貌地道了再见,瞅了江城紫一眼又一眼,依依不舍地离开了。

晚上在家里,江城紫无甚胃口,草草喝了几口汤就窝到了阳台上。躺在凉椅上,仰望着星空,夜风微凉,吹散了皮肤上的汗气,也吹散了心头的憋气。

最近好像经常仰望天空啊! 江城紫不由自主地感叹,但仔细想想,记不起来最后一次如此自在地观赏天空是什么时候了。

心在这样寂静的环境中逐渐平静下来,不再痛苦,不再徘徊,不再愤恨,只有平静,静静倾听着心跳,万籁俱寂……

耳边突然传来妈妈的声音:“城紫这孩子,真是要强,身体还不知道好没好就非要上班,今天晚上饭都没吃,是不是单位工作太累了啊?真是的,明天得让老江再找找关系,给她调到办公室那些专门搞内勤的部门吧。唉,都这么大了,还不找个对象,跟个拼命三郎似的搞外勤,差点把小命都送掉了,真是傻死了。唉,明天再找找我的姐妹们,给城紫多介绍几个小伙子吧,有个男人拴住她的心,估计就不会这么拼命了……”

江母似乎在隔壁自言自语,可声音清晰得仿佛就在江城紫耳畔。江城紫哭笑不得,扬声道:“妈,你别瞎操心了,我的工作和生活你别插手,否则我跟你急! 别唠叨了啦!”

江母走过来,站在门口惊讶地说:“你在说什么呢? 我正在洗衣服呢,哪有说话。行,你大小姐的事,我不管,到时有你自己要操心的呢。”

说完转身继续去洗衣服,可脸上表情却没那么镇定了,喃喃着:

“难道我刚才心里想着，竟然不自觉地念叨出来了？这可真是，人都老糊涂了啊。”

第二天一早，江城紫还在吃早饭，突然接到一个陌生来电，对方声音沙哑，似乎是尚处于变声期的少年：“紫姐，我是吴欢！”

少年的话对江城紫没有任何作用，她奇怪地询问：“请问你怎么知道我的手机号码？找我有什么事吗？”

吴欢声音拔高：“当然是淼……告诉我的，紫姐，你不会忘了我是谁吧？”

江城紫皱眉：“对不起，我真的不认识你，请问你有什么事？”

吴欢怪叫：“你真的失忆了？淼淼先前说的我还不相信。你忘了你在槐安的调查？南柯号的失事？戴门电子科学研究中心的大脑联网和精神控制？梁植哥？余淼淼？禁区里的我和尤伯？你全不记得了？”

“余淼淼？”江城紫只知道一个叫淼淼的女孩，就是昨天见到的余队长的女儿，她更加惊奇，“我不知道你在说什么，你到底是什么意思？我从来没听说过你说的这些事情和人，余淼淼也只是昨天见过一面而已。”

吴欢叹气：“紫姐，你失忆了，忘记了过去一个月的事情。今天是7月6日，你还记得从6月6日到今天你都做过些什么吗？”

江城紫拧眉，努力回忆，可脑中一片混沌，关于最近一个月的记忆，她模糊记得可能是在住院疗养？不过也可能回家了吧？这期间自己干什么了？怎么一点印象都没有了？

见江城紫不做声，吴欢提醒：“你是6月6日来槐安市的，9日夜探禁区我第一次见到你和梁植哥，15日你从大竹岛的疗养院归来，和梁植哥都被当成纵火犯全市通缉，16日我们与郭中昌见面，他被枪杀，我们仓皇逃走，18日你潜入中心想取得高岭的犯罪证据，22日你在准备逃离中心时与我们失去联系。淼淼为了寻找你，主动去找上了余队长，不知中心怎么弄的，又让余队长重新认回这个女儿。这期间我们一直在寻找你，幸好昨天淼淼见到了你，急忙联系了我，否则我们还不知道你现在居然是这样。”

江城紫吸了一口冷气，这男孩讲的简直匪夷所思，但这一个月都做了些什么自己没有一丝印象，这不得不令她有所怀疑。正常人可能会不记得某一天发生过什么事情，但不可能一个月里所有发生过的事情都不记得，连自己这一个月里身在何处都含糊不清，这就说不过去了。

“这么紧张刺激的故事，为什么我一点印象都没有？你这恶作剧太离谱了吧！”她语气不太坚定地反驳。

吴欢冷笑：“紫姐，别口是心非了，一小时后，在东海路 17 号见，你想知道究竟发生了什么事就自己一个人来。”说完挂了电话。

江城紫请了假，准时赶到东海路 17 号，这是一栋待拆迁的旧楼，对面是一道绵延数里的水泥墙，墙上还布满利刺，显得森严冷峻。

江城紫好奇地站在墙下，想看看这座墙到底东西有多长，但显然向西望不到头，向东不远就入海了。

“下午就要……”“我怎么跟他说……”“三乘以七……”“现在几点……”“不错……”“如果可以的……”“真热……”无数嘈杂的声音突然如巨浪扑来，将猝不及防的江城紫吓得身子一颤，背后顶在了水泥墙上。

上午 9 点多钟的太阳已经将水泥墙烤得一片灼热，江城紫被这么一灼，条件反射地蹦离水泥墙，声音碎片如海啸般铺天盖地地袭来，一下子把整个大脑撑得满满的，江城紫感觉自己的大脑此时像个水满将溢的水袋，似乎随时都可能爆裂开来。她捂着头，如果此时手头有尖利之物，怕是会立刻刺向头颅，以减轻颅骨的负担。

突然手中一轻，皮包被人抢走。

“小贼！”江城紫一怔，顿时反应到这是抢劫，被这么一岔，那些纷至沓来的声音似乎微弱了不少，所以她喊了一句，立刻去追赶那个抢包的矮个子小偷。

这附近地形多变，小道甚多，小偷要是拐进某个角落里可就难找了。幸好他似乎慌不择路，沿着高墙笔直向东跑去。

水泥墙探进海里的部分变成了铁丝网，又向海中延伸了十米左右长，只见小偷跑到头，在海岸边趑趄不前。江城紫在离他三步之遥的地方停步，怕他狗急跳墙攻击自己，放缓声音："把包还给我，我不报警。"

一说话，震得脑子痛，江城紫眼前发黑，头痛得厉害，立刻闭上嘴，身子微弓，手臂撑着大腿节省力量。

小偷回头，是一个十四五岁的男孩，长发，长相俊秀，对着江城紫流气地一笑，然后扒开铁丝网的一角，露出一个早就剪开的大洞，猫腰钻了过去，在对面又向西跑回水泥墙后。

江城紫大怒，这小浑蛋是故意的。她也毫不犹豫地掀开铁丝网，钻过那比狗洞大不了多少的漏洞，进入了被封闭的区域。

少年慢一阵快一阵，似在引江城紫深入。江城紫艺高人胆大，也不惧这少年要什么花样，紧追不舍。

少年跑了一阵，停了下来，哈哈大笑，把皮包扔还给江城紫。

江城紫并不傻，接过包，撩着眼皮看少年："你就是吴欢？"

吴欢故作潇洒地捋了一把头发："紫姐，不用这招怎么把你引进禁区啊。你既然失忆了，难道会乖乖听一个陌生人的话跟他去一个陌生的地方吗？"

江城紫嗤笑："好了，我来了，你想干什么？"

吴欢诡秘地一笑："紫姐，进来以后，有没有感觉到异样的地方？"

江城紫闻言一愣，这一静下心，才发现果然有异样，刚才在外面那闹得令人恨不得破颅撞墙的噪音消失了，这里安静得厉害，可以听到海浪在不远处轻抚沙滩的声音，可以听到海鸥的鸣叫声，甚至可以听到风吹过松林上松针相互摩擦的哗哗声，就是听不到那些仿佛一千一万个人在同时说话的恐怖声音。

大脑突然一片空白，似乎被人抽走了什么，心里也空荡荡的，有种莫名的失落感，只是江城紫不明白为什么自己会感到这么的不安和烦躁，似乎这种极端的安静才是不正常的，她甚至有点怀念刚才那种脑中充实的感觉，如果没有那种伴随的胀肿和疼痛感，这种充实简直是令人愉悦的。

想到这里，江城紫被自己吓了一跳，这是正常人类的想法吗？自己这是在找虐吗？刚才难受得死去活来时怎么不这么想呢？她脸色大变，自己这是怎么了，为什么会突然不受控制地冒出这样的想法？

吴欢说："有这样一位年轻的女警官，因为公务受伤，在病休期间去邻市探望弟弟，却发现弟弟刚跳楼自杀，弟弟的死有着多个疑点，令她心生怀疑，不顾一切地调查下去。在调查过程中她认识了一名正在调查军舰失事的男军官，二人共同调查的结果，发现一切都与一家名叫戴门电子科学研究中心的神秘科研部门有关，中心在研究人类大脑联网，已经达到可以监控所有人的思维，而且还可以向他们发出简单指令的超前程度。他们俩遭遇了许多危险，甚至被污蔑为纵火杀人犯被全市通缉。男军官离开本市出外寻找后援，女警官则留了下来，潜伏在中心寻找罪证，可是她在逃走时失败了，被中心抓到。当她再次站到曾经共同参与调查的伙伴面前时，却失去了这一个月里所有的记忆，遗忘了所有的愤怒与悲伤，也把所有的同伴都忘记了。"

吴欢忧郁地看着她："紫姐，你还是没有记起来吗？如果你的记忆还在，只是受了中心的控制，那么在这个电磁隔离的禁区里，我刻意拖延了这么久的时间，一点效果都没有吗？"

江城紫心头大震，脑中似乎有什么一闪而过，她苦思冥想，但大脑却在罢工，拒绝抓住刚才的那道黑暗中的闪电，甚至不可控地闪出无数胡思乱想以转移她的专注，这种失控的感觉是江城紫从未有过的。这令她怒气冲冲，暴躁地乱吼："你在胡说八道什么，跟我去公安局，你当街抢劫，我依法对你予以刑事拘留！"

吴欢有些悲伤地摇头："紫姐，你果然变了……"

脑后突然一缕强风来袭，江城紫神思恍惚，要避开为时以晚，颈后受到一击，腿一软向后倒去，身体似被人接住，视线中吴欢还在悲天悯人地说："……梁植哥……"他的嘴巴一张一合，她努力睁大眼睛，最终还是没有听清他在说什么。

睁开眼时，江城紫叹气，似乎最近经常睁开眼时就没好场景，现在又是如此——微弱的烛光、上下左右全包着金属皮的阴暗房间、简陋的家具，还有一个半躺在床上倚着金属墙的老头在用高深莫测的眼神打量自己。

她突然怔了一下，为什么刚才会想到"最近"这个词？可明明自己最近生活得很愉快幸福，从来没有做噩梦，每天睡到自然醒，睁开眼就是灿烂的阳光和美好的生活在等待自己，哪来的坏场景呢？

手上的异感令江城紫低头，看到双手手腕被胶带牢牢黏着，怎么挣也挣不开，心中着急，大声喊道："你们到底要做什么？快放开我！"

老头没有吱声，门外快步走进来一个男人，给江城紫松绑。

他低头认真地解开胶带，看着在烛光下模糊的侧脸，江城紫心中突然漾起一丝似曾相识的熟悉感。

她声音有些嘶哑："你……是谁？"

男人抬起头，脸庞削瘦，眸光温和，周身散发着一种干练又坚韧的气息，虽不是流行的奶油小生，却是江城紫很欣赏的那种极有男人味的稳重型男人。

江城紫虽然对着他发呆，但男人的眼神中流露出的却是绝非对陌生人应有的激动与怜惜。

"城紫，吴欢一贯胡闹，你别跟他计较。你当时情绪激动，我又不知中心对你做了些什么手脚，我打昏你也是迫不得已，希望你能谅解。"

"吴欢在哪儿？"江城紫追问。

男人回答："我派他去禁区外买些东西，一会儿就回来。"

"那你是谁？"

男人目光痛楚："我是梁植，吴欢是我的一位小朋友。"

江城紫歪着头打量他："我们曾经见过吗？为什么我觉得你有些面熟呢？"

梁植声音低沉："城紫，你能不能告诉我你最近印象中还记得的一切，我需要知道在你身上到底发生了什么事。吴欢讲的都是真的，你被中心抓到后他们肯定在你大脑里做了手脚，篡改了你的记忆，他们已不是第一次这样做了。所以我需要知道我们分手后发生在你身上的一切事情，才能有的放矢，寻找解决办法。"

不知怎么的，江城紫对应该是初次见面的梁植就是有种莫名的熟悉感与信任。对于她的记忆而言，从在出租车上醒来去槐安市公安局报到才是最初始的印象，所以她就从这里讲起，包括对市立医院等几家医院的怀疑，谈晓溪的蹊跷自杀，以及这两天突然产生的大量幻听。

梁植认真地听完，沉思了一会儿，走到床前，对床上这会儿正在闭目养神的老头低声说了几句话，二人似在讨论一个问题，后来老头低语，梁植频频点头。结束讨论后，梁植对江城紫说："城紫，相信我，我会还给你真实的记忆，你能不能答应我，在这等我回来，我出去寻找被掉包的 CT 片，我怀疑这种片子可能会告诉我们许多答案。"

江城紫凝视着他，梁植的眸中似有火焰在跳动，灼热得令她情不自禁地后仰以避开这种强烈的坚定。她点了点头。

梁植在傍晚拿回了一个纸袋，里面放有一大叠 CT 片子，包括有江城紫颅脑检查所拍的真正 CT 片子，他没有告诉江城紫他是怎么弄到的。

躺在床上不太喜欢说话的老头叫尤伯，虽然人比较沉默，但对江城紫态度倒不坏。梁植根本看不懂 CT 片子上这些黑白灰到底都代表什么，但尤伯懂。尤伯把片子放到蜡烛前借光仔细观察，面色越来越阴沉，在抽出更多的 CT 片进行观察后，尤伯喘了口粗气，低语："大同小异！"

他又把江城紫叫过来，检查了她的头部，摸到一个新愈合的疤。他指着这个伤口和江城紫的 CT 片上一处对梁植说："你看这里，这个微点应该是一个纳米级别的芯片或是植入物，已经与附近的脑组织有所融合，以这个微点为中心，像蛛网一样密布扩散开的高密度物质，整个覆盖了大脑皮层。"

梁植皱眉："这高密度物质是什么？"

尤伯摇头："不知道，这要打开头颅才能看到。不过可以考虑为里面包含有一定量的金属元素，这就是医院严格控制 MRI 和 CT 的原因。脑中如果有金属元件，做 MRI 检查会受到致命的伤害。做 CT 则能看出脑中这部分结构的异常。各家医院早在两年前就开始严格控制 MRI、CT 和脑电图等各种涉及脑部检查的仪器使用，我虽然早就猜到原因，现在终于知道院方早就与中心勾结在一起了，院里有限的人是知道全市人民脑中的异常的，可他们宁肯与中心狼狈为奸，抛弃了身为医生的原则和尊严，我真是替他们感到羞耻！"

江城紫目瞪口呆地看着突然愤怒起来的尤伯。梁植把片子递给江城紫:“中心在你脑中植入了什么东西,篡改了你的记忆,这就是证据,尤伯是医生,也确定了你脑部的异常。”

他蹲了下来,诚恳地望着江城紫:“这里是充满了电磁辐射的禁区,你脑中的植入物不管是什么目的,电磁波都会对你脑中的植入物进行干扰,甚至可能导致其不能正常工作。你要不要在这里多逗留一段时间,试试看能不能恢复原来的记忆?”

尤伯恢复了平静,淡淡地说:“也有可能会刺激你的大脑,崩溃发狂甚至脑组织受损变成傻子也是有可能的。”

江城紫笑如春冰乍破:“这么刺激的事,怎么能不尝试一下呢?”

第二十二章

全市直播

“这是军人的职责，感谢大家的配合！”年轻的军官敬礼，身影远去……

江城蓝那张曾经充满了朝气和活力的英俊脸庞上现在只剩下紫褐色的肿胀、青灰色的颓败，以及无力的惘然……

黑白色的照片上，海中军舰上身着防护服者抬着担架，鲜血淋漓的背景中一只断手孤零零地躺在血泊中……

江城紫翻了个身，腿蜷曲起来，手臂也缩回了怀中，眉头紧紧皱着，眼球快速转动了几下，又恢复了平静，继续陷入连绵的梦境中。

被反手摔在床上，紧紧锁喉，男人微侧的脸庞，坚毅的神情，在被骂登徒子时脸上飞闪过的羞赧与惘然……

禁区封锁线后，海上月色明澄，流金溶溶，和世俗的华丽与信仰的圣洁为一体……

登顶眺望，海天一色，隐藏在绿荫中的建筑，招财猫座钟在不停地摇晃，狞笑护士手中的药，表情痴呆的森森，口蜜腹剑的曾宝萼……

“我们终于要分道扬镳了，保重！”……

温热的血灼烫地滴在自己的腿上，防弹背心，郭中昌灰色西服背后洇满的血迹……

满架蔷薇如火如荼，暖风习习，清香四溢，成熟倜傥的高岭侃侃而谈，如斯平和，如斯美好……

被虎视眈眈的保安包围，高岭笑含杀气，手机里传来的钟摆振荡彩图，被出卖了……

江城紫突兀地睁开眼，心脏还在怦怦乱跳，全身都冷冰冰的，细汗刺挠着身体，有种极度不适的情绪在滚雪球般迅速膨胀起来，体内每一个细胞都在叫嚣着：爆发！爆发！爆发！

梁植从外面走进来，手里端着一个食盒，见江城紫两眼发直，坐在临时搭建的小窝里发呆，轻轻一笑，打开食盒，一碟面点，一碗粥，一杯豆浆，递给江城紫。

早餐稍凉，但考虑到这里是荒无人烟的禁区，一切新鲜的日常用品都要靠吴欢和尚在被全市通缉的梁植去禁区外采办，江城紫很是感动，低着头小口喝着微温的豆浆。

突然，她抬起了头，摸着头上刚愈合的伤口，含笑看着梁植："你怎么去了这么久？找到支援了？"

梁植无法置信地望着江城紫，第一次不再那么淡定："你恢复记忆了？"

"没疯也没傻，睡了一觉，恢复记忆了，跟你那次情况差不多。"江城紫笑容愈深，"想必高岭虽然在我脑中做了手脚，却没完全擦除原有记忆，他正在搞一个新实验，我怀疑他在我脑中植入了升级版的芯片，不知都增加了什么作用，反正他暗示我会有幻听幻觉什么的。"

角落里的尤伯被吵醒了，静静听完他们的对话，插了一句话进来："你现在如果走出禁区，极有可能很快就会再度失忆。禁区的电磁干扰只能保证你在禁区内芯片控制失灵逐渐恢复原有记忆。一出去，芯片重新工作，你又会再度生活在虚假记忆中了。而且你脑中的芯片是手术植入，很可能打破你拥有的唯一特权——脑电波不被中心测到。如果你已与普通人无异，那么脑中所有关于这里的记忆在出去后都会被中心发现，中心会把我们一网打尽。"

江城紫大惊，身体僵硬，不知如何面对这个两难的局势。梁植似胸有成竹，听了尤伯的话脸上笑容未减，侧过脸问江城紫："你有没有破釜沉舟的决心跟我大干一场？"

江城紫满眼都是迷惑地瞪着他。

梁植笑得有点狡猾："我已经与上级联系上了，将所有的证据和经历都一并汇报了上去，经过领导层层转批，最终由A国军委下达了最终决定，决定派遣一支特别队伍进驻槐安，彻查与南柯号巡逻艇失事相关的一切事宜。这支队伍由武装力量与科研机构联合组成，今明两天应该就要到达槐安了。这是我们最坚定的后援和靠山，最近我们受的窝囊气不少，这时候再不扬眉吐气，更待何时？"

江城紫乐得双眼发亮，猛地捶了梁植胸口一拳："你这家伙，怎么不早说？这时候再不'狐假虎威'才是傻帽儿呢！说吧，你有什么计划？"

梁植嘿嘿一笑："我们被冤枉成纵火犯，怎么能不来个绝地反攻真相大白呢？既然中心利用槐安电视台将我们公布为通缉犯，那我们也利用电视台，当众洗冤如何？"

江城紫大喜，屋里更是响起响亮的拍掌声，是吴欢刚从外面游泳回来，一脸的水，一脸的喜出望外："梁植哥，这场热闹的绝地大反攻有我的份吗？"

梁植点头："要大闹一场，怎么也缺不了你！"他也望向尤伯："尤伯，我虽然没有问过你的来历，但我一直感觉你是与中心站在对立面的，与中心也有着不可化解的仇恨，要不要和我们一起去电视台，当众揭露中心的虚伪面具？"

尤伯挣扎着下床，颤巍巍地扶墙站住，神色激动："固所愿也，不敢请耳。"

梁植哈哈一笑，意气风发地一挥手："我早就准备好了，我们走，去接上刘凯，杀向电视台！"

刘凯自己住在海边的一栋茅草屋式小别墅里，这是他有一天无意中游逛到这里后发现的，爱得如痴如狂不肯离开，吴欢又劝不动他，只好任他在这里住下。好在刘凯虽然精神不正常，却不是武疯子，每天只是安安静静地坐在沙滩上观海，或者在沙滩上散步，在茅草屋里发呆，只要吴欢给他定时送三餐，保证不会乱跑，更不会影响到已无人烟的禁区中的任何人。

梁植把项链式的滤波器给江城紫戴上，以防她的记忆再度模糊，至于他自己的脑电波是否会被中心测到，这已经不在他的考虑范围内了。一离开禁区就速战速决，估计等中心分析出他的意图时他早就占领电视台了。

五个人离开禁区，江城紫带着尤伯，梁植和吴欢带着刘凯，分了两辆出租车，直奔向槐安市电视台。

电视台门庭若市，槐安市电视台在中午 11 点有一档《新闻 30 分》的新闻节目，正适合被劫持，此时已是 10 点 51 分，要抓紧行动了。

一行五人进了一楼大厅，一个保安坐在桌子后懒洋洋地问："你们找谁？"

江城紫表情严肃："我是市公安局刑警二大队的刑警，要找你们的《新闻 30 分》节目组。"

保安并没有被刑警这个名头吓住，一副眼高于顶的表情："有什么事？先登记一下，我打电话上去问问，现在正是直播时间，他们应该不见外客。"

时间紧迫，哪有工夫跟这保安扯皮。江城紫一掌猛地击在桌上，直视保安的双眼，以女王般的姿态低吼："人命关天，这是涉及到谋杀的命案调查，你在这磨叽什么？说！他们在几楼？"

保安被吓得后仰，角度过大，椅子翻倒在地，他战战兢兢爬起来，指着电梯说："十……十四楼……"

过往的人无不惊讶地看着这奇怪的组合，当事人却无暇顾及周围反应，冲进电梯，直奔十四楼。

时间就是生命，再磨蹭下去，中心可能就会知道他们的意图了。

电梯到了十四楼，心焦的江城紫夺门而出，见走廊斜对面的一个房间门上挂着"直播间"的标牌，立刻推门闯了进去。

《新闻 30 分》已经开始了，这是一个直播节目，所以预先清场。此时场地中央一男一女已经开始新闻播报。

江城紫推门太猛，门撞到墙发出不小的声音，令制片人白眼过来，指着江城紫做了一个滚出去的手势。

江城紫做了个鬼脸，有人忍不住低笑了一声，又被制片人白了一眼。

梁植扶着尤伯走进来，在门口拖了一把椅子让尤伯坐下，紧接着吴欢拉着刘凯也走了进来，简直像赶集一样热闹。

制片人浓眉简直要倒竖起来了，要不是正在直播，他可能就要对这些不请自来的浑蛋们破口大骂了，他一脸冰霜地向他们走了过来，准备赶人。

梁植对江城紫使了个眼色，又朝演播台前努了努嘴，江城紫明白，于是笑嘻嘻地迎着制片人走了过去，伸开双手拦住他的去路，梁植则向演播台走去。

制片人发觉不妙，低声对正在被梁植绕行的几个工作人员说："拦住他！"

两个男人正准备抓住梁植，却被他的一个动作吓得迅速后退数步。

"枪！"颤抖的不同声音道出了同一个事实。

江城紫也不知梁植这次回来居然携带有这么小巧的手枪，枪身光泽闪亮，充满了阳刚之美，又不很沉重，很适合随身携带。

播音员们吓得仓皇逃离座位，好好的新闻直播泡汤了。

"现在枪支管制，哪来的枪？假的吧？"一个工作人员好奇大胆地向前一步，想辨认真伪。

梁植很好心地满足了他的好奇心，对着木质的演播台开了一枪，枪口径虽小，在完全隔音的演播室里声音却极为响亮，演播台上的子弹射入口碎片横飞，露出一个黑乎乎的小洞，惊得所有工作人员尖叫连连，纷纷或蹲或趴，表示完全相信这是一把真枪。

制片人颇有几分胆色，虽然一听枪声立刻躲到摇臂摄像机后，还敢结结巴巴地提问："你……你们……想干……什么？"

江城紫灿然一笑，口气颇有几分山大王的无赖："当然……是来打劫……"刻意拖长的语气，在见到所有人都脸色大变时，自然地跟上了结局，"……你们的新闻直播，我们想反映一个情况。"

许多人理解了她的意思，稍松了一口气，站在门口的刘凯嬉笑："通缉犯，江城紫，梁植，嘻，有人要偷偷打电话报警！"

带着刘凯来可真是充当了一个超先进的心灵感应仪用了，江城紫忍俊不禁，对吴欢说："把他们所有人的手机都收起来。"她又吓唬他们："麻烦各位都老实听从我们的命令做完这次新闻直播。只要别闹事，我们不会动大家一根汗毛，否则，嘿嘿，看来你们也认出我们俩就是全市通缉的犯人了，我们可是杀人不眨眼，小心我把你们都给灭了！"

众人又被吓得不轻，有胆小的女性甚至开始啜泣。

梁植好笑，没想到江城紫还有这么匪气的一面，瞥了她一眼，见江城紫做了一个"电视上看来的"口形，顿时笑出了声。

他用枪指着制片人，很有礼貌地说："你是负责人吧？继续直播新闻吧，一切照旧，唯一不同的是，我和江城紫充当播音员，我们要对全市人民宣布一个新闻。"

吴欢拿了一个纸箱收集所有工作人员的手机，尤伯也拖着腿把直播间的门锁上，又拉着刘凯，二人合力把一个桌子和一些箱子陆续堆在门后，阻止外人进入。

在枪以及江城紫与梁植"响彻全市"的名气的威胁下，一众工作人员不得不强压恐惧，开始了熟练而又陌生的被劫持直播节目。

其实从江城紫一行人闯入到现在一共才两三分钟时间，他们在背后小动作了一番，从吓得播音员逃离座位到江城紫与梁植坐上播音位置这一分钟时间里，摄像机还是没有关闭，一直在忠实地拍摄场内镜头。可能电视前有反应迟钝的观众还没醒悟到发生了什么事，但江城紫那充满匪气的威胁和梁植的目的都一字不差很清晰地播放了出来。

在公司里、在家里、在酒吧里、在广场上、在交通工具上，所有此时正在收看本地台《新闻 30 分》的槐安市民都开始逐渐注意到新闻现场的诡异，有反应敏锐者已经开始向电视台打电话询问这是否是恶作剧或是串播节目了。

坐在演播台前，江城紫心情激动，虽然是在挥舞着枪的胁迫下，她和梁植才终于堂堂正正坐在公众面前，为洗清自己的罪名而奋斗，但这仍然令她心中五味俱全。灯光照明全部都打了过来,她抬头平视,眼前一阵眩晕。

一只手轻轻伸了过来,与她十指交错又松开,温暖,干燥,充满了坚定的力量。

江城紫感激地看着梁植,对他微微一笑,轻轻点了点头。

梁植扣好播音员递来的耳麦,用他一贯镇静淡定的表情对着摄像机开始了一个很长的故事:"槐安市的市民们,我是梁植,A国总装备部下辖某部的少校军官,我身边这位女士是江城紫,西成市公安局刑警支队的一名二级警司。相信许多市民都在二十多天前的新闻里听到过我们的名字或是见到过我们的照片,其实更多的是在你们的潜意识中听到我们的名字。我和江警官目前是槐安市公安局的通缉犯,但江警官同时目前又在槐安市公安局刑警支队二大队工作,相信很多人会被我们的身份搞糊涂,也会认为我们知法犯法理应罪加一等。我承认,我的确在大竹岛疗养院的一处偏僻建筑里安装了定时点火装置,但这把火从我的手中点燃,却被另一双手浇上了助燃物扩大火势,这双狠毒残忍的幕后黑手,就是你们中许多人都一知半解的戴门电子科学研究中心……"

梁植将自己和江城紫自进入槐安市就遭遇飞来横祸的泥石流开始讲起,言简意赅,证据充足,细节完善,在不知不觉中讲了近一个小时,终于将二人在槐安的遭遇原原本本讲完。

直播时间早已超出,摄影师在期间不断目视制片人,但制片人和场内绝大部分工作人员都陷入了梁植的讲述中不可自拔。他口齿伶俐,气质干练,语言也很朴实真诚,给人非常好的印象,完全让人忘记他是背负十多条人命的纵火通缉犯。

在这期间,位于某个角落的内线电话红灯简直快闪爆了,无数观众打电话进来,询问这到底是怎么回事,总机处于超负荷状态,可演播室存在着一种微妙的气氛,劫持者掌握着主动权,让整个事件的节奏随着自己的节奏而进行,被劫持者无论是心生怀疑还是本着新闻工作者的本能,都没有打断梁植的讲述,任由这段爆炸性的新闻延续下去。

在这里,江城紫第一次听梁植讲述他离开槐安市翻越昆云山脉的遭遇。梁植为防止行踪泄露，全部避开山中可能遇到人的地方。山中地形多变，气候多变，梁植又不熟悉当地环境，在下山时无意跌进被落叶覆盖的沟渠，大腿受伤，脚踝骨折，在遇险地苦熬了两天，怕伤口感染，稍恢复体力就忍痛前进。

凭着顽强的精神、坚定的信念、不屈的意志，梁植翻出了昆云山脉，在西成市地界遇到了猎户，与上级取得了联系。从最近的军区派出了军用飞机将梁植带回首都C市，在手术前他就坚持将槐安经历口述并在随后的文字材料上签字，然后才被推进了手术室。医生不得不切掉了梁植腿上一块坏死的肌肉才挽救了他的性命，在伤势刚有好转后他就坚持下床活动，最终在7月5日收到后援即将出发的消息，立刻从C市飞回西成市，又伪装后由陆路进入槐安市，在禁区与吴欢接上了头。

在他走后，吴欢又失去了与江城紫的联系，束手无措，急得团团转，刘凯痴傻帮不上忙，于是余淼淼自告奋勇，离开禁区去找父亲。余彦辉当然还是不认识这个女儿，可余淼淼大吵大闹，可能中心监控到了余彦辉的脑电波异常，知道余淼淼恢复正常重新出现。可能是出于某种考虑，例如他们在篡改了江城紫的记忆后，可能感觉不必再控制余彦辉，或者是为了减少更多的逻辑矛盾，也或者是节省资源，因为需要再次篡改余彦辉等公安局内部人员的记忆让他们接受正在被通缉的江城紫，所以取消了关于余向阳这个儿子存在的指令，冒牌儿子余向阳不知所踪，余淼淼重新回到父母身边，故意装出对此事件的迷糊，以为父母先前在与自己开玩笑，由于中心收不到未成年人的脑电波，所以被余淼淼的高超演技欺骗过去。

7月5日余淼淼在失去联系后首次接触到江城紫，聪明的女孩猜到江城紫记忆出了问题，所以立刻通知了吴欢。吴欢虽然有点小聪明，但毕竟只是个半大孩子，对江城紫和梁植的调查只是了解了个大概，遇到这样的大事只能束手无措，幸好梁植在5日晚上赶回来，与吴欢取得联系，于是以吴欢的名义将江城紫引出。梁植和江城紫终于在分别了21天后会面了。

“太不可思议了！胡说八道！警察还不来？”在梁植的介绍告一段

落时，刘凯又笑嘻嘻地道出部分工作人员的想法。

江城紫心中一动，刘凯的这种说话方式，虽然是因为集合了许多人的思维片段，但这种方式她却很熟悉，因为最近脑中数度出现的幻听，也都是些合起来毫无意义，但单独拆开看却像是些思维片段的东西。

她猛地睁大眼睛，刚才脑中闪出的一个念头颇为异想天开：难道中心在自己脑中植入的芯片是改良版的，可以扩大发送脑电波，也可以接收到别人的脑电波？这就是郭中昌在临死前提到的人生中最重要的实验和中心里盛传的新机密实验？

此时梁植已经从背包里取出一台小型投影仪，开始向观众展示一些物证，江城紫伸手，把颈间项链式滤波器的开关关上，在按下开关的同时，她的心怦怦乱跳，没有滤波器的保护，芯片重新工作，可能会在自己实验出结果前就再度屏蔽正常的记忆，但不入虎穴焉得虎子？再试一次吧。

滤波器停止了工作，外面的世界无声地轰然入侵……

曾宝萼给江城紫的三张高清卫星照片已经由梁植交给上级了，投影仪里显示出的是三张照片的扫描图，由梁植一一讲解。随后，梁植又取出一叠 CT 片，公布了拍摄这些 CT 片的病人资料，他们无论是因为何种疾病拍片，脑中在相同位置都有植入芯片以及蛛网般的高密度物质存在。

梁植在最后斩钉截铁地总结："所以我认为，目前槐安市所有市民脑中都有戴门电子科学研究中心开发研制的吸入式芯片，CT 片上所显示的异常，你们每个人脑中都有！中心可以监控到所有成年人的脑电波，可以初步控制你们的思想。甚至……"他指向刘凯，"这位就是失事的南柯号军舰上唯一幸存者刘凯博士，他脑中的芯片不知是否由于中心发射的电磁波和射频武器双重干扰而产生异变，目前可以接收到人类的脑电波，也就是说，刘凯博士目前的状况就是戴门中心的终极目标——人类大脑联网！戴门中心把整个槐安市 10 万市民都当成了他们的实验品！"

现场哗然，整个槐安市哗然。

所有的声音如拖着冗长尾巴的彗星般猛地冲进脑中，又似乎以彗星撞地球般光速撞击坚硬的脑组织，将所有乱七八糟的气固混合碎片迸溅开，散布于脑中每个角落。

江城紫闭上了眼睛，集中注意力，仔细辨认这些细碎的声音都源于何处。男的、女的，低沉、尖锐，激动、恐惧，坚定、游移，不同的声音，不同的思维，在生死存亡的关键时刻，即使有植入芯片的副作用，他们仍然情绪增强，有所波动。在脑中倾听着这些绝无雷同的思想，江城紫激动地微微颤抖着，她知道这把自己赌对了，中心终于研发出了可以同时发送和接收人类脑电波的芯片，自己或许是第一个真正意义上完全与外界联网的成功实验品。虽然被当成实验品是件令人很恼火的事情，但她此时竟然暗中在替郭中昌高兴着，出师未捷身先死，那个有着高度理想主义的儒雅科学家，现在可以死得瞑目了吧。

直播间的大门被敲得砰砰响，有人在外面喊："开门，我们是警察，你们已经被包围了！"

屋里再度哗然，电视台的工作人员初时惊喜，小小骚动了一番，但演播台前梁植不慌不忙，只拿起桌上的手枪，一群识时务的俊杰们立刻安静了下来。

江城紫突然睁开眼，脑中剧痛无比，似有锯条在来回切割着大脑，但有些声音却奇清无比。她扬声道："门外的人听着，别想着撞开门了，这里还有九个人质，如果想让他们毫发无损，就稍等片刻，我们一会儿就会出去！"

她指了指一个不知职责的男工作人员："你！别想跑去开门，你跑步的速度不会有子弹快！"那男人惊愕地张大了嘴。

她又指向制片人："你既然觉得梁植说的很有可能是真的，那就麻烦你管束一下你的人，以免出现不应有的麻烦，我们不想伤害任何人！"制片人吓得一个哆嗦。

她又指向一个正在瑟瑟发抖的女工作人员："你这么想喝水就去拿那边桌上的瓶装矿泉水喝吧，不过小心别喝多了，这里可没地方给你上厕所。"女职员吓得竟然小声接腔："那……我……不喝了……"

梁植和所有人都惊讶地看向江城紫，江城紫面带恶作剧得逞的笑容摊手说:“真不好意思,作为戴门中心的最新受害者,我能接收到大家的脑电波了。各位只要别爆发小宇宙,我慢慢辨认,倒还是能听出一些你们的想法来,所以请少安毋躁,让梁植讲完。”

梁植偷偷看了看手表,怎么特遣队还没来?原以为在这里拖延一些时间会等来他们。按计划,他们早就应该到了,不可能看不到直播的节目,原想以特遣队为后援离开这里的计划,看来要重新修改了。

这时直播间外的声音突然嘈杂起来,脚步声和喧哗声混杂在一起,似乎涌来许多人在外面。“让我们进去!”许多人在叫嚷着,似与阻拦者发生了冲突,还有玻璃的破碎声和更多的稀里哗啦的声音。

江城紫静心地倾听,突然抿唇一笑:“看来好多市民都是一点即醒,跑来支持我们了。外面是我们的支持者与电视台的保安在对峙。”

直播间里梁植与江城紫的一举一动都被“坚守岗位”的电视台工作人员们同步直播出去,直播已过两个多小时,事情早已传开,即使开始没有及时收看新闻的市民也都被相互转告消息,围坐在电视机前收看这个令人震惊的直播新闻。

10万槐安市民并不是傻子和无知者,中心开始实验的这两年里,许多不同职业的专业人士早就察觉到了异常,警察可能发现无故失踪者增多、医生可能发现病患的头部检查受到严格控制、技师和工程师们可能发现市内的电力系统颇多古怪、感觉敏锐者可能发现人们的情感丧失变得极度冷漠或是暴力,再加上禁区内电磁泄漏事故编造的不合理和伤亡者的异常,有心人不会不有所猜测,梁植的这番话合情合理地解开了所有的谜,尽管非常不可思议,但在人证物证俱全尤其是江城紫刚才的“心灵感应”的震撼下,许多人即使不完全相信梁植的话也开始考虑这其中的蹊跷,反思这两年中发生的一切一切。

尤伯突然拖着腿靠近演播台,说出一句令人震惊的话:“江城紫,你脑中的芯片才移入不久,还有机会移除,你要做一个永远满脑子都充斥他人思想的心灵感应者,还是做回一个普通人,你现在还有选择的机会!”

江城紫身体一震,无法置信:“尤伯,即使我是外行都知道这会是极度复杂史无前例的手术,谁能做?”

尤伯挺胸，那张令人恐惧的脸庞因为自信而焕发出高傲的神采，这一瞬间，尤伯像变了一个人，一个自信满满而且睥睨天下的强者。他声音深沉地说："整个 A 国东部地区，如果说还有一个能成功做好这个手术的人，那就是我！"

江城紫注视着尤伯的脸，慢慢地笑了，她点了点头："好，既然尤伯你有这个自信，我当然相信你，拜托你把这个芯片取出来吧，请一定要保留住我的智商哦。"

她又扭头望向制片人，狡黠一笑："请把你的原班人马都带着跟我们一起走吧，我授权你们全程直播我的手术过程，给槐安市民一个最真实的交代。即使手术失败，我脑中的芯片也足以证明梁植的话是真实无误的！"

第二十三章

警民对抗

即使不完全相信梁植和江城紫的话，但本着新闻工作者那种强大的无孔不入的精神，《新闻 30 分》的节目组也毫不犹豫地答应了江城紫的要求。

这样千载难逢的好机会，制片人知道完全不用请示上级，这会是轰动全市，不，甚至可能是轰动全球的新闻。扬名立万就在今日之举，再加上这群劫持者似乎很是和善，制片人相信他们可以保证自己的安全，所以与几个同事一商量，两名摄影师、一名记者、一名照明师再加上制片人本人共五人临时作为梁植的人质，护送他们离开电视台前往市立医院。

两名工作人员经梁植同意，清理了门前的障碍物，打开了反锁的门。

江城紫已经重新打开了滤波器的开关，隔绝了纷至沓来的脑电波，但仍然被刚一打开门就迎面扑进来的声波吓得向后退了一步。这是真正的声波，不是脑电波，先前被隔音效果极好的门挡住，现在可是赤裸裸地暴露出来外面的人有多激动。

一队特警位于最内围，虎视眈眈盯着出现在他们面前的这几个犯罪分子，在他们的外围是手拉手排成人墙的电视台保安，强行拦住最外面群情激愤的普通市民。

梁植对身边名为人质实为保护的制片人歉意地点了点头，用手枪指在他的头上，缓缓走了出去。在他身后，是被四名节目组工作人员保护起来的江城紫、吴欢、刘凯和尤伯四人。这时候，不借助电视台的人质，他们几个绝对走不出去。

走廊里的普通市民不算多，也就二三十人，见梁植一行走出来，一个壮汉突然振臂高呼："江城紫，我支持你！"另一个年轻人似乎也是电视台的工作人员也大喊："让戴门见鬼去！还我精神自由！"许多人都高喊起来："还我精神自由！"也有尖细的声音不和谐地夹在人群中："骗子！胡说八道，招摇过市，警察都站那儿作秀啊？快把他们抓起来！"

见特警黑洞洞的枪口都对准这里，制片人高举双手，声调拔高："别开枪！快让路，我们节目组成员要是因为你们警方的失误而受伤，以后你们别想再得到正面宣传了！"

江城紫虽然心事重重，也不由得暗笑，这制片人倒是蛮好心的，用这种手段警告警方不要冒进。

特警们不得不让出一条通道，电视台保安头头在收到对讲机传来消息后，也指挥保安让出路来，想必电视台为了保证工作人员的安全，竟默许了制片人的做法，由人质保护劫持者脱困，这也算是罕见的案例了。

在电梯里，梁植沉声道："你们有没有大型车？"制片人意识到他在问自己，忙不迭点头："有，地下停车场有摄影车，足够我们十人坐。可以由地下停车场直通地上。"

电梯直达地下一层停车场，十人上车，由一名摄影师驾驶，很快就开到地上。摄影师一个急刹车，把后面的人晃得差点倒栽葱。

坐在最后面的江城紫不满地说："你会不会开车啊？"

摄影师无语地指着前方。

黑鸦鸦的一片人头。几百米外。

有色玻璃看不清楚，江城紫拉开了窗，顿时噪音扑面而来。

他们在直播间里大闹一场，哪知外面已是地动山震的剧变，此时不知此事的市民，十无一二，因为知道这是直播，所以大量市民都赶到了电视台附近。

警方早就严阵以待，虽然江城紫是警方一员，但此时已牵涉甚广，警察犯法，与市民同罪，谁也不敢包庇，在警方获悉的第一时间里，就将她和梁植等人定性为极端暴力犯罪分子，所以封锁电视台所在的整条大街，东西南北各三条街交通管制，出动了特警和大量民警包围了电视台大楼，准备在合适的机会一举擒下他们。

可警方算错了一步，同样知晓了内幕的市民们无论相信还是不相信，也都在大量往电视台附近集中。相信者，想以自身的力量来呐喊，来游行，来支持江城紫与梁植；不相信者，也想以自身的愤怒来呐喊，来抗议，来反对江城紫与梁植。但他们无论抱着何种目的而来，那庞大的数量都远超出警方想象。几百名警察远远封锁不住成千上万情绪激动的市民，而在他们的身后，是更多更激动的市民在蜂拥而至。

直播结束后，梁植等人离开电视台的此时，台外的大街上已汇集了四五万名市民，差不多全市一半的人都来了。拦在他们面前的，是两千多名警察、武警以及紧急调派来的驻军士兵。没有人知道这么多的市民集会会产生什么意外，党政军的各级领导们都心急如焚，但又不敢向外市或上级请示支援，这其中戴门中心的威胁起了关键的作用，于是高层领导们只能关门悄悄自己解决，苦不堪言。

有人支持，有人反对，有人趁机闹事，有人浑水摸鱼，手持防暴盾牌的警察们排成人墙，站在电视台大楼一米开外处形成一个警戒圈，也将上万的市民拦在了这个警戒圈外。

此时只有小小的骚动，人们争论的声音混合在一起嗡嗡作响，在警察与军队的联合压制下，秩序还算稳定。

这就是江城紫探出头时看到的一幕，可惜这稳定的一幕由于她的探头而瞬间毁灭了。

有眼尖的人早就看到这辆车从地下停车场出来，纷纷挤向这边。车这么一停，一个女人探出头向外看，早就关注这里的市民不约而同地叫嚷："出来了！他们出来了！那是江城紫！"

许多人拼命挤上前想看个清楚,把站在停车场出口的警察人墙挤得混乱不堪,人声嘈杂起来,把江城紫吓得一个激灵缩回了头。

“糟了,外面这么多人围着,别说我们根本出不去,就算出去了,他们一个激动,能把我们踩成肉泥。”江城紫愁眉苦脸。

梁植坐在副驾驶座上,自然早就看到前方的状况。他微一思忖,对临时充当司机的摄影师说:“继续开,你听我指挥。”

车缓缓启动,完全开出停车场,脱离了大楼的阴影,出现在所有人的面前。

人群沸腾了,人们争先恐后地想冲破警戒圈,想近距离靠近这车辆,想向车上人表达自己的意见。而警察与军队组成的联合部队则坚定地充当隔离带,禁止人们这种充满了“热情”与“噪音”的表达方式。

在此前他们接到的命令是:禁止市民进入电视台大楼,禁止犯罪分子离开电视台大楼。但此时无论是领导还是联合部队中的有识之士都能看出,今日之事绝无善终,这两个命令中的哪一个恐怕都完不成,尤其前者,以20:1的悬殊力量,冲破警戒圈是迟早的事,怎么减少人员伤亡和处理善后才是最让人头痛的。

对于身后摄影车的驶近,联合部队里的警察和士兵都镇定自若,他们只管隔离,抓捕犯罪分子是特警们的工作。

现在分布在楼内各处的大约四五十名特警们都随着劫持者的离开而下楼,重新聚集在楼前的小广场,呈左右夹攻式半包围着龟速前进的摄影车。在没有接到进一步命令前,他们不能擅自强攻。

制片人探出头,对离自己最近的一名特警说:“喂,让你们领导过来,他们让我传话呢。”

特警的现场指挥谨慎地走过来,制片人对他说道:“这样围着也不是办法啊,你们攻不过来,我们也逃不出去,想必你们也知道我们的目的地是市立医院。梁植要我告诉你,有个两全其美的办法,你们的人跟着我们也成,在前面开道也成,或者前后左右围着我们也成,大家一起去市立医院吧。这场手术会证明一切,如果江城紫脑中没有芯片,他们同意束手就擒,如果她脑中取出芯片,证明整个槐安市都在戴门中心的控制下,你们是在帮助邪恶的犯罪分子,应该拒绝不合理的上级命令。”

指挥官看了看车内正在淡笑的江城紫，不由得有些钦佩她，谈笑间决定自己的生死，以生命为代价证明这场惊人的阴谋。失败的话，她要付出的不仅仅是自由，更有可能是生命。正常人都知道这种脑部的精密手术失败率有多高，结果有多可怕。

他给此次行动的最高领导——公安局局长打了个电话，将此地情况予以通报。电话里沉默了许久，在指挥官以为掉线的时候，里面传来局长幽幽的声音：“不予放行，准许你根据现场情况自由决定攻击战术。”

指挥官一惊，挂了电话，默默无语。局长的潜台词很明确，即使付出人质全部死亡的代价也不能放他们离开。

在车里，江城紫虽然听不到指挥官与上级通话的内容，却能看到他的脸色有些许变化。指挥官先前的神色似乎有些同情他们，此时脸色微变的结果绝对不会是上级命令放行，那么唯一的可能就是要血战了。

江城紫推开制片人，坐在窗口对指挥官大声喊道：“请问这位警官，你有没有孩子？”

她的声音很大，足以令附近的警察和市民都听到，因此周围安静了许多，人们都想听听她此时想说什么，如何脱困。

指挥官约有四十来岁，闻言点头：“我有一个女儿，刚上高中。”

江城紫声音微变：“你可知道槐安市所有市民的脑中都有吸入式芯片，包括未成年人？他们脑电波由于与成年人有差异，所以中心监控不到。但他们脑中的芯片是确实存在的，你女儿也不例外。你愿意让自己的女儿脑中长着一颗定时炸弹，不知什么时候就会爆炸吗？”

她目光又扫视着周围的特警，甚至稍远处警戒圈外的市民，声音更加洪亮：“你们愿意让自己的父母、伴侣、孩子脑中永远带着一个芯片，自己在想什么都被别人了解得一清二楚，没有隐私，没有精神自由，永远当戴门中心的精神奴隶和实验品吗？为什么不让我们向你们证明这一切呢？我脑中就有一个芯片，我愿意冒着生命危险来证明这个事实，你们难道没有胆量来接受这个事实吗？槐安人，你们都是胆小鬼吗?”

市民们大吼:“不!我们不是胆小鬼!那些警察才是!”

江城紫用令人不敢直视的明亮目光逼视着这些特警:“你们是A国警察,你们的职责是保护国家和人民,你们要秉公执法,但你们不是机器,你们是人,你们是有自己判断能力,有血有肉的人!我们已经说过,如果手术失败,我们会束手就擒,如果我脑中取出芯片,证明我们说的是事实。”

远处的市民还在喧哗着,但近处能听到的市民们都安静下来,听到江城紫这很具煽动力的话,即使是不相信者也会这样认为:反正手术结束就会知道真相,为什么不让她做这个手术呢?所以抱着这样的心理,市民们很愿意再等一段时间,等待真相,让事实说话。

在停车场附近诡异的寂静中,无数双眼睛在紧盯特警指挥官。

七月的下午3点,空气中似乎流动着岩浆的火力,灼、闷、稠,数万人聚集在一起产生的热量更是惊人。即使位于大楼的阴影处,全副武装的指挥官额头上汗水滚滚而下,不知是热,还是窘迫。

没有人说话,所有的目光都投在他的身上。如果遵守上级命令开打,他估计在场这些已经被江城紫煽动并开始同情她的市民会发生暴动和骚乱,后果绝非自己能承受得了。如果不遵守上级命令放走江城紫一行,那么就算市民不暴动,事毕后不执行命令这一条就足以让自己前途不保。

无论如何都不得善终,指挥官在瞬间领悟到这个事实,他暗叹了一口气,手一挥:“让他们离开!”

一名比他年龄要小一点的特警结结巴巴地问:“队……长,命令可不是……”

队长手一挥,低语:“就算你不为你家人考虑,这些平民如果蜂拥而上,你要怎么处理?扔瓦斯催泪弹?你想双手沾染平民的鲜血?”

特警指挥官的放行令所有人都松了一口气,联合部队不必为要不要与平民起冲突而苦恼,市民不必暴力对抗才能支持江城紫一行,江城紫等人不必另想计划闯出包围圈,皆大欢喜。

市立医院离电视台只有两条街距离,摄影车缓缓开动,在到达警戒圈时，四五名站成人墙的警察避让开，被他们拦住的市民也避让开，留下了中间一条足以让车通行的通道。

充当临时司机的摄影师很是紧张，想换挡加速离开这里，梁植按住了他放在挡位的手，低声说："没事，别紧张，你慢点开，在手术没有结果之前，市民不会对我们不利。"

车窗全是有色玻璃，关上窗后，外面的人看不到里面，里面的人却能把外面人的表情看得一清二楚。

江城紫默默地看着外面，外面的人也在默默看着这辆缓缓离去的车。没有人说话，因为谁也不知道要说什么。支持或者反对都不重要了，因为真相会在不久后大白。每个人心头都沉甸甸地坠着一个疑问：如果梁植的话是真的，江城紫的脑中的确有芯片，那么以后要怎么办？

摄影车后跟着大量警车，似拖着一条尾巴，在驶出人群后，后面的两辆警车加速靠近，一左一右将摄影车夹在中间，就差前面有警车开道了。

吴欢看着新奇，怪笑："警察这不是在变相保护我们吗？"

梁植冷笑："这只不过是他们暂时不知要拿我们怎么办好。"

驶出一条街后，视野开阔了许多，街上基本上没什么人，冷冷清清，但在接近市立医院时他们才发现这里也聚集了非常多的市民，电视直播江城紫会到这里来做手术，许多市民直接赶到这里等候，也有人是从电视台又赶到这里。

见到摄影车，围观群众起了小小的骚动，有人居然高举着纸牌，上书"支持江城紫"、"祝江城紫手术成功"等字样。

江城紫微微一笑，对前面的尤伯说："尤伯，虽然我相信你的医术，但就算是医神也免不了手术失败这种结果。如果真到了这一步，你就保证我脑中的芯片无损吧，以便科学家们用来研究如何安全去除槐安市民脑中的芯片，你如果判断我的脑组织严重受损不可修复，也别把我弄醒了，直接让我无痛无感地死掉好了，我可不想当一个疯子傻子，下半辈子在疗养院里被人当成活死人一样摆弄。"

尤伯很严肃地点头："好，我答应你！"

在场的人全跌破眼镜。一个青春女孩把生命当儿戏，一个白衣天使把夺走生命不当回事，这种事，也只有槐安现在的状况下才可能发生吧。

ZHENDANG
KONGJIAN

第二十四章

超级手术

想必目前最上层也有没想出如何解决江城紫这一行人的好办法，所以“护送”他们到医院的警察们捎带着也“护送”他们穿越医院门口聚集得越来越多的市民，直达医院2号楼大厅。

一排身着白大褂的医护人员表情肃穆地站在大厅里，排成一线挡在他们面前。

江城紫挑眉，想发飙，这群家伙难道是中心的走狗，想来阻止手术吗？

医护人员中为首的一个鬓角斑白的中年男人迈出一大步，不是向江城紫，而是向着尤伯，深深地打量着他，激动得说不出话，眼睛发红，过了半晌才伸出双手：“尤主任……是你吗？你还活着？在电视上听到有人自称是东部最好的脑外科专家，我就知道你还活着……”他哽咽起来。

尤伯握住了他的手，强忍着激动说：“是我，老孟，我没死。我两年前没有同意戴门电子科学研究中心的拉拢被他们派人假借抢劫名义杀了我全家，又一把火烧了我的家，我也是死里逃生，之后一直隐姓埋名。没想到我也有堂堂正正回来的一天！”

梁植和江城紫相顾愕然，没想到尤伯竟然早就是这场混乱的受害者了，更没想到尤伯真有他说的那么牛。

被称为老孟的医生一侧身，让出一条路："我们早就作好准备，等尤主任你回来做这台超级手术了。手术室和仪器准备的是最好的，人手也随便你挑，我亲自给你打下手。"

尤伯呵呵笑着，对江城紫介绍："这是脑科专家主任医师孟巍，现在也应该是科室主任了吧。"

孟巍不好意思地笑了笑："是的。尤主任你走了以后，我就……"他又一正色道，"尤主任，你的腿……"

尤伯拍了拍腿："长时期站立绝对不行，但有了你协助就没问题了。给我准备一个高凳，许多步骤就要依赖你了。"

因为通过电视直播已知道手术的目的，所以孟巍早就作好了准备，一切都是现成的。

江城紫被推进手术室做术前准备，节目组也开始换上无菌服准备作现场直播，梁植慢慢踱到正在洗手的尤伯身边，忧心忡忡地说："尤伯，你到底有几成把握？"

尤伯摇头："她目前的情况不能做MRI，只能从CT上看出一些端倪，我也说不准，开颅后随机应变吧。"

他看了看梁植，脸色有些严肃："我答应她的，是真的，如果真到了那一步，我说到做到。但我也答应你，我会尽我最大努力挽救她的生命。这样一个坚强无私的孩子，谁会舍得放弃她呢？"

在准备手术期间，联合部队也没闲着，军队包围着医院最外层，警察牢牢把守2号楼所有出入口及手术室所在的七楼出入口。医院有几个保安，此时因为尤伯的关系，守在手术室的门口，成为唯一站在梁植这方的势力。

吴欢没有同进手术室，一是里面的人太多了，二是他很相信尤伯的能力，所以他和梁植一起守在手术室外，准备随时应付突发状况。

江城紫虽然进了手术室，但梁植不相信中心会如此被动，对于目前的失控状况一点都不予以控制甚至反击。可以说现在手术室内万分紧张，手术室外同样紧张万分。大家各有各的战场，尤伯要保证江城紫的生命，梁植要保证这台手术不受任何干扰。

低头看看手表，手术已经开始半个小时了，现在是下午 4 点半了，梁植心中焦虑，特遣队为什么还不来，有什么事耽误了？如果江城紫的手术成功，中心的阴谋破产，气急败坏之下什么阴招都可能使出，届时己方完全没有自保能力。要发动市民拦住军警联合部队可以，但要发动他们对抗甚至攻击联合部队却是完全不可取的，平民的伤亡会极为惨重，后果的严重性令梁植不敢想象。

虽然此时他手头没有人质，但走廊里把守住两处楼梯口的七八名警察也没有过来逮捕他或是有别的行动，只是在巡逻时会偷偷瞄一眼手术室，似乎那目光带有穿透性，会看穿进去，看到江城紫的手术情况。

吴欢坐不住，跑到窗前观望外面的情况，吃惊地说："梁植哥，电视台外的人全跑到这里来了，他们放着家中电视直播不看，跑这现场参观呢。"

梁植面色阴沉，吴欢觉得热闹，可他却觉得惊心。这么多的人，如果中心有心捣乱，只要一个小小事端就能激起这些已经心存不安的普通市民了，这几万人如果炸了锅，可不是两三千人的军警联合部队能约束得了的。

事态越来越难以控制了，越来越多的市民赶到医院，希望能第一时间知道手术的结果。

中心也终于要发难了。

下午 6 点 17 分，暮色初现，军警联合部队却起了小小的骚动。公安局长经市长授权，要强攻医院，逮捕绑架人质并引起全市骚乱的犯罪分子梁植以及帮凶尤伯，至于正在做手术的江城紫，市长没有提到，局长也没有提问。但再傻的人也知道，没有唯一技术过硬的尤伯做手术，江城紫能不能活着离开手术台都是未知数。

给江城紫一行放行的那位特警指挥官已被撤职，为怕警察同情平民，这次公安局长与军分区司令商量，换上了士兵打头阵冲锋。服从乃军人的天职，荷枪实弹的士兵服从并且坚定，首长一声令下，部队立刻分头行动，以排为单位，分多路攻入。此次军分区共派出两个营的兵力，一个营在外面维持秩序，一个营包围了2号楼，其中三个连进入楼内，包括疏通通道，疏散楼内无关人员，控制出入口，将楼内的警察换防出来等等。

三个连由一名带队的尉官带领开始行动，在进入楼内时，士兵们都有些不安，有人问尉官：“长官，如果我们遇到平民抵抗，要怎么处理？”

尉官瞅了他一眼，口气有点冲地回答：“把对方想象成你兄弟、叔伯，你说你要怎么处理？”

问话的士兵叹了一口气，跟上了队伍。

军队的行动，像一把火点燃了干透的木柴一样，外面本就焦虑和惊恐不安的市民们轰然喧闹起来，有人在喊“他们在杀人灭口毁灭证据！”有人在喊“军队要攻击平民啦！”更有人在高呼“保护医院大楼！保护手术！保护江城紫！”

人们激动起来，反对者等待手术失败以便狠狠教训江城紫等人，支持者等待手术成功证明一切都是一场阴谋。但无论抱着何种目的，军队一旦进攻，手术必定失败，如果江城紫有个闪失，证据被破坏，谁还能证实这个拿10万人做实验的阴谋是真还是假呢？

几个孔武有力的年轻人冲破了警戒圈，也或许是拦着他们的那名警察暗中放水，事情发生得非常突然，那名警察被拥挤的人群推得突然一个踉跄，差点摔倒在地，幸好被同伴拉住，在他们防守松懈的这一瞬间，那几个年轻人突破了封锁，带动了身后众多急红了眼的市民。

防线顿时被狠狠撕开一个大口子，人们涌进医院内部，奔向2号楼，力图冲垮拦住前路的军警联合部队，他们像滚滚的泥石流，淹没一切敢于阻挡他们的障碍。

警察们装腔作势地摆着阻拦的架势，或者连样子也不做，直接闪到安全地带，士兵们虽然遵守命令，但统共两个营一千人，这么分散开来力量薄弱，再加上平民可不是敌人，不能开枪，不能下重手打退。人心都是肉长的，就算是铁血士兵也不忍对平民动手，所以狼狈不堪，被民众趁乱打伤的比比皆是。

年轻力壮者冲进了2号楼，等不及电梯，呼喊着冲向楼梯。在这里他们遇到了更坚强的抵抗。在楼外的开阔地区,人力薄弱的士兵顶不住汹涌而来的人潮,可在楼内,一个拐角,一段走廊,只要几个士兵排成人墙,就可以堵住几十名激动冒进的市民。

三个连队的士兵本可以先冲上七楼完成任务,但后路都被人端了,再加上平民的暴动远比在七楼手术室要遇到的抵抗更加惊人,所以他们不得不掉转头组成人墙拦截冲上来的市民。

七楼以下乱成了一锅粥,吵闹嘈杂的声音直冲楼上,还留守在七楼的几名警察来不及撤退,紧张地坚守楼梯口,但目光都不自觉地斜向梁植,看他有什么办法没有。

梁植当然明白他们在想什么,很直爽地一摊手:“各位,手术室里躺的是你们的同事,为了保护人民的安全,在半年前差点丢了这条命,现在她又为了整个槐安市10万市民的安危接受这生死未卜的手术,你们自己决定要怎么做吧。

警察们脸色发白,不约而同地守住了走廊左右两段的楼梯口,打算阻止市民冲上七楼。

梁植站了起来,他的脸色也阴沉了许多,因为楼下传来的声音越来越响,越来越近,说明军队的拦截越来越无力,坚持不了多久七楼就不得宁安了。虽然这些市民是好意,但这样的杂乱,绝对会影响到里面手术的进行。此时恐怕谁出面也不可能阻止他们涌入七楼了。真是让人头痛,有什么办法既能让他们老实待在楼下不影响七楼的手术,又能同时阻止军队的进攻呢?

吴欢紧张得大气不敢喘一口,低声说了一句:“我进去看看情况。”说完跑进手术室,也没敢深入,在门口与一个护士交谈了两句,出来报告给梁植:“‘早着呢,继续等。’这是原话,天啊,急死人,这可恶的手术快点结束吧,否则我快紧张死了。梁植哥,你说紫姐会不会有事?”

梁植表面上仍然很淡定:“尽人事,听天命。我也不知道最终会是什么样的结果。有一点我可以肯定,我们此次行动,成败就在此一举。如果没有保护她到手术结束,我们就失去了在民众中的公信度,那是再多的煽动性演讲和证据都无法弥补的失误。所以,吴欢你不要上蹿下跳的,里面尤伯在尽他的责,外面我们有我们的重要职责。”

平民终于有人冲破了最后的障碍，五六个人从六楼冲向七楼，被堵在七楼楼梯口的警察紧张地喝止：“别上来！这里在做……手术！”

上楼者那杀气腾腾的架势，即使是凛然正气的警察也有些受惊，如临大敌般握紧手中的警棍，准备随时迎战。

梁植快步走了过去。

市民中为首的壮汉见到了梁植，脸上的杀气立刻缓和了许多，对他身边显然跟他是哥们儿的几个人说：“我们就堵在这里，别让他们（士兵）冲上来！”说完几个人在六楼和七楼楼梯之间的拐角处一转身，排成人墙。

挡在前面的四个警察全部愕然地回头看梁植，现在他们居然是在靠梁植的庇护才能毫发无伤待在这里。梁植对他们轻轻点了点头：“拜托了。”转身又去走廊另一头的楼梯。

在见到梁植后，冲动的市民们都恢复了平静，自发地堵在楼梯拐弯处，阻挡军队上来。

局势逆转，所有人都目瞪口呆，先是军警联合阻拦外围市民，然后是军队准备占领2号楼，再然后是平民穿越军队封锁，现在是军队打算冲破平民的封锁了。

梁植哭笑不得，吴欢倒是兴奋地跑来跑去，给下面的平民打气加油。梁植可没他这么有信心，现在已经是晚上7点多，市民完全是凭着一腔热血一鼓作气与军队对峙。因为军队不可能向平民开枪，不可能使出强硬的格斗术，虽然避免不了肢体接触，但他们大部分是以胸膛作为屏障，手挽手排成人墙来拦截平民，或者是以坚强的体魄来冲撞撕开平民的防守，一方心存顾虑举步维艰，一方锐气冲天满怀正义，双方不平等的攻守必然导致军方的失利，平民占了绝对上风。

可是这种局势不会长久，手术还要持续很久，到了深夜，会有许多平民支持不住，或离去，或精神涣散，训练有素的军队届时再强攻，这一盘散沙的平民溃败是必然的。

果然，军队的指挥就如梁植这般打算，在强攻几次失败后，放弃了医院外围的警戒，将包围圈收缩到2号楼外，士兵们轮休调整体力。市长下达的最终指令是：天亮前必须结束一切战斗，所以军队的指挥者将进攻时间定在了午夜12点。

七楼除了自来水，什么也没有，留守在这里的警察和平民们虽然成功保护住了手术室，但在这样高紧张度的煎熬下疲惫不堪，节奏完全掌握在攻方手中，军队想撤就撤，想换防就换防，守方却要时刻提高警惕防止冲击。所以当军队开始再次向七楼冲击时，结果毫无悬念，一个平民站立不稳摔倒，带动周围疲惫不堪的多人滚成一团，平民的防线撕开了一个口子，就像是五六个小时以前事件的反转。

梁植突然听到了微弱的嗡嗡声，声音似速度极快地由远而近移动，他猛地站了起来，既惊且喜，这声音十分熟悉，莫非……

最前沿的士兵已经冲破了警察这道最后的防线，从走廊两头向位于中央的手术室方向包抄过来。

拐角的平民已被士兵驱散到了六楼，七楼的警察和去支援他们的几名医院保安都被士兵控制住，手术室门口只有梁植、吴欢以及两名医院保安，扇形分散开牢牢守着手术室的门。

外面的嗡嗡声越来越响，放在椅子上的水杯震得跳动起来。梁植脸上笑容更盛，惹得吴欢小声嘀咕："都要被人灭了，还乐啥?"

嗡嗡声已经变成了轰鸣声，一个带队的尉官身上对讲机响了起来，可在这强大的轰鸣声中什么也听不见。

两道强光猛地从走廊两端的玻璃窗投了进来，在瞬间如强光弹晃花了所有人的眼。

走廊里几十人，唯有梁植对此早有准备，一把按下吴欢的头，同时蹲到了地上。那两名医院保安倒也机灵，先前看到梁植的笑容就猜到他有准备，早就在时刻关注他的一举一动，此时见状立刻也迅速地蹲下。

这是在投降？震惊的士兵们一时间在巨大的轰鸣中发起了呆。

两扇玻璃窗突然被撞得粉碎，不过玻璃破碎声被轰鸣声掩盖，人们能看到的就是窗子突然爆裂，有身着迷彩服的士兵从窗外缘绳飞跃进来。

直升飞机？空降士兵？

走廊里对峙的双方都极为惊疑。在攻方看来，新来者似是己方的空中力量,但谁都知道,小小的槐安市军分区和水警区都没有军用直升飞机,更不要说具有空降能力的这种特种作战力量。再说新来者装备明显先进了许多。守方更是震惊,这样都守不住了,军队还派出了更精锐的部队?

第三方势力可不管攻方守方在想些什么,在绳降前似乎早就了解走廊内情况,先后进来的四名军人迅速奔向手术室,在所有人都呆若木鸡时挡在了梁植等人前面,不必言语,手中突击步枪指向对面的槐安军分区士兵已说明了他们的立场。

不断有士兵滑绳而下,汇入守方行列。绳降了十名士兵后,轰鸣声逐渐远去。

走廊里的人仍然还是发着呆,不知怎么面对这个突发状况。

梁植把吴欢拉起来,不好意思地笑了笑:“我忘了,这不是普通的突击行动,不会开枪。”

吴欢张大了嘴巴,立刻又合拢,贼眉鼠眼地低声问:“这就是你说的特遣队?我们的靠山?”

梁植还没回答,攻方的队伍中有人突然失声喊道:“看他们的臂章!”

军分区士兵的臂章全是陆军统一的橄榄绿色,上标有“A 国××军区”,新来的战士臂章是“DFSL”字样,正是 A 国七大特种部队之一——C 市军区的“DFSL”特种大队。

槐安军分区的士兵们起了退缩之心,并非是惧怕特种兵,而是这群特种兵背后隐含的意义——从首都而来的,还能代表什么意思?别说他们装备精良,即使这群特种兵们穿着 T 恤牛仔裤来,也是代表着 A 国政府的决定。

带队的尉官终于听到了对讲机里的声音:“撤退,全员撤退!”

梁植走到敞口的窗前,夜风呼呼地灌进来,吹干了他身上的冷汗。他向下望去,下方的小广场明如白昼,无数灯光汇集在楼下,尚有近万的市民没有散去,在中心位置,是两组泾渭分明的武装力量,一方是槐安市的军警联合部队,一方是全副武装的精英战士,只有数百名,但铁血般的气势却绝非槐安军警联合部队的民兵可比。

强作镇定的梁植现在终于把心放回肚里了，心中暗骂："拖拖拉拉现在才来，再来晚点就准备替我们收尸吧。"

一名特种兵将自己的对讲机递给梁植，梁植接过，里面传来一个熟悉的声音："小梁，我是老罗啊，你上面的情况还好吧？下面的局势我已控制住了，我也知道是怎么回事了，你就在上面好好守着手术室吧。"

梁植不爽归不爽，这位指挥官罗应勤上校可是自己当年的老领导，他可没胆子把刚才腹诽的内容用语言表达出来，但还是小小地发泄了一下："上校，你原来应承的是昨天上午，最晚中午就到，结果晚了半天，我差点准备血战一场了……"

罗应勤嗓门儿颇大："小梁，我也不想的啊，救人如救火，可这次是非常规作战，我得准备大量先进的防毒面具，还得准备最好的电磁设备，否则我们来了不成人家的棋子完全受控了吗？"

凌晨5点39分，手术室的红灯终于灭了，尤伯是坐在轮椅上被人推出来的，身上大汗淋漓，一脸的疲倦，但眼睛中闪烁着兴奋的光芒。看到他的表情，梁植就维持住了镇定淡然的表情，手术必然是成功了。

充当尤伯助手的孟巍主任亲手捧着一个盘子，里面放着一粒芝麻大小的带着血丝的小圆柱。

所有人都是第一次看到这纳米级芯片的真实面目，目光中都带着好奇，看了又看。尤伯闭上眼睛，声音沙哑地说："芯片在这个软组织里，小到只能用电子显微镜看。江城紫脑中变异部分我尽量没动，只要除掉了这个芯片，剩下的部分对她完全无害，这样也最大程度避免颅脑受损过多，影响到她的健康。她现在状况很好，只要醒来就没事了，你们该干什么就干什么去吧。这里有我，我会亲自在ICU照看她。"

第二十五章

一城混乱

不用梁植宣告，市民们已通过不间断的电视直播节目知道了手术成功，也看到了尤伯从江城紫脑中取出的芯片，梁植的话得到最有力的证实。人们陆续散去。

凌晨6点，梁植坐在罗应勤的吉普车上，在前后数辆装甲车的保护下离开了医院，在街上巡视城市状况。在路上，作为此次行动槐安现场的总指挥罗应勤向梁植介绍了目前特遣队的行动进展。

为了彻查槐安事件，A国军委不惜动用大量人力物力，向这支特遣队提供了最好的装备、最优秀的人才和最得力的支持。

整个槐安市已被划为军事禁区，包括槐安外海域从槐安海岸到公海全部被封锁，任何个人或机构没有军委及新成立的“槐安联合应急指挥部”的证明信都无权进出槐安地界。

从西成市军分区调派的某地方部队已经完全封锁了西成市与槐安市交界的隧道口。

从北、南双方向的沿海基地派出的多艘护卫舰、巡逻艇和四艘猎潜艇组成的混合编队严密封锁了槐安三个方向的海域，电磁防干扰系统全开，既防止中心的破坏，又拦截境外一切不友好势力的觊觎。

特遣队的指挥部就设在海上的一艘驱逐舰上。这艘驱逐舰同时也是海上行动指挥部。海军基地指挥官负责海上军事力量的指挥,向罗应勤负责。罗应勤的主要任务就是破坏戴门电子科学研究中心对全市的脑电波控制,解除槐安军分区和水警区高层领导的职务,同时还要保证市民安全。

梁植由于熟悉槐安情况,所以给罗应勤充当顾问,拥有参谋长权限。

罗应勤统率的特遣队编制共3000人,其中2500名特种部队官兵,剩下的全是科研人员及后勤保障人员。特种部队只负责城市内的攻坚战,东部军区抽调了5000名精锐的野战部队官兵协助此次行动,但罗应勤仍然感觉压力很大。

虽然戴门中心拥有的50名保安力量简直可以被无视,但10万槐安市民却有可能成为中心的人质甚至是武器。只要中心通过脑电波控制一声令下:"攻击外来者!"槐安全民皆兵,那简直是不能伤害平民的部队的噩梦,那么先前进攻医院的槐安军分区士兵身上发生的事件又会重演。即使双方斗得两败俱伤,中心也是隔山观虎斗,关门偷乐了。

在特遣队还没进入槐安范围,罗应勤就已下令切断了槐安与外界的所有联系。切断互联网业务,长途通讯及移动通讯全部中断,仅有城内本地通讯还可维持,屏蔽此前互联网上一切与槐安事件有关的新闻及消息,尽一切力量阻止消息外泄,以免被不法分子有机可趁。

为防受到中心操纵,在特遣队驻地与指挥部等固定设施处电磁防护全开,所有队员随身都携带有最先进的防毒面具,一旦看到雾状气体立刻全员佩戴防毒面具。

在A国政府的霹雳手段下,整个槐安市被海陆空三方向立体包围,但同时,特遣队的进驻也是万分谨慎,这毕竟不是常规作战,这样超时代的高科技,即使是做好万全准备也不知是否能抵挡住,现在拼的不是人力,而是技术,所以罗应勤在一路上的介绍过程中一直忧心忡忡。

他介绍完后问了一个考虑了很久的问题:"小梁,我们能不能直接发送强力的电磁干扰,先下手为强,压制住中心可能会发出的脑电指令,打乱他们遍布全市的脑电波监控手段,这样既打掉了他们的武器,又破坏了他们的情报来源。”

梁植摇头:“你如果发射频率较高的电磁干扰,恐怕最先遭殃的是槐安市民,他们脑中的芯片会遭到破坏。刘凯就是个例子,虽然说他是遭受到了高频辐射,我们用的干扰频率会低许多,但谁知道这芯片的工作原理和频率?你能承担起制造10万精神障碍者的罪名?而且就算他们能承受得了,整个城市就完全瘫痪了。所有的电子机械都会受到破坏,所有与电力有关的基本设施都会完蛋,通讯、交通瘫痪,水、电、气、油、车等等全部无法使用,你连电动牙刷都别想用了。这烂摊子可没人能收拾。”

罗应勤骂了一句粗口,愤愤道:“人怎么这么喜欢折磨自己的同类,净发明这些恐怖的玩意,要把先进的技术文明都破坏掉,难道这群家伙想生活在真空中?人类基因里是不是有自毁的成分啊?”

梁植苦笑。目光转向外面。

大街上极为冷清,目前车经过的是一条繁华的商业街,现在正是往常的上班高峰,可街上冷冷清清,偶有行人路过,也是神情惶惶。在熬过这个不眠之夜之后,许多人已经抵抗不住生物本能的诱惑,沉沉睡去了。但他们的世界观已经坍塌了,他们终将醒来面对这个事实。未来会是怎么样,就连梁植都没底,更不要说这些一直被蒙在鼓里方才发现自己早已沦为小白鼠而痛苦的槐安普通市民了。

去中心要横穿半个槐安市,越向繁华地,警车和救护车的呜咽声就越响亮,警笛刺耳,甚至后来还出现了救火车的声音。

各种混乱的声音回荡在吉普车内,没有人说话,他们也不知道说什么,唯有沉默。

中心大门紧闭,站在高处可以看到中心内一部分区域的状况,开阔的地区基本没有人出现,围墙上的线网不用检查也知已经充满了高压电。没有抵抗,没有防御,但没有人气的中心令人更加难以琢磨,他们究竟是留有杀招还是准备投降。

通过红外热成像仪可以看到中心内还有不少人,有分散在不同房间的,也有聚集在一起的,只是不知他们到底在做什么。

特遣队早就在此布置好,罗应勤和梁植到后,立刻下达了执行任务的指令。

特遣队带来最大功力的电磁屏蔽器,360 度包围了中心,阻止中心对外发射电磁波甚至电磁武器。虽然已经切断了中心的电源,但中心显然自备有发电机,电力未受影响。

罗应勤不想强攻,毕竟这里面全是平民,自己带着两千多名特种兵强攻只有几十名保安的中心,传出去会是个笑话。所以他采纳了梁植的建议,先礼后兵。

因有电磁屏蔽,一切通讯设备都不能用,所以他们用了老办法,向高墙内投掷了大量的宣传单劝降。

有几个人出来捡了不少宣传书又跑回楼内。

梁植举着望远镜静静观察着中心内的情况。一名电磁专家站在他身边,也在用望远镜观察里面,吐了一口浊气:“幸好我们没有强攻,这中心隐藏的力量真是可怕啊。”

罗应勤听到,不解地问道:“有什么可怕的?”

专家指着中心后面的天线阵说:“这边,是短波天线,应该是接收放大后的脑电波所用的,可那边那上百根天线很明显是相控位天线阵,上百米的高度,肯定是发射极高频的微波,可以直达电离层的。如果我们强攻,他们破釜沉舟,很有可能把这个当作电磁武器来用。如果发射的电磁波达到超高频 3—30 兆赫兹以上的频率,我们的装置就屏蔽不住了,要是射向我们……”他吞了口唾沫,没说话。

罗应勤催问:“射向我们会怎么样?”

专家摇头:“不知道,从没有人试过。”

罗应勤气结。

梁植深深地凝视着天空,考虑着:以高岭的为人,在现在这种情况下,他会做出什么事来?

第二十六章

放手一搏

江城紫醒来时头痛欲裂，她轻轻摸了摸包着白纱布的头，似乎里面的疼痛远甚于创口处的疼痛。有护士24小时轮班值守在她身边，见她醒来，立刻嘘寒问暖。

“现在是什么时候了？”江城紫声音沙哑地问道。

护士轻声回答：“上午9点11分，今天是7月13日了。”

江城紫转了转眼珠，才算出这已经是手术后第六天了。这期间她醒过几次，但神志很是模糊，眼前光怪陆离，身边人说话的声音都像是坏道的录音带一样扭曲。

护士出去了一下，再进来的是吴欢。吴欢见到江城紫恢复清醒，十分欢喜，扑过来就叫：“紫姐，你可算是醒了，这舰上我一个熟人都没有，闷死我了！”

“舰上？”江城紫纳闷。

吴欢点头：“我们现在正在一艘驱逐舰上，就是这次特遣队的大本营、指挥部。”

他知道江城紫手术期间特遣队才来，所以将江城紫进手术室后发生的事一一描述。

在江城紫术后昏睡的这六天里，槐安市一团糟，虽然高层和特遣队都有所预料也有所准备，但事态还是前所未有的混乱与复杂。

好在特遣队的方针明确，措施得力，现在城市已经开始逐渐恢复正常的秩序了。

唯有中心是个难题，中心坚守坚壁清野政策，不开门，不回应。尽管被特遣队断水断电重重包围，但看来早就有储存生活必需品，所以硬生生支持到现在，特遣队竟然连对方一个人的正面回应都没得到。因为怕中心拼个鱼死网破，一直没有强攻，还在僵持着。这期间起过两次大雾，谁也不知道是不是中心放的，里面是否有吸入式芯片，只得全员佩戴防毒面具。

江城紫奇怪起来，现在中心没了郭中昌，必然是高岭全权主持工作。看高岭为人，绝非束手待毙之辈，他到底想干什么？

这其中必有阴谋！绝不能再拖下去了！

江城紫挣扎着下床，腿一软，差点摔倒，幸好被吴欢扶住。

吴欢惊道："哎呀我的姐啊，你要做什么？你可是刚做过那么危险的手术，消停一会儿好不？你想吓死我啊！梁植哥一天好几遍电话打过来叮嘱我要好好守着你呢。"

江城紫嘿嘿一笑："行，你可以看着我，我走到哪儿你跟到哪儿就行了。去，出去给我找舰上的人，无论是谁，主事就行，派辆车把我送去中心，罗应勤会需要我的，你就这么原话告诉主事者。"

一小时后，江城紫如愿地站在了罗应勤面前，而有罗应勤的地方就有梁植，所以梁植在看到江城紫气喘吁吁扶着吴欢进入中心外临时指挥部的帐篷里时，那眼神，既是愕然又是生气。

江城紫猛摇双手，阻止梁植说话："哎，你别骂吴欢或是要赶我回去了。高岭一直避开你们，分明是在拖延时间，必有阴谋，你们可别上他的当了。"

罗应勤微笑："你来得正好，我们的确不能再等了。再过一小时我们就要强攻中心了，你可以在这里观察。"

可计划永远没有变化快，特遣队进攻倒计时半小时时，突然有科研人员汇报：中心的相控阵天线已经启动。

进攻计划暂时搁置，罗应勤参与过无数次真实以及模拟的战斗，但这种没有对手，武器也非实体化的战斗还是令他有些紧张，于是命令全员戒备，电磁防护开到最大值。

相控阵天线在电脑操纵下，整齐划一地笔直指向天空。

谁也不知道中心在搞什么鬼，但天线指向天空而不是特遣队驻扎的小山头，攻击目标应该不是特遣队吧，每个门外汉都这样想着。

几分钟后，电磁专家报告："相控阵天线刚才发射了高功率电磁波，功率初步估计在4.5兆瓦，目标应该是电离层。"

对电磁不了解的罗应勤望向也可称为专家的梁植，江城紫也望向梁植，梁植苦笑："你们别问我，这么高功率的电磁波，简直能把电离层射穿个洞。中心总不会想破坏电离层，与我们同归于尽吧。所以我也不知道中心在搞什么鬼。"

几分钟过去了，中心里一片寂静，小山头上的特遣队也是一片寂静，每个人都在提心吊胆地等待这次发射的结果。

如果电离层受损，臭氧层破洞，各种宇宙射线长驱直入地球，天空会不会出现什么异相呢？大家都仰着头看天空。

又过了几分钟，天地仍然一片寂寥，白云依旧缥缈，蓝天依然清爽，风吹树摇，鸟鸣啾啾，什么事也没有。

中心的门突然打开了，一群手无寸铁身着白大褂的研究人员从中心里走了出来，高举双手大喊："我们投降！"

峰回路转，这结局真是令人惊讶万分。罗应勤指挥士兵包围中心的科研人员，一一甄别身份。

现场乱哄哄的，四百多名中心的工作人员一窝蜂涌出来，真够特遣队处理一阵了。

江城紫要吴欢扶着自己，下了山坡向中心的人走去。她想找到曾宝葶，质问她出卖自己的原因，也想找到高岭。

在人群中，她没有看到高岭，也没有看到曾宝葶。看到一个中年男人颈间挂着A级通行证，她立刻一指戳向那男人的肩膀："高岭呢？曾宝葶呢？"

男人一脸悻悻："曾主任刚才被关在高主任的办公室里。至于高主任和孙主任,刚才实验时还看到过,现在不知在哪儿,反正人都在这,你自己找吧!"

江城紫再找了一遍,确定中心的这三位副主任一个都不在人群中,所以将此事告诉梁植。

罗应勤派了一个连的特种兵,护送江城紫和梁植进入中心内部寻找曾宝萼。

在高岭的办公室里,曾宝萼一脸愤怒地摔坏了所有的设施,见江城紫等人到来,把反锁的门打开,脸色更加难看,完全失去了平时的优雅与高傲。

"到底出了什么事? 高岭呢?"江城紫毫不客气地提出目前最关键的问题。

曾宝萼捂着脸,一声呜咽,坐倒在地上:"我们的实验失败了,中昌……"

梁植再三追问,从曾宝萼口中逼出了刚才相控阵天线启动的真相。

郭中昌曾经对江城紫提过的实验,中心里到处流传正在进行的神秘实验,都是郭中昌的最新计划——极光电喷流谐振计划。

中心在两年前就已经完成了用电脑接收脑电波的实验,也完成了人脑接收电脑指令的初步实验,但对于人脑如何接收另一个大脑发来的脑电波却毫无进展。这一步可以说是大脑联网的关键,如果所有的大脑都只能对外发送脑电波,却不能同时接收别人发送过来的脑电波,那就是发射塔而不是互联网了。

郭中昌在大半年前受到美国 HAARP 计划——高频活动电离层研究计划的启发,启动了极光电喷流谐振计划。

脑电波中,人类处于清醒状态下的 β 波频率在 14—30 赫兹,属于极长波。要在地面上发射低频电磁波是十分困难的。发射电线与发射的电磁波波长成反比。如果要发射 30 赫兹的脑电波,需要的天线长达 1000 公里,人类根本不可能制造出这样的天线,所以就要另辟蹊径。

电喷流是指在电离层水平方向流动的电流,它可以存在于任何纬度地带。在两极附近电喷流要比低纬度地带强大得多。在极地的电喷流称为极光电喷流，它是产生极光的能源。

可以利用强大的极光电喷流来做虚拟天线。极光作为一种活动的非线性介质，其主要能量集中于2.8—10兆赫。

郭中昌的计划是：利用320个发电机，发出320万瓦强大信号，放大1400倍给相控阵天线，将中心收集到的脑电波恢复到正常频率，利用4.5兆瓦的强大载波将正常频率的脑电波进行调制，然后发射至臭氧层。如果载波的频率能引起极光电喷流谐振，那么就可以把极光电喷流变成一个虚拟天线。使之辐射出具有极强能量的电磁波，低频可低至30赫兹，达到不同频率的脑电波像短波一样辐射整个空间，可被任何大脑接收。

通过这种外来手段的干预，达到大脑的初步联网功能。尽管这个计划还很简陋，还不算是自主的大脑联网，但如果成功，却是迈出人脑联网最关键的一步。

只是这个实验准备时间太短，完全没有经过测试，中心发出的载波只是大概的估计值，基本不太可能一次就引起极光电喷流谐振。

除了郭中昌，孙建会也掌握了这个技术的核心，所以高岭在郭中昌动摇后立刻除掉了他，换孙建会来操作这项实验。本来如果有充足的时间，多做几次测试，这项技术有很大希望成功。结果江城紫和梁植的发难完全打断了高岭的计划。

高岭在江城紫和梁植占领电视台进行电视直播时就知道大势已去，他们俩如此有恃无恐必是消息上报，后援将至，所以高岭没有浪费时间去拼死抵抗，而是加紧了极光电喷流谐振的实验。

其实在特遣队准备进攻前夕进行的这次实验，理论并没有完全成熟，但时不我待，高岭观测到山上特遣队的行动异常，推测等了几日，特遣队的耐心已尽，所以只能破釜沉舟一试了。

在载波发出一分钟后无异常，高岭就知道实验还是失败了，尽管在意料之中，他还是极为沮丧。曾宝萼劝他带领整个中心投降，留存实力，以图后谋。可高岭二话不说，要保安主管章华将曾宝萼推进了自己的办公室里，把门倒锁，然后消失了。

此时士兵已经清点人员完毕，根据中心员工登记册核对，失踪三人：高岭、孙建会、章华。

江城紫惊奇，印象中高岭是个很高傲的人，难道他居然会在这种时候带头逃跑？

曾宝萼惨笑："高岭逃走了？他终究还是不死心啊，实验失败，看来他要孤注一掷了。"

见曾宝萼神色有异，江城紫有些紧张："他到底要做什么？"

曾宝萼微昂头，问道："还记得南柯号事故对刘凯的影响吗？郭主任提出了极光电喷流谐振计划，高岭则从南柯号事故得到了灵感。在南柯号失事后的第一时间里，我们就登上了南柯号，刘凯落入了我们的手中，很快我们就发现了他竟然具有能够接收别人脑电波的特异功能。这完全是意外事故，但对高岭来说却是一个大好契机。他从那时就开始了另辟蹊径的后备计划，即模拟事故，再造跳频版芯片。这需要计算受电磁干扰后那个高频脉冲武器功率爆增的能量，减去当时刘凯身上防护服防御数据，得出频率段范围，再利用天线将这个频率的电磁波扫描全市，使每个脑中有芯片的实验者脑波接收器失控，受于不规律跳频状态。这样有很大几率出现精神障碍者，也有很大几率出现脑电波接收者。这样计算下来，最终必会出现一定数量的精神健康者，同时还是脑电波接收者。再以这部分人为蓝本进行研究，会逐渐完善整个计划。"

顾及到江城紫不懂这些专业知识，曾宝萼已经说得很浅显易懂了。江城紫也听懂了，她张大了嘴，好半天才合上："你是说，高岭那个疯子，在拿全市人的性命赌博？赌这 10 万人里会有一定概率出现成功者？这成功的概率是多少？百分之一？千分之一？万分之一？剩下的人怎么办？就让他们被这场疯狂的实验搞成疯子？"

曾宝萼苦笑："在主任级决策会上，郭主任拥有两票权限，再加上我的一票，所以高岭这个计划被我们俩给否决了。但以他的个性，必会在背底里操作作为备用计划。只是这个计划太过疯狂，付出的代价太大，即使是对脑网计划狂热如高岭，也只是理论研究，不敢断然用来实验。虽然你看不起我们中心的作为，但我们仍然是科学家，不是恐怖分子,明知结果会伤亡惨重,我们怎么可能疯狂如斯?

"高岭此人,行事比较随心,所以外人对他的评价是毁誉参半。现在他既然带着孙建会和章华逃走,基本可以肯定是去找地方做这个终极实验了。不过我可以告诉你,你还有机会挽回。高岭虽狂却不嗜杀,他的每个行动目标都是必须且不可替代的,不必要的伤害他不会做,不必要的资源浪费他也不会做。这个疯狂实验很明显只是他在盛怒之下的草率之举,没准半路上他就后悔了。你和他以前在中心谈过天,除去你们关于脑网问题的观念对立外,似乎他对你印象还不错,你可以利用这点。"

江城紫奇怪:"我知道了。不过,你们在我脑中移植的升级版芯片不是非常好用吗?为什么……"

曾宝萼打断她的话:"那种芯片虽然采用的技术先进,能达到同时接收和发送脑电波的功能,但必须要通过手术移植,而且失败率很高。你认为中心有可能给所有人都做手术来完成这个实验吗?我们使用的方法必须是简单、可靠,还要在当事人无知无觉中完成。"

梁植一直在倾听江城紫和曾宝萼的对话,此时插话:"他们是怎么离开这里的?这里都被我们包围了。"

曾宝萼不屑:"你不会以为中心搞这么大动作,会一点后手不留?天线区后面有一条隐藏地道,连接山上的防空洞,他们现在估计早就从那绕到山后,离你们几公里远了。"

高岭会去哪里?就算他逃出去是为了做这个终极的疯狂实验,就算他已经早就计算好了需要多高频率的电磁波,也得有设备啊,没有天线和电磁发射装置,他能做什么?而现在槐安市都在特遣队的控制下,他要去哪里找设备?

江城紫皱着眉,脑中刚才似乎有什么一闪而过,快得她还没抓住它的尾巴,就已经失去了它的踪迹。是什么?是什么呢?她的头突然剧烈地疼痛起来,像被人凿开了头颅,用石臼狠狠捣着脑浆一样,在瞬间痛得像被吸走了体内所有的气体,脸涨得紫红。

梁植也在考虑高岭等人的去向,没有注意到江城紫的异状。此时突然身上的对讲机里传来罗应勤的声音:"小梁,我刚接到水警区的紧急通报,刚被修好的南柯号刚才擅自出航了,水警区与其失去联系。舰上有舰长及官兵六人,舰上还有 HEPG!"

江城紫和梁植都倒吸了一口气,江城紫终于明白了刚才自己脑中闪过的念头是什么:南柯号在进行 HEPG 实验前就进行了天线的改装,艇上电子设施极为先进,而且 HEPG 在出事后谁也顾不上管它,还放在艇上仓库里,可以说就是一艘流动的实验室。水警区也舍不得实验失败后就放弃这艘巡逻艇,所以在南柯号出事后将其拖回码头维修。想必高岭早就打算将南柯号作为后备基地了。

梁植发现江城紫脸色极为难看,不由得担心:"你刚做过那么大的手术,不要强撑了,南柯号的追击行动由我们完成就行了,你回去休息吧。"

江城紫深呼吸了几下,感觉没那么难受了,这才摇摇头:"高岭那人,我了解的情况比你们谁都多,而且你也听到曾宝萼说的,所以带着我,或许会有用处。废话也别说了,我们赶快追吧,如果让他启动了 HEPG,那才是真正的灾难,远比郭中昌的实验后果要严重多了。"

一架武装直升飞机在不到半小时内就起飞了,机上除了江城紫、梁植,还有两名罗应勤特意挑出的精英特种士兵随机保护他们。

直升飞机的导航系统上已经接收到了地面雷达传来的南柯号追踪数据,以直升飞机的速度,不用半小时就能追上南柯号了。

江城紫脸色煞白,先前的头痛受直升飞机的噪音一激,简直是天旋地转的眩晕,她紧紧抓着扶手,一声不吭在慢慢消化着这最近越来越频繁越来越剧烈的头痛。

梁植陷入沉思中,在临行前,罗应勤找他单独谈过话,最后暗示他:如果现场情况不可控,可就地自行处理。

这意味着,如果高岭不听警告或是来不及阻止,这两名随行的特种兵就会听自己命令射杀高岭吧。不过从江城紫的言谈中可以听说,她似乎对高岭并不是那么深恶痛绝,这人应该算是个科学狂人,不是大奸大恶之辈吧。他偷瞄了一眼一名特种兵脚下,狙击步枪都准备好了……

直升飞机的速度极快,很快就追上了南柯号。南柯号无意追逐游戏,在几分钟前就停了下来,几名海军官兵放下了船上的救生艇,陆续登上救生艇,划离了南柯号。

看来高岭虽然劫持了军舰,倒不打算拿官兵当人质,只是利用他们把军舰开出来而已。

直升飞机本来在稳步降低,但驾驶员突然拔高,左右摇晃不定,操作系统一阵杂乱的警告音,把江城紫等人晃得头昏眼花。

“下面有人在攻击我们!”驾驶员沉声道。

不用梁植发话,一名特种兵迅速打开脚下装枪的箱子,以令人眼花缭乱的手法快速组装好一支狙击步枪,对驾驶员只说了两个字:“稳住!”

驾驶员提升高度后稳定下来。

士兵瞄准舰上某处,看清后汇报:“男性,30岁左右,手持九五式步枪。请首长指示!”

“是章华,中心的保安主管,高岭的忠实走狗。”江城紫揉着太阳穴,勉强道出袭击者的身份。

梁植没说话,只是点了点头,手用力向下一压,士兵立刻开枪。

不知打中了哪儿,江城紫只能看到原来隐藏在角落里的章华扑倒在甲板上一动不动。这是自进入槐安城以来,第一次有人真正倒在自己面前。尽管心生不忍,但她也明白在这种情况下直升飞机无法降落,轻则大家集体成为章华的靶子,重则机毁人亡。不除掉高岭的这个爪牙,又如何能对高岭起到震慑作用?

南柯号上应该只有高岭和孙建会两人了,驾驶员驾机在空中盘旋下降,以引诱潜在的敌人,但显然高岭不是好战分子,没有在南柯号上准备别的武装力量,所以直升飞机降到离甲板只有五六米的高度,四人先后绳降下来。

高岭和孙建会果然就在船舱里的电子控制室内,孙建会躲在一个角落里缩成一团,见到手持微冲的两名特种兵更是吓得哆嗦起来。

高岭倒是好整以暇地坐在旋转椅上,右手握着鼠标,食指放在鼠标左键上,冷峻地看着江城紫和梁植在特种兵的保护下迈进船舱。

梁植拔出了手枪,瞄准了高岭的头:“松开手,离开操作台!”

高岭冷笑:“要不要我们比一下谁的手快?你的手指一动,我的头会爆开,我的手指一动,HEPG 启动,扫描整座槐安市,会制造出多少个刘凯我可就不知道了。”

梁植同样冷冷地说:“我相信你是一名科学家,而不是反人类的战争狂、变态杀手。你确定要毁灭整座槐安市吗?”

高岭的脸上露出一丝凄凉:“十年苦研,最终功亏一篑,换成是谁都不会甘心。只是最终要靠这种博弈之法取胜,实在是科研者的悲哀,对我们十年艰辛的绝大讽刺啊。但我没有时间去验证极光电喷流谐振实验究竟错在哪里,这种技术原理是正确无误的,但任何误差都可能导致实验失败,更不要说能与极光电喷流的频率同步需要多少次测试才能成功。看来冥冥中注定人类不能人工进化,取代自然的生存准则。可是我真的不甘心啊!如果再给我五年!不,甚至三年,两年的甚至一年的时间,我都有可能完善郭主任的计划,即使是这个玩命般的跳频变异芯片的实验也会得到极大完善,大大提高成功率。功败垂成,你要我放弃,这怎么可能!”

缩在角落里的孙建会虽然害怕得颤抖,但毕竟有着科学家的本能,竟然抬起头,白胖的脸庞上浮现出几分坚毅:“高主任,全城人的大脑都已经被动进化,他们中总会有大量孕妇生育,后代有一定几率会遗传这种突变的发达的脑部构造。数代遗传下去,这种人工进化很可能会逐渐稳定下来。虽然我们现在失败了,但这或许就是我们的使命,充当未来的先驱者,播下了人工进化的种子,它们自己会在合适的土壤里生根发芽,开花结果。我们开创了一个伟大的奇迹,即使看不到美好的结局,也死而无憾了!”

这话中饱含的狂热,即使是处于敌对方的江城紫和梁植都颇为感动。高岭却苦涩地低语:“难道人类的进化就只能依靠偶然和这么小的几率么?”

江城紫突然跨前一步,在高岭未及反应前按下了手中 MP3 的按键,里面传来了高岭的声音:“……一个人的痛苦,一个种族的痛苦,都会被无数人感同身受,这种思维的高度融合会产生‘老吾老以及人之老,幼吾幼以及人之幼’的理想境界,否则没有人能够长期忍受这种被迫接受的苦难的悲痛。谎、虚、假、空销声匿迹，切实有效的思想沟通令人与人之间不会再存在任何误解，邪恶与黑暗就像阳光下的雪，逐渐消融绝迹。只有真实才能存在。唯有这样的全民思想交流融合，人类才会更加理解他人，更加明白种族延续的关键性，更加爱护地球这个唯一的家园，在科技更发达的未来，人类的精神文明也会更加发达，唯有如此，地球才不会灭亡，人类才不会灭亡。”

江城紫关上了MP3，恳切地望着震惊的高岭：“高主任，这些话都是你在中心对我说的，你还记得吧。我相信你是真心为了人类的未来而在努力着的，我也相信你的本意并不是想杀戮和毁灭人类，否则在我们登艇前，你完全可以按下鼠标，令HEPG启动，你需要的只是一个能让我们说服你的理由，一个纠正你内心中完全明白是荒谬但却不知如何改正的错误的方法！”

高岭眨了眨眼，神情疲倦，一直挺拔的肩膀似乎瞬时塌了下来。鬓角的斑发和沧桑的眼神出卖了他心境的颓败，但他还是没有松开手，直直地瞪着江城紫。

江城紫叹了一口气：“你想死，很容易，这里三把枪对着你，一声令下，你会变成筛子。但你觉得你的死有价值吗？带走中心苦研多年的技术，带走你私下进行的实验数据，将这一切都带进阴曹地府，让它们为你陪葬，让花费了这么多人力物力的先进技术最终就像从未问世一样，给人类带不来任何好处，还会导致人类在这方面科技与进化的停滞。这岂不是违背了你的本意？活着很难，这个道理谁都懂，你更懂，但你活着才有机会继续研究这些技术，去指导更多的科学家发展创新这些技术，才不会埋没你们辛苦多年的跨时代成果。你为什么不能活下去，为自己的罪孽赎罪呢？如果你真认为人脑联网是非常有利于人类生存和发展的好技术，那么任何人，任何力量，任何时候都不能阻止这种技术的前进发展，这是人类自身特性决定的。你为什么不亲眼看着它会走向一个什么样的未来呢？”

听到最后这一句，高岭终于动容，他喘着粗气，胸膛剧烈起伏，右手手指颤抖着，几秒钟后，他松开了鼠标，站起来，将双手合在脑后，跪在了地上：“我投降！”

高岭投降,孙建会自然也一起投降,能完好无损地保护住这两颗装着极其重要技术的大脑,梁植喜出望外。

在直升飞机回航时,梁植向罗应勤汇报了此地情况,同时也收到了好消息。

曾宝葶先前因为想保护郭中昌技术而私心出卖过江城紫,在她准备逃离中心时迷昏她把她送给了高岭做新芯片的实验品,现在为了将功赎罪,积极配合特遣队的工作。

利用四位主任的密码,曾宝葶登录了主服务器,取消了对全城所有曾经被篡改记忆的当事者的指令,令他们恢复了正常的记忆。

在特遣队专家的共同研究下,极光电喷流谐振实验只有一个步骤出现小小错误,只要修正好,再在实验中摸索出极光电喷流的频率,想达到谐振并不是遥不可及的目标。这项实验当然就算成功了也不会用在人身上,但可以在国防军事和通讯等诸多领域起到重要作用。

梁植把实验检测的结果告诉高岭,这可能是他听到的唯一好消息了,虽然叹着气,但也很欣慰。

关于市民脑中的芯片,高岭解释,那并不会对他们产生什么太严重的后遗症,以现在的技术,但凡好点的脑科医师都能予以安全清除,想保留也不会有什么坏处。江城紫脑中的芯片是中心当时研制出的最新升级版芯片,拥有放大传送与接收双功能,与脑部的联系更密切,所以取出才费劲了些。

直升飞机很快就在军用码头降落下来。

江城紫和梁植相继跳下飞机,心生喜悦。因为前方站着许多熟悉的人,有罗应勤和一部分特遣队的官员,吴欢搀着尤伯也在队伍中向他们热烈招手。不远处,一辆吉普车驶到,从车上跳下余彦辉和余淼淼。微露喜色的余彦辉向江城紫大喊:“江警官,谢谢你为我带回了淼淼!”

余淼淼跳下车,拉住吴欢的手,对他嘻嘻一笑,也向江城紫挥手。

江城紫正在笑余淼淼人小鬼大,想来是情窦初开看上吴欢了,突然手一紧,竟和余吴二人此时的姿势一样,手掌被梁植握住。

“辛苦你了!”梁植满脸的敬佩与欢喜。

江城紫没有说话，眼中蓄满了泪水，她抬头望向远处，在山脚下，有高高耸立的天线，在阳光下闪烁着冰冷的银光。

她眨了眨眼，泪水夺眶而出，同样低声道："辛苦你了！"

一切终于结束了。

银光突兀大盛，她眼前一花，头突然又剧烈疼痛起来，身子似乎在那刹那间变得不受控制，宛若灵魂脱体般，眼前是一个虚无缥缈的空白世界，江城紫突然听到一个似曾相识的声音："咔……嚓……咔……嚓……"

混沌世界中，一个巨大的钟摆突兀地振荡起来。

钟摆……江城紫突然记起追飞车党车祸时前挡风玻璃前不停摆动的招财猫摆设，顿时明白了这个特定频率的振荡是导致自己多次昏迷的罪魁祸首。可她不明白自己现在在哪里，为什么现在这里会出现这样一个振荡的钟摆。

但她已经再也无法思考了。

整个世界都随之振荡起来，左……右……左……右……世界倾覆……

尾声

“咔……嚓……咔……嚓……”

江城紫缓缓睁开眼睛，灿烂的阳光笼在那只不停摆动着右掌的招财猫座钟上，一名白衣人推门而入，含笑问道：“你醒了……”